박이문 철학 에세이

나의 길, 나의 삶

일러두기

1. 『박이문 인문 에세이 특별판』은 2016년 '박이문 인문학 전집 간행위원회'에서 결정한 대로 에세이를 따로 모아 펴내기로 한 약속을 지켜 출간하는 것이다. 세계적인 석학이자 20세기 이후 한국 인문학의 거장으로 평가받는 박이문 선생은 한편으로 뛰어난 에세이스트였다. 선생의 에세이는 시적 운율로 빚어진 산문시이면서 동시에 철학적 사색과 인간적 성찰이 담긴 명문으로 인정받고 있다.

2. 『박이문 인문 에세이 특별판』 제3권 『박이문 철학 에세이-나의 길 나의 삶』은 박이문 선생이 철학적 산문 형식의 글쓰기를 시도한 『길』(2003)의 전면 개정판이다. 이 글은 원래 《현대문학》으로부터 청탁을 받아 연재하기 시작한 글인데, 4개의 주제별로 나뉜 글들은 각각 길, 삶, 마음, 그리움에 대한 선생의 철학적 사색을 담고 있다. 박이문 선생은 '인간은 누구나 길 위에 서 있고, 또 그 길을 지니며, 그 길 위에서 하나뿐인 자신만의 인생을 산다.'고 강조한다.

3. 이 책에 실린 글들은 모두 원래 발간 및 집필 당시의 원고 텍스트를 제 1차적 기준으로 했지만, 원문의 오식과 오자들은 바로잡고, 표기법과 맞춤법은 지금의 것을 기준으로 새로 교정·교열하였다. 시대적 차이와 출판사별 기준의 차이도 있기 때문에 정리하며 새로운 기준을 정해서 이에 맞추어 새로이 고쳤다.

4. 아울러 2017년 3월 26일 별세한 박이문 선생을 추도하는 의미에서 주요한 추도사와 고인에 대한 기사를 추려서 각 권의 맨 앞에 게재하였다.

박이문 인문 에세이 특별판 03

박이문 철학 에세이
나의 길, 나의 삶

미다스북스

인간은 누구나 길 위에서, 길을 지니고 산다

어려운 시절 한반도에 태어난 그는 한국의 학자로서 세계적으로 인정받을 만한 학문적 성취를 거두었다. 서양에서 공부하고 가르치면서도 서구 학문을 맹목적으로 추종하지 않았으며, 귀국하여 모어母語로 글을 쓰는 한국의 학자가 되었지만 편협한 민족주의에 사로잡히지 않았다. 그의 일관된 학문적 태도의 바탕에는 "무한한 지적 호기심과 진리에 대한 철저한 추구"가 자리하고 있다.

_정수복(작가, 사회학자)

선생의 시처럼 '의젓한 소나무'같은 삶이었다. 해외에서만 30여 년 동안 프랑스 철학과 영미 철학을 섭렵하며 인식론과 실존철학의 영역을 연구한 뒤 동양고전 속에서 새로운 길을 찾았다. 예술철학에서 독보적인 업적을 냈고, 철학과 문학의 경계에서 시작에도 몰두한 시인이었다.

_조종엽(동아일보 기자)

'우리 시대의 철학자', '둥지의 철학자'라고 불리는 선생은 평생 철학 연구에 매진하면서 언어학, 예술, 동양사상, 과학, 환경, 문명, 종교 등으로 끊임없이 학문적 관심사를 넓혀나갔다.

_곽성일(경북일보 기자)

동서양 철학을 아우른 지성의 참모총장

철학은 인간이 쉴 수 있는 둥지

"소나무는
외솔길 숲속 소나무는
의젓하기만 하네

이유도 없이
뜻도 묻지 않고
그저 의젓하기만 하네."

_박이문 「소나무 송頌」 중에서

동서양 철학을 아우른 인문학자이자 시인으로 '지성知性의 참모총장'으로 불려온 박이문본명 박인희 · 미국 시몬스대 명예교수 포스텍 명예교수가 26일 노환으로 별세했다. 향년 87세.

약 100권의 저작을 출간하며 왕성하게 활동한 고인은 철학은 인간이 답을 찾고 쉴 수 있는 둥지가 되어야 한다며 이른바 '둥지의 철학'을 추구했다.

고인의 시처럼 '의젓한 소나무' 같은 삶이었다. 해외에서만 30여 년동안 프랑스 철학과 영미 철학을 섭렵하며 인식론과 실존철학의 영역을 연구한 뒤 동양고전 속에서 새로운 길을 찾았다.

예술철학에서 독보적인 업적을 냈고, 철학과 문학의 경계에서 시작詩作에도 몰두한 시인이었다. 평소 고인은 "오랜 방랑 끝에 '철학적 글쓰기'와 '시적 글쓰기'의 결합은 불가능하지만 그 꿈마저 포기할 수 없다는 것을 깨달았다"며 "이성의 그물망에 들어오지 않는 것들을 시로 표현하고자 했고, 보편적인 것과 개체적인 것들을 모두 잡아 이 세계를 설명하고 싶었다"고 회고했다. 2014년경부터 기억력이 떨어지는 등 지병이 악화됐다. 지난해 2월 기자가 경기 고양시의 노인요양병원을 찾았을 때 기자 어깨를 두드리며 반가워했고, 그의 시를 읽자 환한 표정을 짓기도 했다.

충남 아산의 유학자 집안에서 막내로 태어나 6·25전쟁에 징집됐으나 폐질환과 영양실조로 쓰러져 의병제대했다. 피란 시절 부산에서 서울대 문리대 불문학과에 입학했고, 서울대 석사를 거쳐 1957년 이화여대에서 불문학과 전임교수로 발탁됐지만 1961년 프랑스로 떠나 소르본대에서 문학박사 학위를 받았다. 1970년 미국 시먼스대 교수, 1980년 이화여대·서울대 초청교수, 1983년 하버드대 교육대학원 철학연구소 선임연구원, 1985년 독일 마인츠대 객원교수, 1989년 일본국제기독교대 초빙교수, 1991년 포항공대 철학과 교수를 비롯해 세계 각지에서 연구와 교육을 했다. 인촌상2006년, 인문사회문학 부문, 프랑스정부 문화훈장, 2010년 교육공로로, 제1회 탄소문화상 대상2012년 등을 받았다. 훗날 도쿄대 총장을 지낸 하스미 시게히코는 소르본대 학위논문 '말라르메가 말하는 이데아의 개념'을 보고 "동양인도 이런 논문을 쓸 수 있구나"라며 감탄했다는 일화가 전해진다.

고인의 전집10권을 지난해 발간한 류종렬 미다스북스 대표는 "박 교수는 대화로 깨달음을 주었던 '한국의 소크라테스'이자 척박한 한국 인문학의 영토에서 자라난 지성의 거목"이라고 말했다. 독일 마인츠대 시절부터 가깝게 지낸 강학순 안양대 교수는 "세상 물정에는 어린아이와 같은 천진성을 보이면서도 학문 논쟁을 할 때는 물러섬이 없었다"며 "한국 인문학의 사표師表와 같은 인물"이라고 했다.

조종엽(동아일보 기자)

| 차례 |

1부
길의 저편

길
자국
고독
자리
밤
바다
담

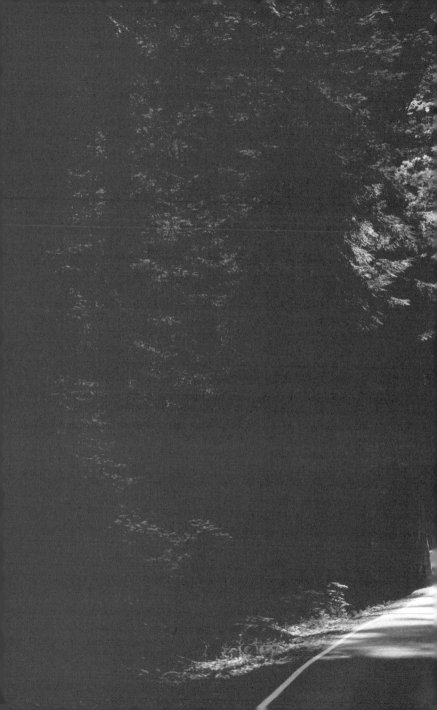

길

인간에 의해 씌어진 이 길이라는 언어에 의해서, 자연은 침묵을 깨뜨리고 의미를 가지게 되며 문화라는 꽃을 피우게 된다. 자연의 아니 우주의 고독이 노래나 시로 바뀐다.

뱃길, 철길, 고속도로, 산길, 들길, 이 모든 길들은 그냥 자연현상이 아니라, 우리에게 무엇을 뜻하는 인간의 언어다. 언어는 인간만의 속성이다. 그러기에 인간만의 세계에 길이 있고, 길이 있는 곳에서 인간이 탄생한다.

길은 부름이다. 길이란 언어는 부름을 뜻한다. 언덕 너머 마을이 산길로 나를 부른다. 가로수 그늘진 신작로가 도시로 나를 부른다. 기적 소리가 저녁 하늘을 흔드는 나루터에서, 혹은 시골 역에서 나는 이국의 부름을 듣는다. 그래서 길의 부름은 희망이기도 하며, 기다림이기도 하다.

눈앞에 곧장 뻗은 고속도로가 산을 뚫고 들을 지나 아득한 지평선으로 넘어간다. 푸른 산골짜기를 꼬불꼬불 도는 하얀 길이 내 발밑에 깔려 있다. 그것은 내 마음에 희망을 불어넣고 내 발에 활기를 주는 손짓이다. 나는 그 손짓을 따라 앞으로 가야겠다는 즐거운 유혹에 빠진다.

길은 우리의 삶을 부풀게 하는 그리움이다. 그리움의 부름을 따라가는 나의 발길이 생명력으로 가벼워진다. 황혼에 물들어 가는 한 마을의 논길, 버스가 오며가며 먼지를 피우고 지나가는 신작로, 산언덕을 넘어 내려오는 오솔길은 때로 기다림을 이야기한다. 일터에서 돌아오는 아버지를, 친정을 찾아오는 딸을, 이웃 마을에 사는 친구를 부푼 마음으로 기다리게 하는 길들이 우리의 마음을 따뜻하게 한다. 길은 희망을 따라 떠나라 하고, 그리움을 간직한 채 돌아오라고 말한다.

희망과 그리움, 떠남과 돌아옴의 길은 어떤 관계를 전제로 한다. 길은 희망이라는 미래와 그리움이라는 과거, 미지의 사람과 정든 사람들, 사물과 인간 간의 관계를 이어준다. 이런 관계에서 미래와 과거, 나와 남, 정착과 개척, 휴식과 움직임, 인간과 자연의 만남의 열매가 영글어간다.

길은 과거에 고착함을 부정하는 동시에, 미래에만 들떠 있음을 경고한다. 길을 떠나 나는 이웃을 만나고, 길을 따라온 이웃이 나를 만

길은 희망을 따라 떠나라 하고,
그리움을 간직한 채 돌아오라고 말한다.

난다. 길 끝에 휴식할 곳이 있지만, 다시 길을 찾아 어디론가 움직여야 한다. 길은, 인간이 자연현상과 다르다는 것을 보여주고 인간과 자연의 경계선을 전달하는 크나큰 표지이지만, 그 표지는 인간과 자연의 새로운 관계, 새로운 만남을 나타낸다.

이런 만남에서 과거가 미래로 이어져 역사가 이루어지고, 내가 남들에게로 연결되어, 고독한 실존적 존재로서의 나는 사회라는 광장의 인간으로 재발견된다. 그리고 이런 만남을 통해서 인간은 자연, 더 나아가 우주로 해방된다. 이리하여 길이 만남이라면, 만남은 곧 열림이다.

인간을 자연과 우주로, 나를 남과 사회로 열어주는 길들은, 자연과 우주에 새로운 질서를 부여하여 뜻 있는 것으로 하며, 나와 남 사이에 사회의 질서를 세워 진정한 의미의 인간적 세계를 창조한다. 이런 과정에서, 어떤 철학자가 말했듯이, 사물로서의 존재가 빛을 받아 원래의 은혜성에서 밖으로 뜻을 가지는 존재로 나타나게 되며, 동물로서의 인간이 자연을 초월하는 인간으로 승화하게 된다. 이와 같이 길은 벨트Welt, 즉 물리현상으로서의 세계가 움벨트Umwelt, 즉 환경으로서의 세계로, 환경으로서의 세계가 레벤스벨트Lewenswelt, 즉 생활세계로, 무의미의 세계가 의미의 세계로 발전하는 역사의 형이상학적 기록이다. 그것은 문자 그대로 인간의 삶의 발자국이다.

구체적 삶은 어떠한 하나의 관점으로 설명될 수 있는 일차원적 현상이 아니다. 우리의 삶은 꿈과 현실, 희망과 좌절, 휴식과 일, 기쁨과 슬픔, 활기와 피로, 웃음과 눈물, 명상적 순간과 광기의 순간 등으로 무한히 얽혀 얼룩져 있다. 모든 사람들이 다 똑같은 삶의 태도를 가지고 있지는 않다. 어떤 이는 더 감성적이고, 어떤 이는 더 이지적이다. 어떤 이가 의지적이라면, 어떤 이는 순응적이다. 남자가 억센 성격이라면, 여자는 흔히 유순한 체질이다. 한 집안, 한 마을, 한 사회, 한 시대의 다양한 길들의 구조와 내용들은 각기 다양한 인간들의 삶을 표상한다.

화초가 잘 꾸며진 정원 길에서 삶의 재미를 느끼며, 시골 샘터로 가는 들꽃 무리진 길에서 소박하나 알뜰하고 따뜻함을 감각한다. 산과 들을 일직선으로 뚫은 고속도로에서 인간의 승리감을 느낀다면, 들로 산골짜기로 꼬부라지는 철로에서 삶의 끈기를 맛본다. 봄꽃 필무렵, 산을 넘는 길은 마치 미소와도 같이 밝다.

이처럼 길들이 삶의 긍정적 밝은 면을 채색한 화폭일 수도 있지만, 거기에는 또 고통과 슬픔이라는 삶의 그늘이 드리워져 있다. 한여름 뙤약볕에 소를 몰고 읍내로 가는 길은 너무나도 멀고, 일을 마치고 무거운 지게를 지고 집으로 돌아오는 농부에게 그가 가야 하는 험한 산골짜기 저녁 길은 너무나도 고달픈 언덕길이다. 고향을 떠나 서울로 일을 찾아가는 젊은이들에게는 그가 밟고 가야 할 신작로가 너무도 거칠고 불안하다. 그리하여 가지가지 길들은 그것대로 삶의 희노애락, 희망과 좌절, 활기와 실의의 각양각색의 삶의 자국을 남긴다.

두꺼운 돌을 깔아 만든 넓은 로마제국의 길은 세계 정복의 힘을 자국 내고 있는가 하면, 설악산 암자로 올라가는 좁은 길은 세상을 떠나 명상에 잠기려는 마음씨의 자국이다.

이미 잡초에 파묻혀버린 오솔길이 삶의 무상함을 보여주는가 하면, 험한 산의 절벽을 따라 새로 난 길은 삶의 의욕을 상징한다. 높은 돌의 층계를 한 발 두 발 디디고 올라가면서 우리는 삶의 어려움에 새삼 젖는가 하면, 눈 덮인 들길을 헤쳐가면서 우리는 고독한 명상에 잠기기도 한다. 어떤 길은 꿈이 배어 있고, 어떤 길은 사색적이고, 어떤 길은 황량하고, 어떤 길은 쾌활하다. 길은 인간의 꿈, 생각, 의지, 느낌을 통틀어 함께 반영한다.

길은 삶이 남기는 삶에 대한 인간의 문학적 기술이다. 인간에 의해 씌어진 이 길이라는 언어에 의해서, 자연은 침묵을 깨뜨리고 의미를 가지게 되며 문화라는 꽃을 피우게 된다. 자연의 아니 우주의 고독이 노래나 시로 바뀐다.

한 사회에 따라, 한 문화에 따라 그리고 한 시대에 따라 길은 애절한 노래일 수도 있고, 서정시가 될 수도 있고 서사시가 될 수도 있다. 로마로 통하는 돌길이나 미국 대륙을 그물처럼 누비고 있는 고속도로에서 크나큰 서사시를 읽을 수 있다면, 미루나무 그늘진 한국의 논길 혹은 산 너머 이웃 마을로 통하는 산길에서 따뜻한 서정시를 들을 수 있다.

산천을 누비며 꿈을 꾸는 듯한 마을들을 이어놓은 한국의 옛 길들에서 우리는 극히 인간적인 것을 느낀다. 철도와 아스팔트가 깔리고 플라타너스 그늘진 한국의 신작로도 아직 인간적인 호흡을 담고 있다. 그러나 바쁘고 부산한 고속도로, 큰 도시의 실 꾸러미처럼 엉킨 길에서 우리는 인간의 자연스러운 박자로 맞출 수 없는 비인간화된 형태의 삶을 체험한다. 그렇다면 인간적 체온이 풍기는 길을 잃어갈 때, 우리는 인간을 잃게 되는지도 모른다. 그렇기에 큰 도시의 네거리에서 복작거리다가도 잠시나마 버드나무 그늘진 시골 논길을, 냇물이 돌조각 사이로 흐르는 개천 길을 걸어보고 싶어진다.

명상적이면서도 청청淸淸한 노랫가락 같은 한국의 길에서 우리는 논과 밭, 산과 개천, 구름과 나무, 하늘과 땅, 인간과 자연의 친근하고 조화로운 관계를 체험하고, 그리하여 진정한 의미에서의 마음의 자유를 느끼게 되기 때문이다. 한 사회, 한 시대의 생활양식의 변천과 더불어 그 사회, 그 시대의 길도 달라지게 마련이다. 옛날 길들에 마음이 끌리고 유혹을 느낀다면, 그것은 잃어버린 것에 대한 낭만적 향수나 진보에 대한 거부감 때문만은 아니다. 그것은 자연과 남들과의 조화로운 만남 속에서 살아 있는 인간으로 남아 있기를 바라는 마음 때문이다.

자국

발자국을 어디까지나 좇아가고 싶은 이유는, 어떤 지평선에서 사라진 발자국이 우리들 자신은 물론 우리들을 둘러싼 모든 존재의 궁극적 비밀을 이야기하고 있기 때문이 아닐까.

바닷물이 쓸고 간 해변의 모래사장이 깨끗하다. 맨발로 발자국을 남기며 해변을 따라 걸으면 갈매기들이 남기고 간 발자국들이 마치 백지 위에 써놓은 낙서처럼 무슨 뜻을 전하듯 재잘거리는 것 같다. 눈 내린 아침, 마당의 짚가리 위에 벼이삭을 쪼아 먹으러 왔던 산새들의 가느다란 발자국이 귀엽게 나 있다. 무릎까지 덮이는 눈 쌓인 들길을 따라 누군가의 외로운 발자국이 언덕을 넘어 이웃 마을로 점점이 이어져 있다. 아무 발자국도 없는 해변의 모래사장을 보면 그 위를 거닐고 싶어진다. 아직 아무런 발자국도 나지 않은 눈 덮인 길은 누구든지 어서 큼직한 발자국을 남기며 걸어가라고 부르는 것 같다.

　해변가 모래사장에 촘촘히 찍힌 갈매기들의 발자국, 눈 덮인 시골
길에 찍힌 큼직한 농부의 발자국이 우리의 마음을 매혹한다. 아직 발
자국이 나지 않은 해변의 모래사장에, 혹은 아무도 지나간 흔적이 없
는 눈 덮인 시골길에, 내가 먼저 발자국을 남기며 걸어보고 싶은 욕
망을 느낀다. 눈 위에 자국을 내며 걷고 싶은 충동, 모래 위 새들의
발자국에 끌리는 심정은 무엇일까. 사르트르식의 실존주의적 정신분
석학에 따르면 주체자로서의 인간이 자신의 주체성, 즉 자유를 확인
하고자 하는 근본적이고 보편적인 욕망이라고 설명이 될 것이다. 바
슐라르와 같은 정신분석학자는 더 낭만적인 각도에서, 가장 행복했

던 원초적 상황으로 돌아가고자 하는 무의식적 욕망으로 설명할지 모른다. 철학적이거나 심리학적 성명이 어떤 것이든 간에, 또한 어떤 설명으로도 만족될 수 없다 해도, 해변가의 발자국, 눈 위의 발자국 이 우리의 심리적 감각을 일깨우고 시적 상상력을 자극하며, 우리들 을 끝없이 먼 몽상의 세계로 이끌어감에는 틀림없다.

발자국은 삶의 신호이며 증거이다. 그것은 생명의 표시이다. 그래 서 그것은 살아 있고, 그래서 그것은 우리를 움직인다. 그래서 우리 는 그 생명의 자국에 관심을 갖게 되고 모래 위에 또는 눈 위에 난 발 자국을 따라 어디론가 끝없이 가고 싶어진다. 그것은 누구의 발자국 이었을까? 어떤 동물이 밟고 간 것일까? 오로지 발자국만 남기고 간 보이지 않는 그 사람들, 그 동물들은 어디로 간 것이며, 지금 무엇을 하고 있을까? 이 발자국들은 어디서 시작되는 것이며 어디서 끝나는 것일까? 이처럼 발자국은 한없는 의문과 호기심을 이끌어낸다.

발자국이 시작된 곳이 분명하지 않을 때 우리는 그것의 근원에 대 해 신비로운 호기심을 느낀다. 하나하나 뒤밟아 좇아가던 눈 위의 발 자국이 내리는 눈에 가려 끊어졌음을 발견할 때, 조심스럽게 따라가 던 해변가 모래사장에 새들의 발자국이 기어이 없어졌을 때, 우리는 한편 아쉽고 당황하며 허전함을 느끼면서도 또한 자국을 남기고 자 취를 감춘 그 주인에 대하여 더욱 짙은 호기심과 신비감을 느낀다.

발자국은 삶의 신호이며 증거이다.

그것은 생명의 표시이다.

발자국은 땅을 짚고, 땅에 뿌리를 박고 살아가야만 하는 삶의 조건을 말해준다. 그러기에 믿음직한 발자국에서 삶을 확인하고 삶의 뿌리를 체험하며, 그러기에 그런 모습에서 우리는 새삼 살아 있다는 든든한 느낌을 체득하게 되는 것이다.

한겨울, 무릎까지 빠지는 눈길을 혼자서 걸어간 사람은 얼마나 춥고 외로웠을까? 한적한 해변가 모래 위에서 조갯살을 쪼아 먹어야만 생존할 수 있었던 갈매기들은 얼마나 고달팠을까? 불같이 타는 햇볕을 쬐며 등 위에 베두인족族을 싣고 끝없는 사막의 모래 언덕을 건너야 하는 낙타들은 얼마나 괴로웠을까? 살아가려면 땅 위에 자국을 남겨야 하고, 끊임없이 어디론가 가야 한다면 그렇게 남기고 간 발자국들은 삶의 의지와 삶의 고통과 삶의 외로움을 말해주며, 끝없이 계속되다가도 언젠가는 사라지고 말, 어디선가는 보이지 않게 될 발자국은 삶의 고달픈 본연의 모습을 드러내 보인다. 그러기에 그만큼 발자국은 우리들의 가장 깊은 관심과 공감을 불러일으키며 또한 그만큼 깊은 애정을 살 수 있다.

발자국을 따라 가노라면 그것은 어디선가 반드시 끊어지고 만다. 발자국이 끝나는 곳에서 앞을 바라보면 아무 자국도 없는 흰 눈의 벌판만이 보인다.

발자국이 끝난 다음에는 오로지 울창한 숲, 파도에 쓸린 모래사장뿐이며, 한없이 뻗은 사막뿐이다. 눈벌판, 모래사장, 숲, 사막 끝에는 으레 푸른 하늘, 한없이 넓고 높은 하늘이 우뚝 서 있다. 주소도 한계도 없고, 상상조차도 미치지 못하는 미지의 세계와 맞서게 된다. 이런 지점에서 궁극적으로 알 수 없는 우리들 운명의 신비, 아니 모든 존재의 궁극적 의미의 의문에 접하게 된다.

어디론가 이어지다가 사라진 발자국을 어디까지나 좇아가고 싶은 이유는, 어떤 지평선에서 사라진 발자국이 우리들 자신은 물론 우리들을 둘러싼 모든 존재의 궁극적 비밀을 이야기하고 있기 때문이 아닐까. 눈 위의 혹은 모래 위의 발자국을 뜻밖에 발견하고 그것을 어디까지나 따라가고 싶은 마음은 우리 자신의 개인적, 사회적 원천을 따라 올라가 그 뿌리를 찾고자 하는 인간적 호기심, 아니 본능과 통한다. 그것은 역사에 대한 어쩔 수 없는 우리의 관심과 동일하며, 우리들이 살고 있는 목적, 근본적 의미를 찾고자 하는 의욕의 일면을 나타낸다. 발자국은 한 삶의 뿌리를 상징하며, 한 삶의 갈 길을 뜻하며, 한 삶의 벗어날 수 없는 조건, 즉 고달파도 쉬지 않고 일어서서 땅을 밟고, 궁극적으로는 불가사의한 어디론가 계속 걸어야 하는 삶의 숙명을 상징한다.

부귀, 명예, 권력을 찾아 누구나 전전긍긍한다. 이런 것들은 어떤 사회에서든, 어떤 사람들에게든 중요하다. 이런 가치를 완전히 초탈했다고 주장하는 사람들이 있을지 몰라도, 니체가 말했듯이 바로 그런 초탈 자체가 권력이나 명예에 대한 무의식적 욕망을 반영하고 있

발자국을 따라 가노라면 그것은 어디선가 반드시 끊어지고 만다.

발자국이 끝나는 곳에서 앞을 바라보면

아무 자국도 없는 흰 눈의 벌판만이 보인다.

을 것이기 때문이다. 하나의 개체로서의 생명이 시간 앞에서 무력하며, 시간 속에서 죽음과 맞서게 됨을 어찌 모르랴. 누구에게나 닥쳐올 육체적 종말 앞에서 우리가 그처럼 애써 추구했던 가치들이 한낱 물거품같이 허무하고 꿈같이 허황함을 어찌 모르랴. 우리들의 대부분은 죽은 다음 그림자도, 아니 조그만 기억조차도 남기지 못한다. 어떻게 하면 우리들의 허무한 생존조건을 극복할 수 있을까. 죽더라도 살아남고자 하는 것은 모든 생명의 가장 근본적인 본능이다.

어떻게 하면 그림자나마 남겨놓을 수 있을까. 영원히 살 수 없으면서도 영원히 살아남고자 하는 욕망은 우리들이 살고 간 흔적이라도 남기고 싶은 욕망으로 나타난다. 내가 살던 마을에, 내가 살던 사회에, 인류의 역사에 나의 자국을 남기고 싶어 한다. 내가 살았었다는, 나의 업적이 컸었다는 흔적을 남겨 이웃의 기억 속에서나마 살아남고자 하는 것이다. 우리들이 생리학적으로 영원히 생존할 수 없음이 사실이라도, 아니 바로 그렇기에 우리는 그만큼 더 집요하게 자국이라도 남기고 싶어지는 것이다. 자손을 남기고자 하는 생리학적 본능은 자신의 흔적을 남기고자 하는 욕망이다.

부귀, 권력, 명예에 대한 욕망이 표면적으로 분명히 속된 것이긴 하지만 더 근원적인 차원에서 볼 때는 결코 그렇지 않고, 가장 보편적이며 필연적인 모든 생명체, 특히 인간의 욕망으로 풀이된다. 그러기에 언뜻 보기에 속되게 보이는 욕망들마저도 엄숙하고 고귀한 양상을 띠게 된다.

부를 쫓는 장사꾼들은 금괴와 공장과 저금통장을 남겨두고자 하며, 권력을 위해 싸우는 정치가들은 네거리나 공원에 자신의 동상을 남기고자 한다. 부귀나 권력에는 등을 지고 오로지 진리를 추구하겠다는 학자들은 사실상 저서를 통해 자신의 이름을 남겨놓고자 하는 것이며, 예술가들은 자신의 작품을 미술관이나 도서관 혹은 레코드판 속에 남겨두고자 하는 것이다. 달리 표현하자면 그들은 각기 저금통장, 동상, 저서, 예술작품이라는 남과 다른 그들만의 발자국을 남겨두고자 하는 것이다. 권력과는 등을 진 것처럼 보이며 정신적으로 고고하다는 철학자가 어떤 사람들보다도 권력을 찾고 있다고 한 니체의 말도 이러한 관점에서 충분히 납득된다.

모든 생명체가 자체의 지속을 위하여 번식하고자 하는 본능은 가장 보편적이고 근본적인 차원에서 생리학적 발자국을 남기려는 것이다. 단순한 생물학적 존재와는 다른 인간이 하나의 개체로서 자신의 발자국을 남기려 할 때 권력을 행사하여 역사를 바꾸고, 지적으로 학문적 업적을 남기며, 예술적 작품을 창조하게 된다. 인간이 개인으로서가 아니라 하나의 사회공동체로서 발자국을 남길 때 한 민족, 한 문화권의 고유한 역사가 이루어진다.

그 형태가 서로 다르기는 하지만 모든 사람, 아니 모든 생명체는 다 같이 각기 자신의 흔적을 남겨서 영원한 망각, 영원한 죽음으로부터 벗어나고자 한다. 발자국을 남기려는 욕망은 생명에의 욕망이며, 생명에의 욕망인 이상 모든 발자국은 일단 거룩해 보인다. 그 많은 생명체, 그 많은 사람들의 절대적 대부분이 짧은 시간을 산 뒤 영원한 망각 속에 파묻혀버린다는 사실을 인정할 때, 그것이 누구의 것이든 그리고 그것이 어떠한 것이든 한 사람 혹은 한 민족 혹은 한 문화권이 남겨놓은 모든 발자국은 일단 귀중한 의미가 있음에 틀림없다.

그러나 모든 발자국이 다 같이 귀중한 것일 수는 없을뿐더러 그것들 가운데는 오히려 없었더라면 차라리 좋았을 것들도 많다. 역사책에서 지우려야 지울 수 없는 많은 삶들이 인류에 기여할 수 있는 업적을 남기기는커녕 오히려 상처만 남기고 있다. 그들이 남긴 발자국은 삶을 확인해주는 것도 아니며, 창조는커녕 파괴의 기록에 불과하고, 생각만 해도 이맛살이 찌푸려지는 것들이다. 그들의 동상은 추하고, 그들의 기념탑은 잊고 싶은 인류의 상처에 비유된다. 한마디로 그들이 남긴 발자국은 인류의 오점이다. 이런 발자국에 관심이 간다면 그것은 그런 것을 되풀이하지 않으려는 마음을 다시 한 번 굳히고자 하는 것일 뿐이다. 도둑이 도망간 발자국, 악마가 지나간 발자국도 망각해서는 안 된다.

다행히 역사는 악마의 발자국보다는 참다운 위인들의 장엄한 발자국, 위대한 사상가, 학자, 예술가들의 발자국에 대해 더 많이 씌어져 있다. 물론 그 어느 하나가 전체적으로 볼 때 결코 완전한 것이 될 수는 없지만 어떤 행위들, 어떤 사상들, 어떤 발명들 그리고 어떤 예술작품들은 각기 그 주인들의 아름답고 고귀한 발자국으로 남아 있다.

이런 것들 하나하나의 뜻 있는 작업을 통해 우리는 무엇인가 남기고자 했던 생각의 자취, 그런 것을 성취하려 노력했던 흔적을 눈으로 보고 피부로 느낄 수 있다.

숲 속에 발자국만 남기고 간 호랑이를 포수가 따라가고 싶듯이, 위대한 예술가가 남기고 간 작품이라는 그의 발자국을 따라 그의 세계를 찾아가고 싶다. 누군가가 남기고 간 눈 위의 발자국을 따라 어디론가 무한히 가보고 싶듯이, 인류가 남긴 유적을 파서 그들이 살았던 발자국을 밝혀보고 싶다. 외롭게 걷는 막막한 사막에서 문득 어떤 발자국을 발견하면, 뜨거운 햇볕에 타면서 그렇게 걸어간 사람이 혼자만이 아니라는 데 위안을 느낀다. 함박눈이 퍼붓는 날, 온 세상이 조용하기만 한 눈길 위에 발자국이 드문드문 나 있다. 무슨 중요하고 급한 일이 있기에 이런 눈길을 떠나갔을까? 그는 누구였을까? 그는 얼마나 춥고, 그의 걸음은 얼마나 무거웠을까?

눈길이 마음을 부른다. 눈 위의 외로운 발자국이 마음을 매혹한다. 계속 내리는 함박눈에 발자국들이 사라지지만 눈길을 걸어가는 누군가는 계속 무거운 걸음을 옮겨 발자국을 남기면서 어디론가 가고 있다. 눈이 오는 날, 눈에 찍힌 발자국을 따라 어디론가, 알 수 없는 어디론가 쉬지 않고 걷고 싶다. 머지않아 다시 쏟아지는 눈에 덮여버릴

것이지만 뚜벅뚜벅 발자국을 남기며 걸어가고 싶다. 그럴 때 우리의
마음은 흐뭇해지고, 그럴 때 모든 것에서 알 수 없는 깊이를 체험하
게 된다. 눈길 위의 발자국은 명상적 시인의 뜻을 가진다. 고흐의 명
화 〈농부의 구두〉가 하이데거로 하여금 철학적 사색을 하게 하고 우
리들을 감동시키는 것은 우연한 일이 아니다.

고독

고독 속에서 우리는 처음으로 적나라한 자아, 모든 껍데기를
훌훌 벗은 벌거숭이 자아와 처음으로 직면한다. 고독은 자아를 밝혀주는
조명이다.

화려한 네온빛이 왁자한 크리스마스 이브의 거리에서 아는 이도
없고 갈 곳도 없어 떨고 있는 고아는 고독하다. 아내를 잃은 다음 가
족도 친구도 없이, 무거운 다리를 끌고 혼자 시장에 가서 저녁거리를
사 들고 돌아오는 노인의 지팡이가 고독하다. 자정이 넘어서도 외로
이 불이 밝혀져 있는 노처녀의 아파트가 고독하다. 모든 사람들의 지
탄을 받으면서 사형대를 향하여 발걸음을 옮기는 죄수의 축 늘어진
목이 고독하다. 이스라엘인들의 폭격과 탱크의 공격을 받고 마치 쥐
구멍에 몰리듯 베이루트의 한구석으로 밀려나면서 세계를 향하여,
같은 아랍인들을 향하여 반응 없는 마지막 원조를 호소하면서 쓰러

지고 죽어가야 했던 팔레스타인 사람들, 인류의 도덕적 양심을 애절하게 외치면서 나치가 만든 가스실에 끌려가 죽어야 했던 수백만 유대인들은 고독을 경험했다.

고독은 남들의 나에 대한 무관심을 의식할 때 생기는 경험이다. 사람으로서 나는 사회적 동물이다. 따라서 나는 남들과 이해관계를 맺고 상호보존의 관계를 지니며 산다. 그러나 남들의 도움을 꼭 필요로 하는 극한상황에서 나는 흔히 남들의 무관심을 발견한다. 나는 내가 혼자라는 것, 사회적 동물이면서도 근본적으로 하나의 개체로서 혼자 존재해야 하는 실존적 존재, 비사회적 존재임을 의식한다. 남은 차다. 사회는 냉혹하다. 나는 혼자다. 아무도 나를 도와주지 않는다. 군중 속에서 고독을 느낀다. 광장의 고독이 있다. 나를 대신하는 어떤 이가 있을 수 없다. 나를 대신해서 나의 기쁨이나 고통을 느껴줄 사람은 없다. 나를 대신해서 살아줄 사람은 아무도 없다. 그 아무도 나 대신 죽어줄 수는 없다. 우리는 누구나 혼자 와서 혼자 살다가 혼자 기뻐하고 혼자 괴로워하다가 혼자 죽는다.

사회의 일원으로서 나는 사회적인 고독만을 느끼지 않는다. 나는 그냥 인간으로서 모든 사회적인 차원을 넘어서 더 가혹한 고독을 체험한다. 사회적으로 고독을 느끼지 않고 행복할 수 있다 해도, 나는 이렇게 사는 나의 삶의 의미를 알고 싶다. 나는 왜 태어나서 왜 죽어야 하는가. 이렇게 존재하는 나의 궁극적 의미는 무엇인가. 죽음 앞에서, 누구나가 피할 수 없는 이 필연적 사실 앞에서, 우리의 시선은 초월적 세계로 쏠리며 우리의 영혼은 하느님을 부른다. 우리는 사회적으로만 만족할 수 없다. 궁극적 삶의 의미, 궁극적 구원을 바라게 되는 것이다.

우리는 사회적 차원에서 종교적 세계로 옮겨가고 있는 것이다. 종교적 구원을 찾는 인류로서의 우리는 모두 아무리 밤하늘이 아름답고 신비해도, 아무리 산과 바다의 경치가 장엄해도, 크리스마스 이브에 혼자 거리를 방황하는 고아이며, 아내를 잃고 혼자 시장에 가는 노인이며, 노처녀 아파트의 늦게까지 켜져 있는 램프불이며, 사형대에 혼자 올라가는 죄수이며, 가스실에 끌려가는 유대인들이며, 이스라엘인들의 폭격에 쓰러지는 팔레스타인 사람들이다.

찬란한 밤하늘은 그것을 바라보는 우리에게 무관심할 뿐이다. 지나가는 바람은 우리의 부르짖는 소리에 귀를 기울이지 않는다. 쏟아지는 비는 우리의 슬픔을 씻어주지 않는다. 부르고 또 불러도 하느님은 말이 없고, 기도하고 또 기도해도 절대자는 우리 앞에 나타나지 않는다. 아무것도 우리를 도와주지 않는다. 우리를 상관해주는 것은 아무것도 없다. 인류는 혼자다. 로마를 태울 만큼 고독했던 네로의 심정을 이해할 수 있다. 오지도 않는 '고도를 기다리며' 저녁놀을 지켜보는 베케트의 비전의 의미를 알 수 있다. 우주 안에서 인류는 고독하다. 이런 의미에서 오늘의 인간이 '집을 잃었다'는 하이데거의 말은 절실하다.

찬란한 밤하늘은 그것을 바라보는 우리에게 무관심할 뿐이다.

지나가는 바람은 우리의 부르짖는 소리에 귀를 기울이지 않는다.

쏟아지는 비는 우리의 슬픔을 씻어주지 않는다.

가족도, 아내도, 친구도, 집도 없는 나만이 외로운 고아가 아니다. 하느님에게 호소하는 집을 잃은 인류만이 고독하지 않다. 고독한 우리를 태우고 우주를 떠돌기만 해야 하는 지구의 고독을 이해할 수 있다. 말이 없는 빈 공간을 떠도는 달과 해, 무한히 뻗은 공간 속에서 뜻 없이 반짝이기만 하는 무수한 별들은 더욱 절실한 고독의 상징이 아니고 무엇이겠는가. 만약 인간의 의식, 생각에 의해서 어떤 연관이 맺어지지 않았던들 별들을 담고 있는 저 우주, 우주를 담고 있는 무한한 시간과 무한한 공간은 절대적 고독을 벗어나지 못했을 것이다.

고독은 남의 무관심, 나의 고립성만을 의미하지는 않는다. 고독은 자유의 발견을 뜻하기도 한다. 귀여운 외아들 이삭을 희생물로 바치라는 하느님의 청천벽력 같은 명령을 받고 도덕과 신앙, 아들에 대한 자연스러운 사랑과 하느님에 대한 엄격한 약속 사이에서 갈등하며 어떻게 해야 할까 고민하다가 아들 이삭을 산으로 끌고 가 죽이려 했던 아브라함의 고독을 어찌 공감하지 않을 수 있겠는가. 바리새인들에게 끌려, 십자가를 메고 겟세마네 동산으로 비틀거리며 올라가던 예수는 한없이 고독했을 것이다. 싸움터에서 적군에게 잡혀 혹독한 고문을 당하면서도 조국을 배반하기보다는 차라리 죽음을 택한 한 무명의 병사는 고독했을 것이다. 아버지의 원수를 갚을까 말까 주저하는 햄릿, 비록 좋은 의도를 갖고 있지만 이웃 할머니를 죽인 후 도덕적 갈등에 빠져 경찰에 자신의 범죄를 자백할까 말까 고민하던 『죄와 벌』의 주인공 라스콜리니코프는 무척 고독했을 것임에 틀림없다.

더 가까이는 복순이와 결혼할까 아니면 숙분이한테 장가갈까를 결정해야 하는 수많은 젊은이들, 서울대에 갈까 아니면 이대에 갈까를 결정해야 하는 고등학교 졸업반 여학생은 고독을 경험함에 틀림없다.

아브라함, 예수, 적군의 손에 증인도 없는 곳에서 고문당하며 죽기를 결심했던 병사, 햄릿, 라스콜리니코프, 배우자를 선택해야 할 젊은이, 학교를 선택해야 할 여학생은 한결같이 그들이 선택해야 한다는 것, 마지막에 가서는 누가 무엇이라 해도 각기 그들 자신이 선택해야 할 자유에서 빠져나갈 수 없다는 것을 체험하고 있는 것이다. 그들은 혼자이다. 그들이 선택한 결과가 어떤 것이든 간에 그 책임은 오로지 그들 혼자만이 져야 함을 알고 있다. 결정적 선택의 마당에서 아무도, 정말 그 아무도 그를 도와줄 수는 없다. 하느님도 도움이 될 수 없다. 왜냐하면 아브라함이 하느님을 따라야 하는가 아닌가의 문제는 하느님이 그를 대신해서 결정할 수 있는 것이 아니라 그 자신만이 해야 하기 때문이다. 아브라함은 하느님을 따를까 아니면 아들을 살릴까를 스스로 결정해야 하며, 예수는 자신의 신념을 버릴 것인가 그렇지 않으면 십자가에 못 박힐 것인가를 혼자서, 오직 혼자서만 선택해야 한다. 아무리 괴롭더라도 배우자를, 학교를 선택해야 하며, 우리들의 병사는 아무리 외롭더라도 조국을 등질 것인가 아니면 적군의 손에 죽을 것인가를 결정해야만 한다. 고독한 결정이 아니고 무엇이겠는가. 고독은 우리가 그냥 사물이 아니라 의식의 자유를 가진 존재임을 드러낸다. 자유롭기 때문에, 아무리 도피하려 해도 도피할 수 없는 자유를 갖고 있기 때문에 우리는 항상 선택해야 하고, 그렇기 때문에 괴롭고 그 괴로움은 절대적으로 나의 것, 오로지 나만의 결정에 달려 있기 때문에 나는 궁극적으로 고독을 느껴야 한다. 이처럼 고독은 자유와 떨어질 수 없는 밀접한 관계를 갖고 있다. 고독과 자유는 인간의 이른바 실존적 상황의 두 가지 측면에 불과하다.

아무도 대신할 수 없는 나, 나의 삶, 나의 행동, 나의 영광과 수치. 고독 속에서 나는 나의 유일성, 유일한 존재로서의 나를 발견한다. 고독 속에서 우리는 처음으로 적나라한 자아, 모든 껍데기를 훌훌 벗은 벌거숭이 자아와 처음으로 직면한다. 고독은 자아를 밝혀주는 조명이다. 내가 누구를 대신해줄 수 없듯이 아무도 나를 대신해줄 수 없다. 내가 남을 대신해 살 수 있고 남이 나를 대신할 수 있다면 그것은 대신 살아준 사람의 삶이지 자신의 삶이 아니다. 만일 남이 나 대신 죽을 수 있다면 그 죽음은 남의 죽음이지 나의 죽음이 아니다. 내가 존재하는 한, 나의 삶을 살고자 하며 살아야만 하고, 나의 죽음을 죽고자 하며 죽어야만 한다. 나에게 나의 삶과 죽음은 유일무이하며 따라서 나는 고독할 수밖에 없다.

아무리 귀엽게 호의호식하는 보호를 받고 자랐다 해도 조만간 나는 초등학교에 가서 내 스스로 배우고 남들과 경쟁해야 하며, 시험을 보는 불안과 진학하는 기쁨을 나 혼자만이 경험해야 한다. 아무리 귀중한 공주라 해도 그녀를 대신해서 말을 배우는 고충을 겪고, 학교에

아무도 대신할 수 없는 나, 나의 삶, 나의 행동,

나의 영광과 수치. 고독 속에서

나는 나의 유일성, 유일한 존재로서의 나를 발견한다.

가서 시험을 치러야 하는 불안을 대신할 수는 없다. 막강한 권력을 갖고 있는 제왕이라 해도 그의 권세로써 그의 귀여운 왕자가 겪어야 할 사랑의 슬픔을 대신해서 해결해줄 수는 없다. 그러기에 책가방을 등에 메고 초등학교에 들어가는 꼬마, 배우자를 결정해야 할 공주도 무척 고독하게만 보인다.

고독은 자아의 진정한 모습, 인간의 근본적인 존재를 발견케 한다. 고독을 경험하지 못한 사람은 자기 자신을 진정한 의미에서 의식할 수 없다. 고독의 아픔을 체험하지 않고 우리는 자유를, 동물 아닌 인간으로서의 자아를 의식할 수 없다. 그래서 고독은 우리의 삶을 깊게 해준다. 우리는 고독한 경험을 통해서 자아에 대한, 삶에 대한, 인간에 대한 더욱 깊은 이해를 갖게 될 수 있다. 그러기에 고독을 모르는, 깊은 고독을 체험하지 못한 사람은 피상적으로밖에 보이지 않는다.

소포클레스는 비극 『안티고네』에서 동생 안티고네가 언니 이스메네와 더불어 보냈던 무도회의 이야기를 그린다. 무도회에서 에몽이라는 젊은 남자는 모든 젊은 남녀들이 즐겁게 춤추고 있는 가운데 한 구석에 혼자 쓸쓸히 앉아 구경만 하고 있는 안티고네에게 눈길이 갔다. 더욱 아름다운 언니 이스메네와 밤새도록 춤을 추었으면서도 에몽의 마음을 끈 것은 구석에만 앉아 있던 아름답지 않은 외모의 안티고네였고, 에몽은 마침내 그녀와 사랑에 빠져 약혼을 하게 된다. 놀기에 정신없는 사람들과는 달리 혼자 따로 떨어져 있던 안티고네, 그

안티고네의 고독이 깊은 의미로 그에게 다가왔기 때문이다. 고독을 모르고 어찌 깊은 삶의 경험을 할 수 있을 것인가. 한 번도 고독에 빠져보지 못했던 사람이 어찌 참다운 자아, 자기 자신의 모습을 알고 있다고 할 수 있겠는가. 고독에 젖어보지 않았던 사람이 어찌 위대한 문학작품을 쓸 수 있을 것인가. 깊은 철학적 사상이 고독을 떠나 어찌 탄생할 수가 있겠는가.

하이데거는 잡담과 진담을 구분 짓고, 대부분의 우리들은 인생의 대부분을 잡담으로 보낸다고 주장한다. 잡담은 진정을 전달하지 않으며 진실하지 않다. 그러므로 진실을 보여주는 진담을 해야 한다고 주장한다. 우리는 대체로 참다운 자기를 의식하지도, 진실하게 살고 있지도 않다는 것이다.

한마디로 우리는 대부분의 경우 그냥 떠들면서 살고 있지 '실존'하지 않고 있다는 것이다. 실존적 불안, 실존적 책임, 실존의 조건으로서의 고독을 도피하기 위해서 우리는 우리 자신의 신념대로 살기를 포기하고, 실존하지 않고 군중의 틈에서 군중을 따라 생각하고 말하고 행동한다. 우리는 실존적 인간이 아니라 속물이 되기를 무의식 중에 원하는 것이다. 그러나 사람의 고귀함은 고독을 거치지 않고서는 생겨나지 않는다. 고독 속에서 자라고 피어나지 않은 인간의 열매는 고귀한 것이 될 수 없다. 고독은 문자 그대로 외롭지만 고독을 모르는 마음, 고독을 모르는 군중은 더욱 허전하며 더욱 외로울 것이다.

고독은 깊고 방대하고 풍요한 뜻을 갖고 있다.

고독은 풍요하다. 잠시 군중으로부터 떨어져서, 잠시 일상적 관심을 떠나서, 잠시 혼자서 고독에 파묻혀 있을 때 우리는 새로운 자아를, 참다운 남들을, 남들과 나와의 올바른 관계를 생각할 수 있고 알게 될 것이며, 무한한 우주, 밑도 끝도 없는 시간과 공간 속에서의 나의 존재의 의미가 발견될지도 모른다. 고독 속에서 무엇인가를 생각하는, 우주의 의미를 생각하는 고독한 인간이 있기에 밤하늘의 저 별들의 고독, 끝없이 비어 있는 우주 공간의 고독은 다소 덜 쓸쓸하고 허전하고 덜 아파 보인다. 이처럼 고독은 깊고 방대하고 풍요한 뜻을 갖고 있다. 그러기에 아무도 없는 해변 모래사장 위에 발자국을 남기며 혼자 산책하는 한 사람의 모습은 고독해 보이지만 그것은 또한 한없이 흐뭇하고 아름답다. 해가 지는 눈 덮인 시골 논두렁에 우뚝 서 있는 한 마리 두루미의 긴 다리는 고독해 보이지만, 한쪽 발로 눈을 디디고 서 있는 두루미의 검은 줄이 찍힌 긴 목은 어쩐지 고상해 보인다.

상상 속에서나마 해변가를 혼자 산책해보지 못한 사람의 일생은 허전하다. 상상 속에서나마 눈 덮인 시골 들에 서 있는 한 마리의 두루미, 그 고독한 아름다움을 느끼지 못하는 사람의 마음은 너무나 삭막하다.

자리

초월의 세계와 속세의 경계선에서 서성거리고 방황하는 자신을 가끔 발견한다면, 그것은 궁극적으로 확고하지 않은 우리들의 삶의 자리에 대한 의식 때문인지 모른다.

숲 속에서 또는 낯선 도시 한복판에서 길을 잃게 되는 경우가 있다. 눈앞에 있는 소나무나 바윗돌이 보이지 않거나 눈앞에 있는 간판이나 골목길이 갑자기 보이지 않게 되어서가 아니다. 동서남북, 상하좌우 공간의 전체적인 틀이 잡히지 않거나 현재와 과거, 미래와 현재라는 시간의 전체적인 윤곽이 잡히지 않기 때문이다.

길을 잃는다는 것은 방향감각을 상실함을 뜻한다. 방향감각을 잃을 때 우리는 당황하고 갈피를 잡지 못한다. 우리들의 존재가 밑바닥에서부터 흔들리고 위협을 받는다. 나의 자리가 확실치 않은 것이다.

나의 자리에 대한 현실감각을 잃은 것이다. 길을 잃은 숲 속에서 혹은 도심에서 우리는 흔히 어쩔 줄 모를 곤경에 빠진다.

숲 속에서 혹은 도시 한복판에서 길을 잃듯, 그렇게 별안간 나는 삶의 숲 속, 삶의 도시 한복판에서 길을 잃고 있음을 체험할 때가 있다. 겉으로 보아 나는 정상적으로 일상적인 생활을 해나간다. 직장에서 가정에서 친구와의 관계 속에서 나는 언제나와 다름없이 일을 하고, 이야기를 하고, 판단을 내린다. 내가 할 일, 내가 하고 있는 일, 내가 해야 할 일을 나는 잘 알고 있다. 나는 어떤 기준에 따라 사물을 분별하고, 사건 혹은 행위들의 가치를 판단한다. 모든 것은 단단한 질서 속에서 움직인다. 그러나 나는 어쩌다가 갑자기 영원하다고만 믿었던 질서가 무너지고 나의 장소, 나의 자리가 뒤집히는 것을 체험한다. 산은 산이고 물은 물이었다. 그러나 갑자기 산은 산이 아니고 물은 물이 아닌 것같이 보인다. 산이 물인지 물이 산인지 알 수 없는 상황에 이르는 것이다.

만약 내가 누군가의 아버지라면 아버지가 무엇인지, 만약 내가 서울 어느 아파트에서 산다면 그곳에서 산다는 것이 무엇인지, 만약 내가 어느 비행장에서 누군가를 기다린다면 내가 그렇게 기다리는 것이 무엇인지가 전혀 알 수 없고 낯설게 느껴지는 때가 있다. 무엇이 꿈이고 무엇이 현실인지, 무엇이 환상이며 무엇이 사실인지 혼돈되는 때가 없지 않다. 우리는 가끔 일상적으로 아무렇지 않게 믿었던 것이 전혀 알 수 없는 혼돈의 안개 속에 파묻힘을 느낄 수가 있다. 갑자기 모든 것이 놀라움으로 변한다. 석가모니의 가출은 바로 이런 놀라움, 이런 일상적인 것에 대한 비일상성의 발견을 의미하는 것이었다. 그렇기에 놀라운 사건이 발생했을 때, 특히 그것이 극히 흡족한 것이라면 더욱 그 현실성이 믿어지지 않아 자신의 허벅다리를 꼬집어보게 된다.

나는 젊어서부터 부지런히 일하여 사업에 성공했고, 꽤 많은 재산을 모았다. 나는 관리 혹은 군인으로 크게 성공했다. 나는 예술가로서 명성을 얻게 되었다. 나는 평생을 돈에 집착하여 그것을 모으려고 얼마나 정신을 쏟고, 남을 속이고 혹은 남을 해쳐왔던가. 나는 그동안 상관에게 얼마나 아부를 많이 해왔던가. 아랫사람들을 얼마나 심하게 학대해왔던가. 나는 예술가로서 성공하기 위해 가산을 탕진하고 아내를 괴롭히지 않았던가. 어느덧 나는 남편이요 아버지로서 백발이 성성하다. 이런 상황에서 어느 날 갑자기 나는 내가 뭘 했던 것인가, 내가 살아온 길이 잘못된 것이 아닌가 하는 생각에 사로잡힌다. 나는 갑자기 나의 있는 자리, 나의 삶의 위치, 나의 정체가 혼돈됨을 느낀다. 나는 어디 있는 것인가? 나는 무엇을 하고 있는 것인가? 여태까지 인생의 방향과 자리를 알려주던 삶의 푯말이 보이지 않는다. 삶의 동서남북, 삶이 자리하는 공간의 상하좌우가 뒤죽박죽되어 버린다. 나는 잘못 살아오지 않았던가? 나는 지금 어디 있는가? 시간과 공간의 마디가 풀리고 나는 지금 어디서 무엇을 하고 있는지 알 수 없다. 그렇다면 내가 돌았는가, 아니면 세상이 돌았는가? 순간

나의 의식에 문제가 생겼는가, 아니면 내가 처음으로 세계를 옳게 의식하고 있는가? 나의 현재의 의식은 꿈인가 생시인가?

대마초 혹은 해시시 같은 마약을 지나치게 피울 때 환각에 빠진다. 시간이나 공간에 대한 정상적인 감각이 마비되어 마치 샤갈의 그림 같은 혼돈의 상태에 들어간다. 모든 사물현상이 서로 뒤죽박죽되어 전후좌우의 상황이 잡히지 않는다. 모든 것들이 그저 꿈속에서처럼 흐리멍덩하게 떠돌며 나 자신이 서 있는 자리에 대한 확고한 감각이 전혀 잡히지 않는다. 일종의 현기증이 갈피를 잡지 못하게 나를 휘감는다. 정신을 아무리 가다듬고 눈을 비비고 바라봐도 어쩔 수 없다. 모든 것이, 나를 포함한 모든 것들이 어지럽게 빙빙 돈다.

술에 취해서가 아니다. 대마초를 피워서가 아니다. 나의 의식은 멀쩡하다. 오히려 정신이 멀쩡할 때, 그러면 그럴수록, 그렇게 생각하면 할수록 갑자기 세상이 돌고 내가 돈다. 나는 갑자기 숲 속에서 혹은 낯선 도시 한복판에서 길을 잃은 듯 당황함을 느낀다. 모든 게 알 수 없다. 여태까지 알았다고 생각되었던 것들이 전혀 알 수 없는 것으로, 새로운 모습으로 기이하게 보인다. 나의 중심이 잡히지 않는다. 나의 위치, 나의 자리가 분명치 않기 때문이다. 나는 마치 이국 도시에서 길을 잃고 헤매는 어린애와 같다. 아무리 소리쳐도 내 손을 잡아주는 부모가 나타나지 않는다. 아무리 눈을 크게 뜨고 바라봐도 내가 어디에 있는지를, 어디로 가면 되는지를 가르쳐주는 신호등도 푯말도 보이지 않는다. 나는 삶의 숲 속에서 완전히 방향 감각을 상실하고 있다. 나는 삶의 도시 한복판에서 내가 있는 자리의 위치를 전혀 알아낼 수 없다. 내가 살고 있는 시간이 시작인지 끝인지, 아니면 그 중간인지가 구별되지 않는다. 내가 담겨 있는 이 공간이 지구의 끝인지 출발점인지, 아니면 우주의 한복판인지 분간되지 않는다.

내가 지금 서 있는 땅이 정말 무너지지 않는 땅인지, 아니면 꿈속에 나타나는 환상에 불과한지를 알 수 없다. 내가 중얼거리는 이 말들이 정말 뜻이 있는지 어떤지 어리벙벙해진다. 서울의 중심이라고 믿었던 중앙청 건물도 서울을 떠나서 보면 중심이 아니다. 한국의 중심이라고 생각했던 서울도 지구의를 놓고 들여다보면 절대적인 중심이 아니다. 중요하다고 믿었던 나의 자리, 내가 하는 일이 좀 시야를 넓혀보면 중요하지 않을 뿐만 아니라 전혀 의미가 없어 보일 수도 있다. 내가 옳게 살고 있다고 확신해왔지만 좀 거리를 두고 보면 그 확신이 전혀 잘못된 것으로 드러나는 때가 적지 않다. 영원한 반석 위에 놓였다고 믿어왔던 웅장한 성당도 작은 지진에 마구 흔들린다. 위대한 성인이 바보로 보일 수도 있고, 비겁한 반역자가 하룻밤 사이에 애국자로 바뀔 수도 있다.

누구나 청청한 소나무처럼 단단한 땅에 깊이 뿌리를 박고 서 있고 싶어 한다. 누구나 천 년이 가고 만 년이 지나도 늘

그렇다면 내가 돌았는가,
아니면 세상이 돌았는가?
순간 나의 의식에 문제가 생겼는가,
아니면 내가 처음으로 세계를 옳게 의식하고 있는가?
나의 현재의 의식은 꿈인가 생시인가?

름한 저 고딕 성전처럼 단단한 바위 위에 자신의 삶의 전당을 쌓고 싶어 한다. 누구나 어떤 일이 있어도 동요하지 않는 자신의 삶의 자리를 확정하고 곁눈질 않고 꼿꼿이 살아가고자 한다. 그러나 갑자기 우리들의 전당은 그 밑바닥부터 흔들리기 시작하고, 우리들이 쌓아 올린 삶이 무너지며, 우리들이 걸어가는 길의 방향이 뒤죽박죽 혼란을 일으키는 때가 있다. 그 어디에도 어떻게 해도 우리가 찾고자 하는 바윗돌같이 견고한 삶의 자리가 보이지 않는다. 우리들이 서야 할 자리를 갑자기 알 수 없게 되는 때가 흔히 있다. 아무 데도 철석같이 단단한 삶의 땅바닥이 보이지 않는다. 삶의 의미가, 나 자신의 자리가 걷잡을 수 없는 현기증을 일으키면서 지진을 겪는다.

집 안에서 혹은 이웃 간에서, 직장에서 혹은 친구 사이에서, 한 사회에서 혹은 한 국가 내에서, 역사 속에서 혹은 이 무한한 우주 속에서 나의 자리는 무엇인가? 나는 지금 무슨 자리를 차지하고 있는가? 나는 올바른 자리를 잡고 올바르게 서 있는가? 나의 삶의 방향이 잘못된 것은 아닌가? 나는 다시 돌이킬 수 없을 만큼 비뚤어진 곳으로 멀리 걸어온 것은 아닌가? 나는 정말 지금 어디 있으며, 무엇을 하고 있는가? 나의 정체, 내가 서 있는 자리의 정체는 무엇인가?

서른이 훨씬 넘은 나이에, 서른셋에 십자가에 못 박혀 수난한 예수를 생각하면서 혹은 행복한 왕자의 자리를 버리고 가출한 석가모니의 이야기를 회상하면서, 초월의 세계와 속세의 경계선에서 서성거리고 방황하는 자신을 가끔 발견한다면, 그것은 궁극적으로 확고하지 않은 우리들의 삶의 자리에 대한 의식 때문인지 모른다.

가끔이나마 삶의 지진을 느끼지 못하고 언제나 스스로가 차돌 바위에 서 있다는 자신감에 찬 사람들이 있다면, 그 자신감은 그들의 불안이나 공포를 감추려는 하나의 허세에 불과할지도 모른다. 생각하면 할수록 우리의 자리가 확실치 않다. 예민해지면 질수록 우리의 삶의 자리를 밑바닥에서 흔드는 지진의 강도가 더 커진다. 따지면 따질수록 우리들은 혹시 어느 숲 속에서 길을 잃은 것이 아닌가, 나는 혹시 어느 낯선 인생의 도시에서 방황하고 있는 것이 아닌가, 낯도 모르고 언어도 모르고 풍습도 알 수 없는 낯선 나라의 낯선 도시에서 헤매고 있는 것은 아닌가 하는 생각이 든다. 나는 어디 있는가? 여기가 도대체 어디인가? 난 여기서 뭘 하고 있는가? 내가 서 있는 이 자리가 환상에 지나지 않는 것은 아닌가? 내가 서 있는 곳이 진짜가 아니라면, 내가 살아온 길이 완전히 잘못된 것이라면?

길을 잃었다는 생각, 내 삶이 환상이 아닌가 하는 생각, 내 모든 지각이나 생각이 진짜가 아니라 가짜라는, 즉 환각일지 모른다는 생각은, 내가 살고 있는 이 시간과 공간, 내가 하고 있는 구체적인 행동이나 행위 등이 내가 아닌 다른 것들과의, 혹은 내 행위 아닌 다른 행위와의 전체적 맥락 속에서 파악되지 않기 때문에 생긴다. 나라는 개별적인 존재, 나라는 개별적인 동물의 행위가 나 아닌 사회와 자연 혹은 우주라는 더 큰 테두리에서 파악되지 않을 때, 우리는 삶의 방향

을 잃었다는 느낌을 갖게 된다. 그것은 마치 숲 속에서나 도시 한복판에서 길을 잃은 상황과 같다. 눈앞에 소나무가, 산새가 보이지 않아서 숲 속에서 길을 잃는 것은 아니다. 눈앞에 서 있는 집들, 거리의 네온사인들이 보이지 않아서 낯선 도시에서 길을 잃는 것은 아니다. 그것은 나무가 울창한 숲 때문에, 혹은 비슷비슷하게 나란히 서 있는 고층건물 때문에 내가 서 있는 곳을 전체적인 테두리, 전반적인 맥락 속에서 파악할 수 없기 때문이다.

삶의 숲 속 혹은 삶의 도시에서 길을 잃었다는 것, 내가 서 있는 자리가 현실감을 잃게 된다는 것은 나의 삶이, 더 나아가서는 이 세상에서 약동하고 노력하고 싸우고 이기고 지는 이 모든 행위가 우주적 입장에서 혹은 이 세상 아닌 다른 세계, 즉 모든 종교가 전제하는 어떤 초경험적 세계에 비추어 전체적인 관계 속에서 파악되지 않기 때문이다.

산정山頂에 올라가면 내가 현재 헤매고 있는 숲은 분명한 윤곽을 띠게 된다. 비행기를 타고 밑을 내려다보면 내가 헤매던 도시 한복판

의 위치가 분명해진다. 그러나 우리들의 삶을 바라보고 그것의 올바른 자리를 파악케 할 수 있는 또 하나의 높은 삶의 산정은 얼른 보이지 않는다. 나의 행위의 의미를 보여줄 또 하나의 삶, 다른 세계의 비행기에 나는 탈 수가 없다. 우리는 우리가 살고 있는 이 삶에, 우리가 딛고 서 있는 3차원의 이 자리에 의미를 부여해줄 수 있는 4차원의 세계, 아인슈타인의 세계를 갖지 못한다. 적어도 그런 것이 우리에겐 아직 마련되어 있지 않다. 우리는 3차원의 비좁고 답답한 세계에 갇힌 채 보이지 않는 근원적인 무엇인가의 그림자만을 바라보고 그것을 쫓고만 살아야 하는 것인가. 우리는 장자莊子가 뜻하는 바, 나비의 꿈에서 깨어나지 못하는 것인가.

나는 지금 어디에 있는 것인가? 나는 지금 무엇을 하고 있는 것인가? 나는 혹시 꿈을 꾸고 있는 것이 아닌가? 내가 완전히 잘못 살아왔다면 내가 완전히 잘못된 길을 따라 걷고 있는 것이라면 나는 어쩔 것인가? 넓적다리를 꼬집어도 속시원한 대답이 없다 해도 혀라도 깨물면서 어쩌면 영원히 깨어나지 못할 이 꿈, 이 악몽에서 잠깐이나마 깨어보고 싶어진다.

밤

밝은 햇빛 아래 '산', '나무', '집', '사람', '강아지', '책상', '잉크'라는 개념 속에 답답하게 갇혀 있던 사물현상들이 풀려나 어둠 속에서 이것도 아니고 저것도 아닌 것으로써 자유를 찾는다. 개념의 철창에서 석방되는 것이다.

동지섣달 깊은 밤 장작을 때 따끈한 온돌방에서 등잔불 곁에 둘러앉아 엄마랑 아빠랑 콩엿, 깨엿을 깨먹던 기억을 지닌 사람은 행복하다. 안방에 깔아놓은 두꺼운 이불 위에서 잠이 들기 전에 언니랑 오빠랑 데굴데굴 구르며 깔깔거렸던 유년시절을 갖지 못한 사람은 커서도 허전할 것이다. 어릴 적 먹던 엿, 어릴 적 뒹굴던 이불, 어릴 적 서로 몸을 대고 느낄 수 있었던 가족들의 촉감은 기억만으로도 온돌방처럼 따뜻하다. 밤이 없었던들 어찌 이런 따뜻한 기억이 있을 수 있으랴.

깊은 밤 단둘이서 속삭이는 사랑은 더욱 따뜻하다. 밤에 보호받지 못했던 연인은 사랑의 참맛을 모른다. 밤중에 이루어지는 사랑만이 진정 따뜻한 것이 될 수 있다. 칠흑같이 어둡고 고요한 밤에 늦게까지 불이 켜져 있는 산 너머 초가집이나 도시의 아파트는 상상만으로도 따스하고 행복해 보인다.

늦게까지 불을 켜놓고 책상 앞에서 사랑하는 이로부터 받은 편지를 다시 읽어본다. 어수선한 낮에는 마음이 정리되기 어렵지만, 깊은 밤에 혼자 책상에 앉으면 고향을 떠난 귀여운 아들에게 혹은 멀리 두고 온 어머님께 긴 편지가 저절로 쓰인다. 낮에 쓰는 편지가 사무적일 수 있을지 모르지만 따뜻한 정을 담을 수는 없을 듯하다. 낮에 한 생각이나 느낌이 논리정연하고 투명한 것일 수 있을지 모르나 따뜻한 생각이나 느낌은 역시 조용한 밤에만 풍겨질 수 있을 것 같다.

낮이 활동이라면 밤은 휴식이다. 몸과 마음의 피로를 풀며 자리에 누워 고요히 잠든다. 그러기에 밤은 또한 평화이며 행복이다. 낮에 힘껏 일하고 지친 몸을 따뜻한 이불 속에 누일 때 흐뭇한 느낌에 젖는다. 개구쟁이 아들이 머리만 내놓고 등불 밑에서 잠이 든 모습을 볼 때 이런 것을 마련한 밤이 고맙기만 하다.

사르트르가 희곡 『닫힌 문』에서 보여주듯이 햇빛이 영원히 밝은 상황은 우리를 질식하게 한다. 밤을 동반하는 하루를 어찌 고맙게 생각하지 않을 수 있으랴.

밤은 아름답다. 이태백이 타고 갔다는 돛대를 단 반달의 배가 구름의 물결을 타고서 밤하늘 바다를 저어간다. 은하수, 헤아릴 수 없이 반짝이는 밤하늘의 별들, 그것이 이루고 있는 질서의 아름다움에 냉철한 이지의 철학자 칸트가 황홀감을 느꼈던 것은 전혀 신기한 일이 아니다. 그 누가 밤하늘에 떠가는 달, 밤하늘에 보석을 뿌린 듯한 무수한 별들의 아름다움에 감동을 느끼지 않을 수 있겠는가.

이웃 마을의 큰집에서 제사를 지내고 돌아오는 밤길, 수수밭의 개똥벌레들은 꽃가루처럼 날고 어둠침침한 산턱을 지날 무렵, 하늘에서 갑자기 떨어지는 별똥의 모습이 장관을 이룬다. 짙은 풀밭에서 귀뚜라미 혹은 그 밖의 벌레들이 합창을 하고, 살짝 지나가는 여름바람이 상쾌하다. 눈 덮인 동지섣달에 산골마을 가난한 초가집 문풍지를 흔들며 지나가는 밤의 바람 소리는 삼엄한 위엄을 자아낸다.

언덕 아래 작은 마을, 거기 아직도 꺼지지 않은 창문의 불빛이 포근한 감각을 불러내고, 네온사인 번쩍이는 서울은 낮에 보는 서울보다 한결 더 화려하고 깨끗하다. 밤늦게까지 웅성거리는 골목길 주점에서 술잔을 나누는 술꾼들의 인정이 아름답게 느껴질 수도 있는 것이다.

그뿐이랴. 밤은 해방을 뜻하기도 한다. 밤이 되면 옷을 벗어도 좋다. 때 묻고 무거워서만이 아니다. 아무리 멋진 옷이라도 벗고 싶다. 육체를 보호하기도 하고 허영을 채워주기도 하여 편리한 것일 수도

그 누가 밤하늘에 떠가는 달,

밤하늘에 보석을 뿌린 듯한

무수한 별들의 아름다움에

감동을 느끼지 않을 수 있겠는가.

있지만 옷은 아무래도 껍데기이다. 양말뿐만 아니라 속옷까지도 벗어 팽개치고 이불 속으로 들어갈 때 해방감을 느낀다. 밝은 햇빛 아래 '산', '나무', '집', '사람', '강아지', '책상', '잉크'라는 개념 속에 답답하게 갇혀 있던 사물현상들이 풀려나 어둠 속에서 이것도 아니고 저것도 아닌 것으로써 자유를 찾는다. 개념의 철창에서 석방되는 것이다. 온종일 눈을 뜨고 있는 동안, 직장에서 일을 하는 동안, 돈을 벌기 위해서 길을 걸어가는 동안, 이것을 따지고 저것을 계산하면서 생존의 필요에 갇혀 급급하다가도 깜깜한 밤이 되면 집으로 돌아가 휴식하며 잠시나마 그런 걱정을 잊어버리고 긴장과 근심에서 석방된다. 몸과 마음, 정신과 의식이 자유를 찾는 것이다.

밤은 풍요하다. 거기에는 미처 생각지도 못한 비밀들, 귀중한 생각의 보물, 깊은 영혼이 숨겨져 있다. 남을 해롭게 하기 위해서도 아니며 음흉한 음모를 위해서도 아니지만, 오직 자신만이 알고 있는 비밀을 혼자서 지키게 하고 혼자서 들여다보게 한다. 아무 비밀도 갖지 못한 영혼은 삭막하다 할 것이다. 이처럼 사람마다 비밀을 간직할 수 있게 해주기에 밤은 흐뭇하고 풍요하다. 아무도 몰래 두 사람만이 사랑을 속삭일 수 있는 자리를 마련해주는 밤은 얼마나 고마운가. 아무리 가까운 이웃이라도 알아서는 안 될 비밀 이야기를 가족끼리만 나눌 수 있게 해주는 것도 밤이다.

깊은 밤엔 생각이 저절로 깊어진다. 밤늦게 불을 밝히고 있는 시인의, 철학가의 모습을 어떻게 잊을 수가 있으랴. 밤에 잠을 자지 않고 경건한 기도 속에 파묻혀보지 못한 종교인의 모습을 상상할 수는 없다. 새 생명이 깊은 밤에 잉태되듯 위대한 사상, 위대한 예술작품, 위대한 신앙도 깊은 밤에 잉태되고 창조되고 열매를 맺는다. 흰 수염을 늘어뜨리고 심오한 표정을 한 톨스토이가 꺼져가는 촛불 앞에서 위대한 소설을 집필하는 사진은 극히 인상적이다. 그런 모습이야말로 위대한 소설이 탄생하는 자연스러운 장면이다. 일상적 사고나 느낌의 테두리를 벗어난 깊은 밤에라야 시인은 자유롭게 상상의 날개를 펴고 위대한 영감을 얻게 된다. 많은 허식과 딱딱한 교리를 넘어서, 한없이 고요하고 한없이 깊은 밤중에 한 신앙인은 말로 또는 글로 전달될 수 없는 참다운 깊은 영적 세계에 비로소 접할 수 있을 것이다. 모든 것이 속된 차원에서 성스러운 차원으로, 아니 속된 모든 것들이 성스러운 것으로 승화될 수 있는 것도 밤, 깊고 조용한 밤에서이다. 밤은 귀중한 것, 위대 한 것, 성스러운 것들이 탄생하는 시간이다.

밤은 그런 것들의 씨가 뿌려지고 싹이 트고 자라는 풍요로운 시간이다. 그래서 밤은 여자와도 같다 할까. 대낮에 위대한 사상을 저술하는 철학가를 상상하는 것은 좀 어색하다. 어찌 위대한 문학작품들이 대낮에 씌어질 수 있으랴. 깊은 밤중 어디선가 잠들지 않고 책상 앞에 앉아 원고지를 메우는 소설가, 두꺼운 책자를 넘기며 생각을 더듬는 철학가, 십자가 앞에 두 손을 모으고 무릎을 꿇고 앉아 있는 신앙인의 자세는 풍요하고 든든하며 그윽해만 보인다. 자정이 넘어도 외로이 불이 켜져 있는 저 방, 그곳에는 생각과 저술에 잠겨 있는 창조자들이 있으리라. 그들의 풍요한 작업이 이루어지고 있으리라. 밤이 지나 해가 돋으면 그들은 부산한 세계를 잊고 지난밤 창조작업에서 얻은 피로를 잊기 위해 잠자리에 들리라. 다시 풍요로운 밤이 돌아올 때까지.

밤은 방대하다. 또한 밤하늘은 무궁하기만 하다. 어디를 둘러보아도 시야가 없는 칠흑의 공간이 끝없이 널려 있다. 아무런 상상도 미칠 수 없는 초월의 세계에 접할 듯하다. 크다는 것, 거대하다는 것을 밤하늘만큼 더 절실히 실감시켜줄 수 있는 것은 아무것도 없을 것이다. 저 하늘 저 끝없는 어둠은 어디에 이를 것인가. 우주라는 말이 거대한 것을 상기시킨다면 밤은 우주적이다. 밤의 경치를 보고 우주라는 말, 그 말의 뜻을 비로소 이해할 수 있을 것 같고 궁극적 존재의 방대함을 느낄 수 있을 것 같다.

이 방대한 밤하늘 아래 내가 차지하는 이 공간, 크다고만 생각했던 도시, 넓은 공간을 상징해줄 듯했던 바다, 이 지구, 낮에 떠 있던 태양이 얼마나 작은 것인가를 깨닫게 된다. 이렇게 방대한 공간에서 우리는 시간의 무궁함, 그 시작과 그 끝의 의미를 다시 생각하게 되며 함부로 사용했던 '영원'이란 말의 의미를 피부로 실감한다. 밤의 배경이 되는 시간, 영원이라는 시간에 비추어볼 때 귀중한 한 사람의 인생이 얼마나 짧고 무의미한 것인가. 그렇게도 길어 보이는 인류의 역사가 얼마나 짧

이렇게 방대한 공간에서 우리는 시간의 무궁함,

그 시작과 그 끝의 의미를 다시 생각하게 되며

함부로 사용했던 '영원'이란 말의 의미를 피부로 실감한다.

은 시간인가를 새삼 자각하게 된다. 이런 공간, 이런 시간 속에서 한 사람의 슬픔과 영광, 인류의 자랑스러운 업적이나 역사가 무슨 문제가 되며, 무슨 의미를 가질 수 있는가. 밤의 어둠 속에 퍼져 있는 무한한 시간과 공간에 접할 때, 비로소 우리는 참다운 우리의 모습을 발견하고 살아가는 의미, 모든 존재의 진정한 의미를 이해할 수 있을 것도 같다.

물리적으로 개개인의 존재는 너무나 작다. 우리가 크다고 생각하는 대륙도, 우리를 태우고 있는 지구도 무한한 공간에 비추어보면 있으나 마나하게 작은 존재이다. 귀중하다고 생각했던 모든 것이 너무나도 무의미하게 보이는 것이다.

이처럼 광대하고 영원한 밤에 압도되어 우리는 스스로를 돌아보게 되며, 스스로의 진정한 모습을 재검토하고 참된 모습을 발견하게 된다. 어느덧 밖으로만 향했던 우리의 눈이 우리 자신으로, 우리 자신의 내적 세계로 옮겨간다. 밤은 자아발견의 자연스러운 통로이다.

무한히 광대한 공간 속에서 파스칼과 더불어 우리는 우리의 존재가 무에 가까움을, 우리가 차지하고 있는 시간이 있으나 마나한 것임을 확인한다. 그러나 우리는 또한 파스칼과 더불어 우리가 의식을 갖고 있는 영적 존재임을 알게 되며, 무한한 공간과 시간을 의식할 수 있다는 사실에서 우리는 영적으로 무한한 공간과 시간, 우주보다도 더 방대한 어떤 것을 발견한다. 지동설에 관해 언급하면서 "지구가 태양에 예속된 작은 위성에 불과하기 때문에 천문학적으로는 우주의 중심이 될 수 없음이 사실이지만 의식을 갖고 생각하는 인간이 살고 있는 이 작은 지구는 역시 형이상학적으로는 우주의 중심이다."라고 말한 헤겔은 파스칼과 똑같은 생각을 달리 표현하고 있는 것이다.

어두운 밤이 궁극적 진리를 보여주는 듯하다. 진정한 지혜는 어두운 밤에 더 빛난다. 방대한 밤이 진정한 우리의 모습, 진정한 존재의 의미를 보여주는 듯하다. 위대한 밤에 압도되어 오만한 자아가 머리를 숙이고 경건해진다. 철모르고 날뛰던 허영심이 부끄러워지고 검박儉朴한 마음을 되찾을 수 있다. 자신만만했던 이성이 걷잡을 수 없는 방대한 궁극적 신비로움 앞에는 움츠러들게 된다.

우리는 어디서 와서 어디로 가는 것인가. 우주보다도 위대한 의식으로서의, 영적 존재로서의 인간의 의미는 무엇인가. 이 우주 이 존재일반은 어떻게 생겼는가. 그것은 무슨 궁극적인 의미를 띠고 있는가. 아무리 따져봐도 궁극적인 의문이 풀리지 않는다. 이런 물음 앞에서 아무리 뛰어난 논리도 무력함을 깨닫는다. 이 장엄한 물음을 던지는 밤은 아무리 밝은 이성의 빛으로도 전혀 밝아질 수 없다. 밤이 낮보다 크다. 역시 역설적이지만 밤은 낮보다 밝다. 육안으로 아무것도 볼 수 없는 밤에는 영혼이 눈을 뜬다. 눈을 감아야 많은 것을 볼 수 있는 것과 같이, 밤은 어두워서 그만큼 더 밝다.

밤이 오면 서로 떨어지고 갈래갈래 나뉘어졌던 모든 것이 다시 하나가 되고 밤이 깊어야 모든 갈등들이 잠시나마 풀려 화해를 이룰 수 있을 것 같다.

밤은 지혜롭다.
밤은 경건하다.
밤은 엄숙하다.
밤은 밝다.
밤은 깊다.
밤은 방대하다.

밤하늘 영원한 곳에서 반짝이는 영혼의 부름을 따라 굳게 닫혔던
마음의 문을 열고, 이제 눈을 크게 뜨고 떠나야만 할 것 같다.

바다

아무것도 보이지 않는다. 한결같은 물, 그 아무것에도 얽매여 있지 않고 모두가 오로지 하나의 물결로 용해된 세계일 뿐이다. 모든 것이 비어 있다. 바다 한복판에서 우리는 무한한 듯한, 영원한 듯한 공백을 본다.

누군가가 혼자 수평선으로 넘어가는 석양을 서서 바라보고 있다. 그의 뒤를 따르던 강아지도 꼬리를 흔들며 잠시 멎는다. 흰 모래사장에 진 그의 그림자가 유난히 짙고 길어 보인다. 잠시 후 그는 흰 물결이 부서지는 모래사장을 다시 걷는다. 그가 남긴 모래사장의 발자국이 파도에 씻겨 없어진다. 그는 깊고도 맑은 사색에 잠겨 있음에 틀림없다. 그의 세계는 잠시나마 청결한 것이리라. 해변가를 걷는 그의 모습은 상상만 해도 아름답다. 그를 부러워하지 않을 사람이 있을까.

　그는 바다의 시를 읊고 있는 것이다. 그는 바다의 사고思考에 들어
가고 있는 것이다. 그는 바다의 가르침을 배우고 있는 것이며, 바다
의 부름에 응하고 있는 것이다.

　바다는 부름이다. 아득하고 한결같이 끝없는 수평선이 우리를 부
른다. 흰 깃발을 흔들듯 수 없는 파도들이 손짓으로 부른다. 어서 오
라고. 모래밭에 흩어진 조개껍데기를 집어 밀려오는 물결을 향해 던
지게 되는 것은 바다의 부름에 응하고 싶은 마음에서이다. 여름이면
옷을 훌훌 벗고 바다에 뛰어들어 물결을 타고 싶어지는 것도 바다의
부름 때문이다. 시원한 물, 푸른 물, 한없이 풍요한 물속에서 알몸이
되어 더러운 마음의 때를 씻고 원초적 순수의 모습으로 돌아가고 싶
은 것이다. 맑고 깊은 물, 그 물로 내 몸과 마음의 때를 씻어버리자.
그 물속에 들어가 작은 나의 자아를 씻어버리자. 그 물속에서 내가
다시금 크나큰 자연과 더불어 하나로 용해된다.

사방을 둘러봐도 아무것도 보이지 않는다. 한결같은 물, 아무것에
도 얽매여 있지 않고 모두가 오로지 하나의 물결로 용해된 세계일 뿐
이다. 역시 아무것도 보이지 않는 넓고 푸른 하늘이 바다의 수평선과
하나로 이어져 있다. 모든 것이 비어 있다. 바다 한복판에서 우리는
무한한 듯한, 영원한 듯한 공백을 본다. 아무것도 없다. 아무것도 아
니다. 그 방대한 공백 속에서 너와 나의 차이, 인간과 자연과의 구별,
슬픔과 기쁨 혹은 모든 흥망성쇠의 역사적 구별, 영원과 순간, 삶과
죽음, 이런 구별들은 의미를 잃는다. 우리는 무궁한 공간 그리고 무
궁한 시간에 접한다. 바다에서 우리는 초월의 세계에 접하는 듯하다.
　　바다의 공백을 크나큰 부름으로 볼 수도 있다. 바다는 부른다. 우
리의 자유를 부른다. 그러기에 바다를 보면 떠나고 싶은 것이다. 저
맑고 푸른 물결을 타고, 가도 가도 끝이 보이지 않는 수평선 너머 미
지의 고장, 화려하고 신기한 어느 나라를 찾아 떠나고 싶은 것이다.

가랑잎같이 흔들리는 배를 타고 거센 파도와 싸우며 새로운 경험을 하기 위해서, 새로운 것을 마련하기 위해서, 위험을 무릅쓰고 떠나고자 하는 마음의 충동으로 설레는 것이다. 다시는 영원히 돌아오지 못할지라도 새로운 항구, 처음 만나는 이국인들이 알아들을 수 없는 이국 말을 하는 낯선 항구를 찾아 떠나고 싶은 것이다. 바다는 가능성이다. 모험을 요구하는 자유이다. 위험을 무릅쓰는 모험에의 초대이다. 그러기에 바다는 씩씩한 행동을, 더 나아가서 피 끓는 생명력을 상징할 수도 있다.

트로이의 적을 치기 위해서 위험한 목선木船을 타고 에게해의 파도를 건너간 오디세이의 용맹담을 우리는 들어왔다. 북구의 바이킹들이 바다에서 설치며 자신들의 억센 의지력을 테스트했다는 역사만을 읽어도 우리는 흥분하게 된다. 쪽배 못지 않은 작은 배를 타고서 죽음을 각오해야 할 만큼 위험한 항해에 나선 마젤란, 험악한 대서양을 건넌 콜럼버스를 억제할 수 없는 바다의 부름, 바다의 유혹을 전제하지 않고서는 이해할 수 없다. 무한히 뻗은 바다, 험악하게 파도를 일으키는 성난 바다가 그들의 마음을 설레게 하고 들뜨게 했을 것이다. 그들은 바다의 초대에 행동으로 응하여 도전했던 것이리라. 종교의 자유를 찾아 '메이플라워'라는 작은 목선을 타고 전혀 알지도 못하는 미지의 세계, 북미대륙을 향해 대서양을 건너던 청교도들은 바다 위에서 죽음과 싸우면서도 새로운 미지의 세계를 찾아간다는 것만으로도 가슴이 부풀었을 것이며, 그만큼 더 살아 있다는 생명감을 느꼈을

것이다. '어진 자는 산을 좋아하고 지혜로운 자는 물을 좋아한다仁者
樂山, 知者樂水'고 공자는 말했지만 따지고 보면 바다를 사랑하는 사람
은 지자知者라기보다는 우선 용자勇者인 듯싶다. 바다는 용기, 모험,
결단력, 의지력을 요구한다. 헤밍웨이의 작품 『노인과 바다』에서 홀
로 작은 배를 타고 험한 파도에 흔들리면서 어쩌다 물린 상어와 싸우
는 한 늙은 어부는 투지와 인내심으로 버티어, 비록 상어는 잃었지만
정신적 승리를 거둔다. 바다에의 도전에 패배하지 않은 그 어부에게
서 우리는 안도감을 느낀다.

항구가 없는 바다를 생각할 수 있을까. 떠나가고 돌아오는 배가 없
는 항구를 생각할 수 있을까. 기적을 울리면서 항구를 떠나는 기선
갑판 위에 서서 손을 흔들며 점점 멀어지는 육지 위의 사람들을 바라
볼 때 바다는 낭만적이다. 생선 냄새가 풍기고, 흔들리는 숲같이 줄
줄이 서 있는 돛대들 위를 갈매기들이 날고 있는 어항을 뒤로하고,
고기잡이를 하러 먼 바다로 떠나 그림자처럼 수평선 너머 어딘가로
사라지는 어선들이 삶의 서정을 느끼게 한다.

우리도 어서 기선을 타고 야자수 그늘이 지고, 레몬꽃이 피는 열대
지방의 이국으로 떠나고 싶다. 밝은 이국의 하늘, 달빛 아래서 우리
도 저 어부들처럼 바다에 그물을 던지고 싱싱하고 푸짐한 고기를 잡
고 싶어진다. 어째서 나는 떠날 곳이 없을까. 어째서 나는 어부가 되
지 않았던가. 바다에서 사는 뱃사람이 부러워진다. 그들은 그들을 가

로 막는 산도 언덕도 다리도 없이 무한히 넓은 바다로 물결에 흔들리며 떠날 수 있기 때문이다. 맑은 공기, 높은 하늘을 벗 삼아 바다를 떠가는 그들이 한없이 자유롭게만 보이기 때문이다.

바다는 장엄하다. 육중한 쇳덩이로 만든 기선도 파도가 산더미같이 밀려올 때는 한낱 낙엽처럼 흔들린다. 밑을 아무리 들여다보아도 푸르기만 한 깊은 바다, 아무리 속력을 내 며칠을 가도 사방 육지라고는 보이지 않는 망망히 넓고 크기만 한 바다. 그런 바다를 떠갈 때 우리는 비로소 공간의 장엄함을 피부로 느끼며 우리들이 살던 도시, 우리 고장에서 높다는 산들, 우리가 살던 육지에 깔린 평야가 얼마나 작은가를 의식할 수 있게 된다. 우리가 그렇게도 애착을 갖던 여러 가지 소유물들, 우리가 현재 타고 있는 이 여객선, 그 속에 타고 있는 우리들 하나하나의 위치를 새삼 생각하게 되고 그것들의 참다운 자리와 의미를 파악할 수 있을 것 같다.

먹구름 진 하늘에 어느덧 밤이 닥쳐오고 눈보라 치는 바다는 마치 산맥들이 밀려오는 듯한 파도로 성낸다. 사방 아무것도 보이지 않는다. 들리는 것은 마치 세상의 종말을 고하는 듯한 무서운 바람 소리와 파도 소리뿐이다. 호화로운 여객선도 그 바다 위에서는 당장이라도 침몰될 듯 위험스럽게 흔들린다. 그 배는 어디로 갈 것인가. 그 배 안에서 잠을 못 이루는 여객들의 존재는 너무나도 미약할 뿐이다. 자연의 힘에 공포와 압도감을 아울러 느끼게 된다.

그 배는 어디로 갈 것인가.

그 배 안에서 잠을 못 이루는 여객들의 존재는

너무나도 미약할 뿐이다.

그러나 바다는 또한 하나의 예술작품이 될 수도 있다. 바다 한복판에서 소금내 나는 바닷바람을 맞으며 바라보는 별들이 뿌려진 밤하늘은 장엄한 아름다움을 보여준다. 그 아름다움에 어찌 감동받지 않으랴. 그런 하늘 밑, 그런 바다 위에서 시인이 되지 않을 사람이 어찌 있겠는가. 밤바다 위에서 우리는 모두가 시인이다. 물 위에 떠 있으면서 우리는 별들의 아름다움에 매혹된다.

바다는 또한 고적하다. 특히 밤바다를 떠가는 하나의 배는 외롭고, 그 배에 켜져 있는 불빛은 슬프다 할 만큼 적적하며 애절하다. 돛을 달고 며칠 동안, 아니 한 달 동안 항해를 하더라도 어느 육지에도 다다를 수 없는 먼 바다의 한복판, 심한 파도에 흔들리며 떠 있는 배에 켜진 등불이 까물거린다. 그 무엇이 그렇게 불을 켜고 바다에 떠 있는 배보다 더 적적하고 더 외롭게 느껴질 수 있는가. 어디를 보아도 끝없는 어둠뿐인데 한 배의 선창 속에 켜진 불만이 유일한 빛이다. 존재하는 것은 오로지 그 가냘픈 빛뿐인 것 같다. 막막하기만 하고 어디가 어딘지 방향을 잡을 수 없는 밤바다 위에서 그 빛은 너무나도 혼자이고 너무나도 약해 보이기에 더욱 우리의 눈을 끌고 우리의 마음을 사로잡는다. 그 빛은 외로운 만큼 더 명상적이기도 하다. 저 배 안에 있는 어부는 무슨 깊은 사색에 잠겨 있을 것만 같고, 파도에 가끔 반사되는 그 불빛이 깊은 명상 속에 잠겨 있는 영혼처럼 보인다. 그 어부는 인생의 의미를 다시 생각하고 있으리라. 그 빛은 우주의 신비를 비춰보려 하는 것이리라. 밤바다에 떠 있는 어선을 밝히고 있는 빛, 그 빛이 상징하는 고독이 어쩌면 삶의 고독한 조건 그리고 존재의 궁극적 신비를 상징한다고도 볼 수 있다.

밤바다에 떠 있는 그 외롭고도 연약한 배의 빛은 수많은 사람들이 우글거리는 사회 속에 살면서도 언제나 혼자인 것만 같은 한 인간의 운명과도 비교될 듯하다. 더 나아가서 그 빛은 위대한 자연과 공간을 쉽게 생각하고 만만히 정복할 수 있다고 자신해왔던, 우리의 자부심을 압도해오는 자연의 힘과 싸우는 인류의 고독에 비유될 수도 있을 것 같다. 또 한 걸음 더 나아가서 밤바다의 파도 위에 가냘프게 흔들리는 그 빛은 무한한 우주의 공간으로 퍼져서 무한한 시간 속에 흘러가는 지구의 고독을 상징한다고도 볼 수 있다.

시작도 끝도 없는 시간과 공간, 즉 기억할 수 없는 시초와 상상할 수 없는 종말의 시간과 공간의 한복판에 던져져서 우리는 모두 각자 살다가 언젠가는 어디론가 다시 사라지는 것이다. 모두가 각기 혼자서 흙으로 물로 자연으로 돌아가는 것이다. 우리는 지금 어디에 있는가. 우리는 도대체 어디서 온 것인가. 우리는 도대체 무엇을 하고 있는 것인가. 이렇게 왔다 가는 우리의 존재의 의미는 무엇인가. 밤바다 파도 위에 떠 있는 어선의 등불이 아무리 밝다 해도 그 배는 자신의 위치를 분명히 알 수 없고, 어디로 가는지 방향이 막막함을 의식할 뿐이다. 그와 마찬가지로, 우리들이 삶의 의미에 대해, 삶의 방향에 대해 궁극적인 질문을 애절하게 던져도, 메아리조차 들리지 않는다. 알 수 없다. 궁극적인 신비로움에 우리는 둘러싸여 있을 뿐이다.

우리는 이미 인생이란 배를 타고 바다 위에 떠 있는 것이다.

바다의 어느 위도와 경도상에 있는지도 모르며, 무엇 때문에 어떻게 해서 이렇게 바다 한복판 어두운 파도에 흔들리며 떠 있는지 모를지라도, 배에서 내려 그것을 알아볼 수는 없는 것이다. 나는 그저 아무것도 모르는 채, 의지할 아무것도 없이 빈약하나마 타고 있는 배만을 의지하며 외롭게 떠 있어야만 한다. 비록 배 안에서 무한한 막막함과 답답함, 무한한 불편을 느끼더라도 나는 배에서 내려 바닷속으로 들어갈 수 없는 것이다. 싫든 좋든, 그 이유가 어쨌든 나는 배를 떠나서 문제를 해결할 수 없다. 만약 무슨 문제가 생기더라도 배를 탄 채 해결해야 한다. 내가 탄 배를 밝히고 있는 선창 안의 등불이 아무리 빈약하더라도, 나의 선로를 밝힐 수 있는 빛은 오직 그 등불뿐이 아니랴.

우리들 하나하나는 각자 어둡고 험악한 바다에 흔들거리는 빛을 달고 떠 있는 작은 어선과 같다. 싫든 좋든 우리는 이미 막막한 바다 위에 떠 있어야 한다. 배에서 내릴 수 없다. 어딘지 확실히 모르면서도 떠가야 한다. 우리는 계속 어망을 바다에 던져 물고기를 잡아 목숨을 이어가야만 한다. 설사 배 바닥에 구멍이 뚫려 물이 새어들더라도 배 밖으로 내려서 배를 수선할 수는 없다. 배 안에서 우리가 갖고 있는 재료로써 새어드는 물을 막아야 한다. 삶이 고달프고 사태의 방향이 잡히지 않고 삶의 의미가 무엇인지 모른다고 해서 삶의 배에서 내려 죽음의 편안한 육지에서 우리의 문제를 해결할 수는 없다. 파스칼의 말마따나 우리는 이미 인생이란 배를 타고 바다 위에 떠 있는 것이다.

막막하고 험한 밤바다가 인간의 실존적 극한상황을 상기시킨다면, 그 바다에 외따로 떠 있는 작은 어선의 불빛은 실존적 인간 자체를 의미한다고 말할 수 있다. 그러나 인간은 절망하지 않아도 된다. 그에게는 자유가 있고 따라서 희망이 있기 때문이다. 막막한 바다 한복판에 방향을 잃고 떠 있는 작은 어선 안에 갇혀 있으면서도, 어부들은 어딘가 반드시 육지가 있고, 항구가 있고, 등대가 있으리라는 것을 확신하고 있기 때문이다. 어찌 육지가 없는 바다, 항구가 없는 바다, 등대가 없는 바다를 생각할 수 있겠는가. 갈매기들이 날고, 조개껍데기가 바다의 소리에 귀를 기울이며, 작은 어선들의 돛대로 가득 찬 어항, 거기 거리에서 술을 마시며 항구의 여인들과 사랑을 나누는 바닷가의 마을이 분명히 있을 것이다.

먼 곳에서 반짝이는 등대의 빛은 바다로부터 돌아오라고 우리를 부른다. 먼 항구에서는 우리를 전송했던 식구들이 맛있는 음식과 따뜻한 잠자리를 마련해놓고 우리가 돌아오기를 기다리고 있다. 그곳에서 우리는 바다와 싸우느라 피로했던 몸을 쉴 수 있으리라.

바다는 우리를 부른다. 용기를 내 험한 파도를 타고 미지의 세계로 떠나라고 손짓한다. 바다는 우리에게 이야기한다. 우리가 떠났던 육지를 향하여 돌아오라고. 항구의 방파제 안에 들어앉은 배들의 돛대 위에 펄럭이는 깃발들이 떠남과 돌아옴, 헤어짐과 만남을 동시에 손짓하고 있다.

바다는 인간을 포함한 크나큰 우주의 비밀을 가르쳐주며 동시에 숨기고 있는 듯하다. 칠흑같이 어두운 밤, 크나큰 바다의 한복판에 떠 있는 어선이 삶의 궁극적 상황을 말해주는 것 같고, 산더미 같은 파도를 일으키며 휘몰아치는 한밤중의 폭풍우는 상상만 해도 무섭고 장엄하며, 그리하여 무궁한 존재의 신비를 깨닫게 한다.

담

한쪽 끝에서 저쪽을 바라볼 때, 일직선 담은 무한한 곳으로 연장되는 듯하다. 그것은 한 폭의 그림이기도 하지만 하나의 사색이기도 하다. 그것은 우리를 부르고 있다. 쉬지 말고 따라오라고.

어떤 담들은 음산하고 도전적이다. 안에 있는 집과 너무나도 어울리지 않게 가시철사로 높이 둘러싼 콘크리트 담은 그 속에 사는 주인에게 안도감을 줄지 몰라도 보기에 삼엄하고 추하기 짝이 없다. 그것은 포로수용소를 연상시킨다. 이런 담은 반발심을 일으킨다. 방어를 위한 담이 모두 추하지는 않다. 아직도 유럽 곳곳 산정山頂에 있는 중세의 석조 성채를 둘러싼 높고 단단한 돌담들은 견고한 느낌을 줄 뿐만 아니라 오늘날 보아도 독특하고 장엄한 심미감을 일으킨다. 그것들은 든든할 뿐만 아니라 아름답다. 하나의 거대한 예술작품 같기도 하다. 산언덕 밑에서 석조 성채를 바라보면, 시선은 어느덧 꼬부라진 길을 따라 담을 끼고 문을 지나 성곽 속으로 들어가기 마련이다. 단단한 돌담에 보호된 산꼭대기에 올라서서 시야에 한없이 펼쳐진 작은 농가와 들과 산을 바라볼 때 자신감과 상쾌함을 느낀다.

보호나 방위를 위한 이런 담이 우리들의 마음을 끌고 우리들을 잠시나마 어떤 생각에 잠기게 할 수도 있지만, 우리들을 더 깊은 사색과 공상 속으로 끌어가는 담은 견고한 담이 아니라 오히려 빈약한 담이며, 화려한 담이 아니라 검소한 담이다. 담이 원래 방위나 공격이라는 전투성을 목적으로 하고 있었다 해도 우리들을 매혹하는 것은 그런 실질적 기능을 채워주는 것으로써가 아니라 단순히 상징적인 의미를 보여주는 측면에서인 것 같다. 이런 종류의 담은 아늑하고 평화롭고 따뜻하며, 행복함과 아름다움을 느끼게 한다. 산골짜기 초가집 뒷간과 밭을 갈라놓은 이끼 낀 돌로 쌓은 낮은 담, 시골 농가의 흙담, 사철나무를 심어 만들어진 농촌의 담, 북악산을 꾸불꾸불 둘러싼 담, 뉴잉글랜드 지방의 시골길에 드문드문 쌓인 임자 없는 돌담, 이런 담들은 적으로부터의 방어나 도둑으로부터의 방위를 위한 것이라 하기에는 너무나 빈약하지만 그만큼 더 따뜻한 안도감과 평화로운 자신감을 마련해준다.

쓰러져가는 오막살이집이 거의 무너진 흙담으로 둘러싸여 있다. 담을 덮은 이엉도 오래된 채 삭아 흩어져 있다. 까맣게 그을린 그 집 굴뚝에서는 아침저녁으로 겨우 두 번 밥을 짓는 연기가 올라온다. 그 속에서 살고 있는 농부의 살림이 가난함에 틀림없다. 빈약하기 짝이 없어 상징적인 의미밖에 없어 보이지만 그런 집을 둘러싸고 있는 흙담은 오히려 한없이 포근하다. 그 담에 가려 있는 집은 안심할 수 있을 것이다. 그 집 단칸방에서 가난한 농부의 식구는 잠시나마 포근한 잠에 들고 즐거운 꿈을 꿀 수 있을 것이다. 별로 말은 나누지 않더라도 그 담에 가려진 집의 방 안에서 깊은 밤 흙내 나는 남편의 팔에 안긴 아내는 행복할 것이다. 어떻게 바라보면, 이런 담에 포근히 가려져 있는 초가삼간은 화려하진 않지만 따뜻한 꿈에 차 있다. 그 담 뒤에는 절실한 삶의 체험이 가득하고 삶의 말없는 이야기가 끝없이 들려온다. 그 담은 자연과 싸워 생존하고자 하는 삶의 의욕을 말한다. 그것은 바람이나 들짐승 같은 자연의 위협으로부터 보호되어 가장 가까운 사람들과의 행복과 자신의 한없이 귀중한 어떤 비밀을 간직하고자 하는 의욕을 대변해준다.

흙담 너머 장독대 위에 몇 개의 항아리들이 놓여 있다. 그 속에선 간장, 된장이 익어가고 있을 것이다. 장독대 옆에 감나무 한 그루, 사철나무 한 그루가 서 있다. 늦가을 감나무에는 탐스러운 금빛 감들이 푸른 하늘을 이고 주렁주렁 매달려 있다. 흙담벽에 늦가을 저녁의 햇빛이 유난히 따뜻해 보인다. 그 초가집 어린아이들이 이웃 또래들과 햇볕이 내리쬐는 흙담 밑에서 주변에 흩어진 사금파리를 모아 소꿉장난을 하면서 재잘거린다. 아버지는 아직 논에서 돌아오지 않았지만 밭일을 하다 돌아온 어머니가 부엌에서 저녁을 마련한다. 직장이

그 담 뒤에는 절실한 삶의 체험이 가득하고
삶의 말없는 이야기가 끝없이 들려온다.
그 담은 자연과 싸워 생존하고자 하는 삶의 의욕을 말한다.

있는 읍내 혹은 낯선 외국생활을 뒤로하고 이런 시골로 돌아오고 싶다. 피곤한 도시를, 고달픈 공장을 떠나 이런 흙담으로 돌아가 잠시나마 따뜻하고 맑은 공기를 마시며 흙담벽에 기대어 햇볕을 쬐며 어릴 때의 무한한 공상에 잠기고, 무료한 어릴 적 흙담 주변의 행복을 잠시라도 되찾고 싶어진다.

흙담이 그 벽에 기대어 따뜻한 몽상 속에서, 철없는 동심 속에서 햇볕을 쬐는 가장 원초적 행복에 잠기고 싶게 한다면, 뉴잉글랜드의 숲 속에서 만나게 되는 돌담은 그 위에 걸터앉아 먼 지평선을 바라보면서 우리가 걸어왔던 지난날의 회고와 반성에 파묻히게 하며, 어딘가 더 먼 곳으로 떠나고 싶게 한다. 뉴잉글랜드의 숲 속에 거미줄처럼 얽힌 길을 단풍이 지는 늦가을 주말에 혼자 드라이브를 하다 보면 숲 속에 혹은 그냥 길가에 돌담이 자주 눈에 띈다.

마을도 집도 사람도 밭도 없는데 돌담만 있다. 무릎보다도 낮지만 역시 담임에는 틀림없다. 벽돌이 아니다. 돌을 깎아 만든 것도 아니다. 사방에 흩어져 있는 돌, 바위들을 주워 있는 그대로 쌓아올린 것이다. 회색빛 담돌들은 흔히 이끼가 끼어 있거나 오랜 세월 바람과 비에 깎인 듯 무디어 보인다. 유럽에서 처음 이곳 황량한 대륙에 왔던 개척자들이 밭을 만들기 위해서 돌을 주워 모은 것이기도 하며, 그런 벌판에 나무집을 짓고 자신들의 집의 경계선을 표시하거나, 아니면 그저 하나의 장식으로서 주변의 돌을 주워 되는 대로 쌓아올린 것이라 한다.

이런 돌담에서 우리는 험악한 땅을 찾아와 더 자유롭고 풍요롭게 살고자 했던 사람들의 온몸에서 흐르는 땀과, 그 많은 돌을 골라내고 그 많은 돌을 쌓아 밭을 만들고 집을 지었던 사람들의 믿음직한 팔뚝의 근육을 보는 듯하다. 그 돌담에서는 대서양의 바다 냄새가 난다. 그 돌담에는 땀이 배어 있다. 아내와 자녀들과 더불어 더욱 행복해지고자 했던 젊은 남자들의 의욕과 의지와 노력의 자국이 하나하나의 돌 속에 나 있다. 땡볕을 받으며 하나하나 돌을 주워 밭을 만들던 한 가족의 일하는 모습이 그 돌담 속에 그려져 있는 것이다. 돌을 나르던 피로한 손을 잠시 멈추고 이마에서 흐르는 땀을 닦던 모습이 그 바위 돌담 속에 응결되어 있다. 돌을 많이 주워서 만족스러운 잠을 잘 수 있는 흐뭇한 개척자들의 얼굴, 돌담을 쌓고 그 너머 나무로 지은 간소한 거처에서 아내, 아이들과 함께 촛불을 켜고 밤늦게까지 내일을 의논하며 오순도순 나누던 이야기 소리가 돌담에서 아직도 들려온다.

지금 그 개척자들은 보이지 않는다. 이제 그들이 손수 지어놓고 살았던 원시적인 목조의 집들은 자취도 찾아볼 수 없다. 그들이 땀을 흘려 만들었던 밭은 다시 잡초와 우거진 나무들 속에 짙게 묻혀 있다. 가을이 되면 알록달록한 낙엽들이 담 위에 날리어 쌓인다. 한겨울 함박눈이 덮인 들에서 무슨 이정표나 되는 듯이 군데군데 솟아 있는 돌담들은 유난히 푸르거나 검게 보인다. 그 담을 쌓았던 주인들이 땅 속에 묻혀 흙이 되고 물이 되어 사라진 지는 벌써 오래다. 그것들

돌담은 삶의 흔적이다.

그것은 언젠가는 죽어야 하면서도 살고자 하는 인간의,

자연을 개척하고 살아야 하는 인간의 생존방식의 흔적이다.

을 쌓았던 원래의 목적이 의미를 잃은 지도 이미 오래다. 벌거벗은 돌담만이 오랜 세월을 두고 비에 젖고 눈에 얼고 바람에 부대끼면서 아직도 남아 있을 뿐이다. 돌담은 삶의 흔적이다. 그것은 언젠가는 죽어야 하면서도 살고자 하는 인간의, 자연을 개척하고 살아야 하는 인간의 생존방식의 흔적이다.

그러기에 그것은 가장 원초적이면서 근본적인 인간의 한 역사적 차원을 말한다. 가혹한 자연에 굴복하지 않고 살고자 하는 인간의 생명력을 입증한다. 숲 속에 남아 있는 돌담들은 그만큼 더 우리로 하여금 우리의 뿌리를 재인식시킨다. 그러기에 이런 돌담은 우리의 마음을 끌고 따뜻한 친근감, 삶의 진실한 호흡을 느끼게 한다. 돌담 위에 앉아 고요하고 짙은 들을 바라보면 저절로 철학자가 되는 듯하다. 흐르는 사색의 줄기를 따라 그 돌담 위에 한없이 앉아 있고 싶어진다. 그 담 하나하나의 돌을 만지고 쓰다듬고 싶어진다. 그것은 은근하면서도 무한히 따스하다. 이렇게 돌담과 가까워지면 우리는 어느덧 꾸밈없이 아름다운, 문자 그대로의 은근한 자연미에 끌려들어간다. 담은 방어, 보호와 같은 원래의 기능을 떠나서 예술성을 지닐 수 있는 것이다.

사철나무라든가 개나리꽃으로 둘러싸인 담은 실용성보다는 장식을 위한 것이다. 이렇게 만들어진 담은 자연과 다른 질서를 갖고 있음을, 자연과 인간의 세계가 다름을 밝혀준다. 인위적인 담은 자연적인 들이나 산과 구별됨을 보여준다. 담 밖의 자연 혹은 무질서와 분리되는 담 안의 영토가 밝혀지고 그곳에 인간적인 질서가 세워진다. 담에 의해서 하나의 통일성 있는 집의 질서가 창조되는 것이다.

그러면서도 나무를 심어 만들어진 담은, 콘크리트 담이나 가시철사 담은 말할 것도 없고, 흙담이나 벽돌담보다 자연스럽다. 역시 인위적으로 만들어진 담이기에 자연과 구별되지만 살아 있는 나무로 둘러진 담이기에 자연과의 조화를 완전히 깨뜨리지 않는다.

자연과 인간의 새롭고 조화로운 관계가 이루어진다. 나무를 심어 이루어진 담이 우리에게 친근함과 부드러움을 느끼게 하는 것은 그러한 이유에서가 아닐까. 개나리꽃이 필 때 그 꽃으로 둘러싸인 집은 예쁘다. 향나무 혹은 사철나무에 둘러싸인 마당, 장독대, 사랑채 그리고 안채는 아담하다.

아마 그 울타리 속에 사는 주인은 화가이거나 음악가이기 쉽다. 어쩌면 동네에서 가장 멋쟁이일지도 모른다. 그는 밤늦게까지 불을 켜놓고 낭만적인 서정시를 쓰고자 할지 모른다. 그 담을 넘어서면 뜰 안에 화초들이 꽃을 피우고 있기 십상이다. 어쩌면 신기한 조개껍데기나 기이한 돌들로 그 집 마당 안의 정원이 꾸며져 있을지도 모른다. 나무로 둘러진 담은 즐겁고자 하는 심미가들의 화려한 감성을 반영한다. 예쁘고 아름답게 꾸미고자 하는 귀한 마음이 그런 담에 그려져 있다.

경복궁이나 비원 같은 우리의 고전적 담은 궁내의 비밀을 보호한다는 든든한 느낌에 앞서 하나의 회화적 미를 드러낸다. 옆에서 보면 한없이 뻗어 있는 것 같은 인상을 주는 백회와 돌이 고루 조화를 이룬 벽면, 그리고 그것을 덮어주는 검은빛 기와지붕은 구수하고 수수한, 이른바 한국적 미를 구현하는 듯하다. 흰빛 회와 그것의 단순성을 수정하려는 듯 바둑판처럼 박힌 잿빛 돌들은 담백해서 좋다.

이에 반해 부귀를 자랑하는 듯하고 사치를 뽐내는 듯하지만 꽃무늬, '亞' 자 무늬와 다양한 색으로 화려하게 꾸며진 담들은 원래의 의도와는 달리 세련됐다기보다 잡스럽고, 귀하기보다 천해 보이며, 조화롭기보다 부산스럽다. 흰 석회와 잿빛 돌로 엮은 담벽, 멋진 선을 유지한 기와로 덮인 담의 지붕, 그런 벽과 그런 지붕으로 하나의 담백한 선이 그어진 담에서 승화된 감수성을 느낀다. 이런 점에서 일반적으로 중국에서 볼 수 있는 같은 종류의 담에 비해 한국의 전형적인 담이 더 승화된 예술적 감성을 구현한다.

담백성이 강조될 때, 본질적인 것에 대한 추구가 계속될 때 일본의 전형적인 담을 말하고 싶다. 가령 교토京都의 고궁인 이른바 '어소御所'의 지붕은 일본 담의 가장 승화된 양식을 보여주는 듯하다. 한국에서와는 달리 담의 벽면에 돌이 보이지 않는다. 그 담백한 한국 담의 무늬조차 일본 담에는 완전히 없는 것이다. 단순히 흰 석회로 바른 벽을 덮은 지붕은 사람이 인공적으로 만든 기와가 아니라 자연 그대로의 갈대이다. 짙은 갈색의 갈대지붕과 흰빛 벽이 조화를 이룬다. 곧 순수하다는 느낌을 준다. 사람이 생각하고 또 생각하여 만든 것이기는 하지만 이와 같은 일본의 담은 인위적이라는 느낌을 금방 주지는 않는다.

그러면서도 한편 그것은 정확히 고안되고 계산된 것임을 망각시키지 않는다. 이런 점에서 중국의 담을 부산스러운 바로크 형식의 그림에 비유할 수 있다면, 한국의 담은 희랍적 의미에서의 고전적 취미를 나타내는 구상화를 상상시키며, 일본의 담은 추상화에 가깝다.

한쪽 끝에서 저쪽을 바라볼 때, 일직선 담은 무한한 곳으로 연장되는 듯하다. 그것은 한 폭의 그림이기도 하지만 하나의 사색이기도 하다. 그것은 우리를 부르고 있다. 쉬지 말고 따라오라고. 높은 담벽이 든든하다. 흰빛의 그 벽을 배경으로 담을 따라 조용히 걸어가는 자신을 상상하면, 그것은 영화의 감동적인 한 장면이 된다. 그런 벽을 따라 조용한 저녁 혼자 걸어갈 때 우리는 누구나 저절로 깊은 사색가가 될 것만 같다. 우리는 어느덧 보이지 않는 무엇인가의 부름의 소리를 듣고, 그것을 따라 한없이 멀고 깊고 높은 곳에 이르는 일종의 종교적 경험에 다다를 듯도 하다.

한쪽 끝에서 저쪽을 바라볼 때,
일직선 담은 무한한 곳으로 연장되는 듯하다.
그것은 한 폭의 그림이기도 하지만
하나의 사색이기도 하다.

2부
삶의 진실

나의 길, 나의 삶

내가 궁극적으로 찾는 것은 '이게 다 뭔가?', '어떻게 살아야 참다운가'에 대한 대답이다. 이처럼 근본적이고 총괄적인 물음에 대한 대답을 내가 찾아낼 수 없음은 처음부터 잘 알고 있었다.

내가 궁극적으로 찾는 것은 '이게 다 뭔가?', '어떻게 살아야 참다운가'에 대한 대답이다. 이처럼 근본적이고 총괄적인 물음에 대한 대답을 내가 찾아낼 수 없음은 처음부터 잘 알고 있었다.

어려서 나는 새를 무척 좋아했다. 여름이면 보리밭을 누비고 다니며 밭고랑 둥우리에 있는 종달새 새끼를, 눈 쌓인 겨울이면 뜰 앞 짚가리에서 모이를 쪼고 있는 방울새를 잡아 새장 속에 키우며 기뻐했다. 가슴이 흰 엷은 잿빛 종달새와 노랗고 검은 방울새는, 흔히 보는 참새와는 달리, 각기 고귀하고 우아해 보였기 때문이다. 나는 개도 무척 좋아했다. 학교에서 돌아와 개와 더불어 뒷동산이나 들을 뛰어다녔다. 가식 없는 개의 두터운 정이 마음에 들었던 것이다. 어느 여름날, 그 개가 동네 사람들에게 끌려가게 되던 날 나는 막 울었다.

서울에 와서 나는 문학에 눈을 떴다. 별로 읽은 책은 없고, 읽었다 해도 제대로 이해한 것은 아니지만, 작가는 특수한 인간처럼 우러러보였다. 무슨 소리인지도 모르면서 하나하나의 시를 이 세상에서 가장 귀중한 보석처럼 생각했다. 나는 작가가 되고 싶었다. 내가 시인이 된다면 당장 죽어도 한이 없을 것처럼 생각되었다. 보들레르나 말라르메 같은 시를 쓸 수만 있다면, 횔덜린처럼 방황하다 미쳐죽어도 상관없다고 믿었다. 어떤 직업에도 구애됨이 없이 작품을 내 인세로 살 수 있는 삶이 가장 부러웠다. 그래서 사회적으로 화려했던 사르트르가 선망의 대상이 되기도 했지만, 사회와 거의 단절하고 사는 괴벽 怪癖스러운 샐린저 같은 작가의 생활이 더 멋있어 보이기도 했다.

그 후, 나는 차츰 무엇이 뭔지를 도무지 알 수 없음을 의식하게 되었다. 나는 알고 싶었다. 모든 것에 대해서 투명할 수 있게 되고 싶었다. 정서적 표현에 대한 충동에 앞서 지적 갈증에 몰리게 됐다. 만족할 수 있는 시원한 지적 오아시스를 찾아, 나는 사막 같은 길을 나서기로 결정했다.

시골 논두렁길을 따라 삭막한 서울의 뒷거리를 방황했던 나는, 어느덧 소르본대학의 낯선 거리를 5년 동안이나 외롭게 서성거린다. 파리의 좁은 길이 로스앤젤레스의 황량한 길로 연결되었고, 그 길은 다시 보스턴의 각박한 꼬부랑길로 통했다. 이처럼, 나는 앎의 길을 찾아 서른 살이 넘어 10여 년 가깝도록 다시 학생 생활을 했고, 이제 육십이 넘은 지금까지도 학교의 테두리 속에서 서성거리고 있다.

50년의 긴 배움의 도상途上에서 나는 적지 않은 사람들을 만났고, 적지 않은 것들과 접했다. 그 사람들은, 내가 꿈에도 상상할 수 없는 것을 생각하고, 꿈에도 가볼 수 없는 지적 깊이를 보여준 철학자들, 사상가들, 과학자들, 예술가들이다. 그것들은 거의 동물에 지나지 않는 인간이 성취한, 에베레스트보다 높고 눈 덮인 들보다도 고귀한 도덕적 가치이다. 나는 이런 만남이 있을 때마다 찬미와 존경을 퍼붓지 않을 수 없었고, 경건하고 겸허한 마음을 억제할 수 없었다. 나는 원래 감탄을 잘 한다.

이런 경험만으로도 나는 내가 택한 배움의 길에 아쉬움 없는 보람을 느낀다. 내 환경이 만족스러웠던 것도 아니고, 내 운명에 대한 불만의식이 적었던 것도 아니지만, 내가 내 뜻대로 앎을 찾아 배움의 길만을 택할 수 있게 해준 내 환경을 고마워하고, 내 운명에 감사한다. 겉으로 보기에 나의 삶은 사치스러웠다고 할 만큼 배움만을 위해 살아왔고, 앎의 길만을 따라다녔지만, 나는 아직도 잘 배우지 못했고, 아직도 잘 알지 못한다. 배운 것이 있다면 잘 알 수 없다는 사실뿐이며, 아는 것이 있다면 오로지 단편적인, 파편과 같은 것뿐이다. 전체적으로 모든 것이 아직도 나에게는 아물아물하다. 그러기에 나는 사물의 현상을 더 관찰하고, 남들로부터 더 배우고, 더 생각하고, 더 알고 싶은 의욕에 벅차 있을 뿐이다.

내가 궁극적으로 찾는 것은 '이게 다 뭔가?', '어떻게 살아야 참다운 가?'에 대한 대답이다. 이처럼 근본적이고 총괄적인 물음에 대한 대답을 내가 찾아낼 수 없음은 처음부터 잘 알고 있었다. 아마도 확실한 대답을 가지고 있는 사람은 아무도 없었고, 현재에도 없고, 또 앞으로도 없을 것 같다.

내가 지금까지 배우고 생각한 끝에 알 수 있는 것이 있다면, 그것은 극히 단편적이며 극히 피상적인 것에 지나지 않음을 나는 잘 알고 있다. 나는 이런 것들이나마 더 배우고, 더 생각하고, 더 알고 싶다. 나는 눈을 감는 날까지 더 배우고 더 알고자 노력할 것이다. 내가 새로운 것을 알았다고 믿게 되었거나 이미 알고 있는 것을 더 투명하게 할 수 있다면, 나는 그것을 철학적 저서를 통해서, 혹은 문학작품을 통해서, 혹은 잡문의 형식으로라도 표현하고 남에게 전달하고 싶다.

만일 내 자신을 위한 지적, 정신적 추구의 결과가 혹시 남의 사고에 다소나마 자극이 되고 사회에 티끌만큼이라도 공헌이 될 수 있다면, 그것은 기막히게 기적적인 요행僥倖으로, 나에게는 한없는 기쁨이 될 것이다.

논두렁길에서 시작된 나의 길은 믿어지지 않을 만큼 길고도 짧았다. 어느덧 내 삶의 오후가 왔음을 의식한다. 약간은 아쉽고 초조해진다. 갈 길은 더욱 아득해 보이는데, 근본적인 문제들은 아직도 풀리지 않고 알쏭달쏭하기만 하다.

어렸을 때에 초연超然했던 종달새, 우아했던 방울새, 정이 두터웠던 개가 생각난다. 엄격한 승원僧院이나 깊은 절간의 고요 속에서 이런 짐승들을 생각하면서 더 자유롭게, 더 조용히, 또 생각하고 또 쓰고 싶다.

인연

나의 존재는 무한히 복잡하고 헤아릴 수 없이 많은 만남들의
연쇄적 매듭 속에서 결과한 만남에 지나지 않을 뿐만 아니라, 역시 헤아
릴 수 없이 많은 만남의 새로운 고리가 되어 수많은 새로운 만남의 한 그
물 마디가 된다.

남과의 만남이 없는 삶은 상상되지 않는다. 나는 날마다 수많은 사
람을 만난다. 집 안에서 직장에서 그리고 날마다 지나다니는 거리에
서, 날마다 타고 다니는 버스에서 혹은 택시 안에서, 내게 중요한 의
미가 있든 별로 상관이 없든 간에 헤아릴 수 없는 많은 사람들과의
만남을 갖는다. 살아가기 위해서는 항상 남들과의 만남을 멀리 할 수
없을 뿐더러, 나는 모든 남들과 마찬가지로 헤아릴 수 없이 많은 만
남의 결과가 아니냐. 아버지와 어머니의 만남이 없었더라면 나는 있
을 수 없었다. 할아버지와 할머니의 만남이 없었더라면 아버지와 어

머니의 만남은 상상할 수 없다. 이처럼 아무렇지도 않은 우연에 불과하고 극히 자연스럽게만 생각됐던 나의 존재는 무한히 복잡하고 헤아릴 수 없이 많은 만남들의 연쇄적 매듭 속에서 결과한 만남에 지나지 않을 뿐만 아니라, 역시 헤아릴 수 없이 많은 만남의 새로운 고리가 되어 수많은 새로운 만남의 한 그물 마디가 된다. 나는 어떤 사람과 만나 결혼하여 아기들을 낳게 되고, 그 아기들은 다시 새로운 만남으로 남들과의 무한히 복잡한 만남의 그물 혹은 고리를 맺고 이어지며 연결된다. 인간을 사회적 동물이라고 일컫는 것은 인간이 비단 생리학적인 차원에서뿐만 아니라 문화적인 차원에서까지도 결코 고립해서 존재할 수 없고, 언제나 그리고 필연적으로 수많은 남들과의 만남의 고리 혹은 얼개를 떠나서는 존재할 수 없기 때문이다.

우리가 한결같이 만남 속의 만남의 존재임을 의식하는 순간, 우리들 각자의 개별적인 존재는 사회적으로 우주적으로 공간적으로 또는 시간적으로 무한히 확대된 새로운 지평선에서 스스로의 모습을 새롭게 바라볼 수 있고, 그렇게 확대된 자신의 존재양식, 존재이유에 대해서 당황하면서도 황홀한 놀라움을 느낀다. 나에 대한, 그리고 모든 사람들에 대한, 더 나아가서는 모든 존재에 대한 라이프니츠적 또는 하이데거적 경이를 체험한다.

사람과 사람과의 만남, 나와 남들과의 만남이 사람과 자연의 만남으로, 나와 우주와의 만남으로 확대되어 관찰될 때 만남은 자연과학이 지향하고 있듯이 물리적 인과법칙의 뜻을 갖게 되고, 그와 극히 유사한 입장에서 어쩌면 힌두교나 불교가 해석하는 뜻에서 인연이란 개념으로 바뀌게 된다.

인과법칙이나 인연은 다 같이 어떤 개인이건 어떤 개체이건 거역할 수 없는 원리 속의 존재임을 전제한다. 인간을 포함한 모든 사물 현상이 이 우주적 원리에 의해서 기계적으로 지배되고 있다고 보는 것이다. 이 원리가 개개인의 자유를 박탈하거나 각 개인의 자율적인 노력에 의해서 삶을 개선할 수 없는 근거가 된다고 생각될 때, 만남이라는 원리는 삶의 고통을 의미하고 그런 원리를 뜻하는 인연은 구속을 뜻한다. 이처럼 우주적 만남이 부정적으로 지각될 때 힌두교나 불교에서 말하는 업業의 개념과 인연의 개념을 낳는다.

우리들은 누구나 인과의 필연적 관계에 의해서 생겨났고 그것에 의한 지배에 따라 산다. 그리하여 각기 우리는 사람으로 태어났다가 다시 짐승으로 태어나기도 하며, 벌레로 태어났다가 산새로 태어난다. 그러나 삶의 형태에 따라 정도의 차이는 다소 있어도 위와 같은 인과의 수레바퀴에서 벗어나지 못하는 삶은 고통스럽다. 다행히 우리에게 어느 정도의 자율성이 있어서 우리가 하는 행위, 즉 우리가 닦는 업에 따라 인과의 수레에서 헤어날 수 있다. 이런 탈출이 바로 불교적 해탈이며, 기독교에서는 구원에 해당된다. 우리를 지배하는 인과의 틀이 우리들의 자율적 노력과 의지와 결정에 따라 바뀔 수 있다고 볼 때 그것은 인연이란 이름을 갖게 된다. 인연의 뜻이 이처

럼 해석될 때, 그것은 우리의 힘으로 통제할 수 없
는 우리의 숙명성과 동시에 우리들의 결의와 노력
에 의해서 수정될 수도 있는 애매한 인간조건을 집
약한다. 그렇기 때문에 어떤 결과와 상황 혹은 어떤
만남을 인연이라 인정할 때, 우리는 그것에 대해서
일종의 무한한 엄숙성을 느끼게 되며 동시에 다소
간의 긍지를 느낀다. 인연은 우리의 힘으로 어쩔 수
없는 것이었기 때문에 그것은 우리의 고통스러운
상황에 대해서 체념을 마련하고 운명을 받아들이
는 엄숙한 금욕적 자세를 길러준다. 그러나 인연은
어떤 점에서 우리들의 의지와 노력의 결과, 즉 업의
결과이기 때문에 우리들의 행복한 상황에 긍지를
갖게 한다. 그래서 인연은 필연과 우연, 또는 법칙
성과 자율성의 애매한 만남이다. 그러기에 인연이
란 만남 앞에서 경이를 느끼고 명상적 사색에 빠지
기 마련이다.

　힌두교나 불교에 있어서 인연은 사람뿐만 아니
라 모든 생명, 아니 모든 것들 사이의 만남을 뜻하지만, 우리들이 가
장 가까이 절실하게 피부로 느껴지는 인연은 역시 사람과 사람의 만
남이다. 언제나 그리고 어디서나 이루어질 수 있는 이런 만남을 조금
만 반성적으로 돌아보면 우리는 무한한 사색과 명상에 빠질 수 있고

무한히 황홀한 놀라움을 의식하게 된다.

　반드시 누군가와 만나 결혼을 해야 한다 하더라도, 그 많은 사람들 가운데에 나의 아내 혹은 나의 남편이라는 한 특별한 사람을 만났다는 사실은, 그것이 우연이라 해도 한없이 신비롭다는 생각에 잠기게 한다. 그 넓은 공간과 그 많은 시간의 유일한 교차점인 나의 삶의 자리에서, 그 많은 여자들 혹은 남자들 가운데서, 나는 오로지 유일한 남편 혹은 아내와 만나 언제나 어디서나 누구와도 대치될 수 없는 유일한 인연을 맺고 있는 것이다. 모든 만남이 다 같이 그러하지만 남녀 간의 만남, 남녀가 맺는 인연은 우연의 신비성, 아니면 필연의 우연성에 대한 끝없는 명상에 잠기게 한다. 남녀 간의 만남, 즉 남편과 아내로서의 만남은 그런 만남에 의해서 새로운 생리학적인 결합이 이루어지기 때문에 더욱 놀라운 인연이 된다. 그 많은 상대자들 가운데서 나는 오직 하나만의 나의 남편, 나의 아내를 만나 새로운 생명이 탄생하는 매체가 되는 것이다. 다시는 바꿀 수 없는 결과, 삶의 마디를 이어주는 것이다.

이런 만남에 의해서 나는 다시는 바뀔 수 없는, 다시는 풀어버릴 수 없는 인류역사의, 만물의 생성과정의 하나의 마디로 결정되고 마는 것이다. 서로 다른 이성이 무수한 사람들 가운데에서 만나 자녀를 낳고 세대를 이어간다는 것을 의식할 때 남녀 간의 만남, 결혼이라는 인연은 각별한 의미를 갖게 된다. 무슨 섭리에 의해서 그들은 서로 만나게 되었는가. 아니면 무슨 우연으로 그들은 서로 결합하게 되었는가. 부부간의 인연은 그것이 생리적인 것이라는 점에서뿐만 아니라 그 만남의 지속성 때문에 더욱 깊은 의미를 갖게 된다. 사랑하고 싸우고 일하고 웃고 하면서 부부의 만남은 고락을 함께 나누는 관계로 지속된다. 비록 처음의 사랑이 증오로 변하는 경우가 있더라도 잠자리를 함께 하고 자녀를 낳아 키우고 함께 살림을 걱정하고 서로의 어려움을 도와주면서 크게 보면 짧은 인생이지만 유일한, 다시 반복될 수 없는 일생을 그들은 함께 살며 뗄 수 없는 관계 속에서 늙어간다. 어떤 이유에서건 단 한 번밖에 없는 삶에서 그 많은 사람들 가운데서 어쩌면 만나지 않을 수 있었음에도 불구하고 서로 만나 인연을 맺고 고락을, 애증을 함께 나누며 살아가다 죽는 두 사람의 관계, 그들의 만남은 어떠한 설명으로도 투명해지지 않는 신비스러움, 어떠한 척도로도 잴 수 없는 깊은 의미를 갖고 있는 것 같다.

부부간의 만남이 다시는 수정할 수 없는 생리학적 결과와 지속성을 갖고 있다는 점에서 각별한 의미를 띠고 인연의 놀라움과 신비성과 아울러 고귀함을 의식케 하지만, 사실 모든 인연은 정도의 차이가 있을 뿐 다 같이 어떤 이론으로도 설명할 수 없는, 어떤 논리로도 측정할 수 없는 신비스러운 의미와 깊이를 띠고 있다.

학교에서 직장에서 우리는 서로 만나 지속적인 관계를 가지며 여러 가지 경험을 나눈다. 우리들의 우정은 영원히 지속될 것 같고 우리들은 영원히 서로 떨어지지 않는 관계 속에 있는 것 같다. 함께 배우고 함께 웃고 함께 먹고 또는 서로 싸우기도 한다. 그러나 한 학기가 지나가면, 또는 학교를 졸업하게 되면, 혹은 내가 직장을 그만두게 되면 우리들은 서로 영영 다시는 만나지 못하게 될 가능성이 많다. 유치원 친구, 중학교 친구, 대학교 친구들을 십 년 후, 이십 년 후까지 몇 번이나 만날 수 있었던가. 이십 년 전 같은 직장에 있던 친구들을 나는 그 후 한 번이라도 만날 기회가 있었던가. 한 학기가 끝나고 방학을 맞는 종강 날 학생들을 대하며, 지난 한 학기 동안 인생을, 사랑을, 진리를 함께 논하던 대부분의 학생들을 다시는, 정말 영영 다시는 만나보지 못하게 되리라는 차가운 진리를 의식하게 될 때 나의 가슴에 부딪히는 감회는 너무나 충격적이며, 그런 충격은 나로 하여금 우리들의 만남, 인연의 의미 그리고 그것의 신비로움에 대한 한없는 명상 속을 헤매게 한다.

그것은 모든 만남의 유일성 그리고 불확실성의 의식이 자아내는 밀도 때문이다. 우리들의 만남이 극히 신비스러운 우연의 유일한 사건이라는 것, 그렇지만 그런 만남은 언젠가는, 아니 당장이라도 끝날 수 있다는, 다시는 되풀이될 수 없다는 것을 의식할 때 그 만남은 더욱 짙은 의미를 띠게 된다. 그것은 유일한 것이기 때문에 더 귀중하고, 그것은 언제고 깨질 수 있기 때문에, 그리고 당장이라도 끝날 수 있는 무상성無常性 때문에 더욱 애절하고 깊고 아쉽게 느껴진다.

어느 국제 모임에서 뜻하지 않게 마음에 드는 친구를 만나서 인생에 대해서 학문에 대해서 긴 이야기를 나눌 경우가 있다. 그러나 이틀 후 혹은 닷새 후 회원들은 자기 나라 자기 고장으로 뿔뿔이 흩어진다. 이렇게 헤어지면 다시 만날 수 있는 기회는 확률적으로 거의 영零이다. 설명할 수 없는 관계에 의해서 이루어졌던 만남의 인연, 그리고 다시는 되풀이될 수 없는 그 만남의 아쉬움과 귀함과 애절함.

　버스 안에서 우연히 마주앉은 아름다운 여인, 해변가에서 우연히 쳐다본 젊은이의 얼굴, 비행장 대합실에서, 은행 입구에서, 식당에서, 종로 네거리에서 우연히 스쳐간 얼굴들, 모습들, 우연히 마주친 시선들, 그런 만남들 가운데는 오래오래 우리들의 기억 속에서 떠나지 않는 것들이 허다하다. 그러나 그것들은 순간적인 인연, 다시 되풀이될 수 없는 유일한 만남이 아닌가. 그럼에도 그런 만남들은 서로 알지 못하지만 나의 삶에, 그리고 저쪽 사람의 인생에 결정적인 자국을 남기기도 한다. 그것이 순간적인, 일시적인 것이기에, 그것이 다시는 되풀이될 수 없는 것들이기에 그런 만남들, 그런 인연은 우리에게 더 귀중하고 더 아쉬운 것, 더욱 아름다운 것이 될 수 있다. 한번 언뜻 쳐다본 얼굴, 한번 언뜻 맞부딪친 시선, 잠깐 나눈 대화, 그런 한번만의 만남, 다시 되풀이되지 않는 인연의 고리를 맺고 너와 나는, 그들과 우리들은 각기 무한한 공간과 시간의 어딘가로 자신의 길을 따라 헤어진다. 다시 살아서 되풀이될 수 없는 만남, 다시 살아서 이어질 수 없는 인연의 자국을 남기고 각기 우리들은 자신의 알 수 없는 길을 따라 어디론가, 어쩌면 고독하게 걸어가고 있는 것이다.

아무렇지 않게 자연스럽게 30년 혹은 40년을 함께 살다가도 언뜻 아내의 주름진 얼굴을 쓰다듬거나 남편의 못이 박힌 손을 잡으며 서로 만나게 된 인연의 신비스러움에 놀라면서 새삼 두텁고 구수한 사랑을 느끼는 부부들이 있지 않겠는가. 가끔 가다 지난날 어디선가 잠깐 만났던 아름다운 얼굴들, 의젓한 목소리, 맵시 있는 발걸음을 언뜻 혼자 회상하면서 만남의 신비스러움과 인연의 아름다운 수수께끼에 황홀한 당황감이나 흐뭇함을 느끼지 않는 사람이 있겠는가.

연륜

모든 나무는 언젠간 고목이 되지만, 어떤 고목의 가지와 옹이는 우아하고 수려한가 하면 어떤 고목은 뒤틀리고 흉하다. 어떤 나무의 연륜은 하나의 예술품 같은 질서를 갖추고 있지만 어떤 나무의 연륜은 낙서와 같은 무늬를 남길 뿐이다.

시간은 보이지 않는다. 그것은 잡히지도 들리지도 않는다. 어쩌면 시간은 존재하지 않는지도 모른다. 그런데도 누구나가 시간 속에서 시간에 쫓기며 산다. 공간과 더불어 시간을 떠난 존재를 생각할 수 없다면 시간은 그만큼 더 근본적인 존재의 조건이 된다 할 것이다. 하이데거가 존재의 시간성을 주장했던 것은 우연한 일이 아니다.

시간은 보이진 않지만 모든 사물현상 속에 자신의 자국을 남긴다. 싹이 난 화초, 핀 꽃, 시들어진 나뭇잎, 옹이가 진 소나무, 매끈거리게 닳은 대리석 계단, 주름진 얼굴, 백발이 된 머리카락, 빠진 이, 꼬부라진 허리, 시집간 딸, 로마의 폐허 등은 시간이 밟고 간 자국들이다. 나무를 자르면 시간이 감고 간 연륜을 역력히 볼 수 있다. 얼굴에 늘어가는 주름살이 사람의 연륜을 말해준다. 한 그루 나무가 좋아서 연륜을 늘려가진 않는다. 누구도 주름살이 보기 좋아 그것을 늘려가진 않는다. 시간 속에서만 살고, 시간 속에서만 존재할 수 있기에 싫어도 연륜에 감기고 묶여야만 하는 것이다.

이처럼 시간은 가혹하리만큼 우리를 통제하고 우리의 삶을 결정한다. 싫든 좋든 우리는, 아니 존재하는 모든 것은 하나같이 다 시간에 복종해야만 하는 것이다.

모든 것은 시간이 남기고 간 자국을 갖기 마련이라고는 하지만 그런 자국은 매일같이 보는 사물, 일상 대하는 사람들의 얼굴 속에서는 얼른 찾아지지 않는다. 일상생활에서 매일 보는 얼굴과 사물은 언제나 변함없는 그게 그 얼굴, 그게 그것으로만 보인다. 일상적 상황에 시간의 자국은 말하자면 숨어 있다고나 할까.

그러다 5년 후에 다시 보는 얼굴, 10년 후에 다시 보는 사물들이 새삼 시간의 흐름을 우리에게 자각시키고, 그 흐름이 남겨놓은 지울 수 없는 너무나 뚜렷한 자국이 우리를 당황하게 하고 놀라게 한다.

5년 만에 돌아와 김포공항에서 다시 뵙는 아버지의 초라하게 쪼그라진 얼굴, 어머니의 꼬부라진 허리며 백발의 머리를 대할 때, 가혹한 세월을 의식하며 참혹한 시간 속에 존재하는 삶을 새삼 뼈아프게

시간은 가혹하리만큼 우리를 통제하고 우리의 삶을 결정한다.

싫든 좋든 우리는, 아니 존재하는 모든 것은

하나같이 다 시간에 복종해야만 하는 것이다.

느끼는 것이다. 5년 전까지만 해도 극성스러우리만큼 활동적이며 기백이 크셨던 아버지였건만 이젠 육체적으로 빈약하고 가련할 만큼 눈곱까지 끼어 있는 게 아닌가. 5년 전만 해도 흰머리 하나 없이 정정하시던 어머님께서 비참하리만큼 무력한 노인이 되어 있는 것이 아니겠는가.

10년 만에 다시 만나본 옛 동창의 기름진 얼굴에서 이제는 돌이킬 수 없는, 발랄했던 청춘의 그림자를 보고, 모든 젊은이가 조만간 당해야 하는 세월의 거셈을 역력히 읽으면서 어쩔 수 없는 깊은 슬픔에 잠긴다. 20년 만에 다시 만난 옛 학창시절의 애인은 언뜻 알아볼 수 없게 변해버리고 말았다. 초봄 활짝 핀 꽃잎처럼, 투명하리만큼 곱고 만지면 대뜸 터질 것같이 연하던 얼굴은 없어지고 이제는 기미가 끼고 주름이 져서 짙은 화장으로도 감춰지지 않는다. 긴 단발을 가끔 뒤로 젖히면서 발랄하게 웃고 장난치던 그녀는 어느덧 살이 찌고 점잖게 보이는 중년이 되어버렸다.

아무리 화장을 잘 해도 이미 곱지 않다. 아무리 금은보석으로 장식을 했어도 마음이 화끈해지지 않는다. 아무리 좋은 옷을 입었어도 아름다워 보이지 않는다. 옛 기억이 생생하기에 다시 만나보고 싶은 것은 당연하지만, 오래간만에 옛 애인을 보았을 때 으레 기쁨보다 실망이 크기 마련이다. 그것은 우리의 마음이 변해서가 아니며 우리들의 옛 감정이 순수하지 못해서가 아니라, 오히려 우리들의 옛 사랑이 순수했기 때문이며, 그것이 가혹한 연륜에 의해서 흠집이 났기 때문이다. 이런 상황에서 나는 옛 애인의 다른, 아니 어쩌면 더 성숙한 아름다움을 발견하고, 옛날보다 성숙한 차원에서 다시금 정답고 재미있는 이야기를 나눌 수 있으며, 어쩌면 다시금 옛날과는 다른 성숙한 차원의 사랑에 빠질 수 있을지도 모른다.

그러나 내가 사랑했던 여자는 지금 보는 이 여자가 아니었다. 내가 보고 싶어 했던 것은 지금 내 눈앞에 서 있는 여자가 아니었다. 내가 사랑했고 보고 싶어 했던 여자와 지금 눈앞에 있는 여자 사이에 시간이 끼어 있는 것이다. 무서운 연륜이 한 여자를 다른 여자로 바꿔놓은 것이다. 사랑했던 애인은 이제 영원히 시간의 뒤켠으로 사라져 버리고 다시는 되찾을 수 없게 된 것이다.

고향에 오래간만에 돌아가면 이웃 어른들은 물론이고 더러는 꼬마 때의 물장난 친구들 가운데도 이미 타계하여 다시는 볼 수 없게 된 사람들이 있다. 초등학교 다닐 때 심었던 은행나무가 이미 고목이 되어 햇볕이 내리쬐는 여름 교정에 서늘한 그늘을 드리우고 있다. 다시 만난 이웃들, 옛 친구들도 어느덧 아버지 어머니가 되거나 빠르면 할아버지 할머니가 되었다. 그렇게도 지칠 줄 모르고 산으로 들로 함께 뛰어다녔던 그들이었건만 이제 더러는 백발이 성성하고 얼굴이 찌든 장년이 되어 점잖을 빼지 않으면 안 되게 되었다. 옛날 얼굴들에 주름을 잡고, 옛날의 어린이를 어른으로 바꿔놓고, 옛날의 애인을 아름답지 않은 여인으로 변모시킨 시간 사이에, 우리들을 밀어낼 것도 같고 우리들을 뒷받침할 것도 같은 젊은 다른 세대들이 생겨난 것이다. 어느덧 우리들의 아들이 중학교 아니면 대학교에 다니고 있다. 어느덧 조카는 군에 입대하고 어느덧 딸이 시집을 간다. 기저귀를 갈아 채우던 일이 엊그저께만 같은데 벌써 시집을 가는 큰딸을 바라보는 아버지와 어머니의 감회는 착잡하다. 수줍다 혹은 부끄럽다 하던 소녀였던 딸, 천사와 같이 천진난만했던 딸이 남의 남자의 아내가 되는 것이며, 머지않아 배가 부르고 그렇게 어머니가 되는 것이기 때문이다. 아내의 뒤를 따라다니던 일이, 혹은 남편과 밀회하던 즐겁고도 불안했던 일들이 바로 어제만 같은데 우리는 벌써 딸을 시집보내게 된 것이 아닌가.

공원의 벤치에 앉아 하염없이 아이들이 혹은 젊은이들이 수선스럽게 지나가는 것을 바라보면서, 마치 생이 어서 끝이 나기를 기다리는 듯한 노인의 얼굴은 몹시도 쪼그라지고 텄다. 장성한 손자의 팔에 매달리듯 따라가는 백발 할머니는 너무도 키가 작게 쪼그라들고 너무나도 의지할 곳 없어 보인다. 그 할아버지, 그 할머니도 한때는 어렸고, 젊었고, 의욕에 차 있었음엔 틀림없다. 그들도 한때는 뜨거운 사랑을, 이성애의 유혹을, 걷잡을 수 없는 마음의 소용돌이를 경험했음에 틀림없다. 그러나 어느덧 그들의 피는 말랐고, 그들의 얼굴은 쪼그라들었고, 그들의 허리는 펴지지 않게 되었다. 어느덧 그들의 다리에는 힘이 없어졌고, 그들의 호흡은 가빠지게 되었다. 마음은 아무리 젊다 해도 몸이 말을 듣지 않는다. 몸과 더불어 마음이 시들해진다. 바람과 꿈이 없다. 그저 마지막을 기다리는 태세, 싫어도 어쩔 수 없이 닥쳐올, 머지않아 찾아올 마지막만을 기다리는 표정만이 보인다.

시간이 그들을 낡게 했고 연륜이 그들을 깎고 시들게 한 것이다. 누구나 이런 과정을 바라지 않는다는 것이 사실이라면 시간은, 연륜은 너무나도 가혹하다. 그러나 우리는 어떤 경우에도, 그 누구의 지혜로도 이해할 수 없는 이 엄청난 삶의, 아니 모든 존재의 원리에 복종해야 하는 것이다. 우리의 그 자랑스러운 자유, 자랑스러운 지혜도 하나의 자기망상에 불과한 것이 아닐까. 이 엄청나고 장엄한 원리에 우리는 반발심을 느끼다가도 때로는 일종의 엄숙하고 숭고한 경외심을 가져야 마땅할는지도 모른다.

그렇다면 시집가는 딸의 모습에서 무상한 세월에 대한 애수보다는 그렇게 성장한 데 대한 흐뭇함을 느껴야 마땅할 것이다. 그러기에 찌그러진 할아버지의 얼굴에서 종말에 가까워지는 삶의 슬픔을 느끼거나 허리가 꼬부라진 할머니의 백발에서 인생의 허무를 느끼기보다는 삶의 성숙함과 지혜를 발견해야 할 것이다. 과연 팔팔한 젊은이에게서보다는 말없는 할아버지의 쪼그라진 얼굴의 주름살 사이에서 삶의 희노애락이라는 풍파를 겪고 난 지혜로움을, 조용하고 평범해 보이나 말없는 의미와 뿌리 깊이 박힌 지혜를 읽을 수 있다.

반드시 모두가 조만간 맞이해야 할 처지라는 사실에서 얻는 체념으로 받아들여서가 아니라 모두가 의도적으로 추구해야 할 자세를 바로 할아버지 할머니의 모습에서 찾아야 할는지도 모른다. 그렇다면 노년은 삶의 꽃이요 열매이다. 싹과 잎이 아름답다 해도 그것의 의미는 열매에 있다는 것이 천리天理라면, 우리는 할아버지와 할머니에게서 삶의 목적을 찾아야 하고, 그런 목적은 축복과 기쁨의 대상이 되어야 할 것이다.

그럼에도 불구하고 할아버지와 할머니의 모습에서 기쁨보다는 서글픔을, 시간의 흐름에서 축복보다는 가혹함을 느낀다. 시집가는 딸의 모습에서 기쁨과 함께 무언지 모를 깊은 시름과 삶의 무상함에 대한 흐느낌을 느낄 수도 있다. 죽음이란 열매도 좋지만 우리는 먼저 깨끗하고 신선한 싹으로 더 오래 남아서 살고 싶고, 화려한 꽃으로 유혹하고 싶은 것이다.

언제고 떠나가야 할 삶이지만 우리는 그래도 살고 싶기 때문이다. 지혜롭진 않더라도, 어리석더라도 젊음에서 활기를 느낀다. 역시 젊음이 삶을 상징한다면 노년은 죽음의 그림자이기 때문이다. 삶이 무엇인지를 묻지 말자. 우리는 그것의 의미가 무엇이든 간에, 그것의 의미가 있든 없든 간에 살아왔고 살고 있는 것이다. 어떠한 것도 삶 이상의 가치를 지닐 수는 없지 않은가.

시간은 가혹하다. 그것은 우리를 기다리지 않는다. 우리는 시간 속에서 태어나 시간 속에서 살고 시간 속에서 자라며 시간 속에서 죽는다. 장난꾸러기 어린이의 생활이 재미있다 해도 어린이로 머물러 있을 수는 없다. 어떤 인생을 살까 하는 문제를 언제까지나 연장하여

시간은 가혹하다.

그것은 우리를 기다리지 않는다.

우리는 시간 속에서 태어나 시간 속에서 살고

시간 속에서 자라며 시간 속에서 죽는다.

결정을 내리지 않을 수는 없다. 마음에 꼭 맞지 않는다 하여 결혼하지 않을 수는 없다. 결혼을 하겠다면 너무 늦기 전에 결정을 내려야 한다. 하고 싶은 것을 다 못했다고 해서 언제나 젊은이로 머물러 있을 수는 없다. 배우고 싶은 것을 다 배우지 못했다고 하여 언제까지나 학생으로 남아 있을 수는 없다. 미련을 가져도 소용없다. 어느덧 나는 돈벌이를 하여 스스로 생활을 책임져야 하며, 어느덧 나는 기억력을 잃어가고, 어느덧 나는 기력이 없고 머리가 희어진다. 아이들은 어느덧 나를 아저씨라 부르고 할아버지라 부른다. 어느덧 나를 거들떠보는 젊은 여인도 없어지게 되었다.

그러기에 시간은 항상 우리들에게 결단을 강요한다. 공부를 할 것인가, 놀 것인가를. 이 과목을 택할 것인가, 저 과목을 택할 것인가를. 결혼을 할 것인가 아니면 뼈저리게 고독한 여생을 보낼 것인가를……

모든 나무는 언젠간 고목이 되지만, 어떤 고목의 가지와 옹이는 우아하고 수려한가 하면 어떤 고목은 뒤틀리고 흉하다. 어떤 나무의 연륜은 하나의 예술품 같은 질서를 갖추고 있지만 어떤 나무의 연륜은 낙서와 같은 무늬를 남길 뿐이다. 그와 마찬가지로 어떤 사람의 일생은 일반적인 의미에서 복된 연륜을 남기고, 어떤 사람의 일생은 평탄치 못한 연륜의 자국을 남긴다.

그러나 모든 삶이 한결같이 시간이라는 무서운 원리에 묶여 있다는 데에는 다름이 없다. 어떻게 살든 우리는 시간 속에서 태어나 시간 속에서 자라고 즐거워하고 괴로워하며 역시 시간 속에서 늙고 죽어간다. 그 아무도 시간을 넘어설 수는 없다. 그 무엇도 시간을 넘어선 의미가 없다. 우리는 다 같이 시간 속에서 밀려 살고 쫓겨 산다. 우리는 언제나 시간과 다투며 무엇을 해야 하고, 또 무엇인가를 결단 지어야 한다. 빨리 배우고 빨리 돈 벌고, 남들보다 빨리 무엇을 하려 조바심낸다. 그러다가 문득 뒤돌아볼 때 우리는 시간에 대한, 세월에 대한 가혹한 진리를 깨닫는다. 우리는 어느덧 늙고 머지않아 죽는다.

시간에 대한 절실하고도 어쩌면 체념에 가까운 느낌은 백발이 나기 시작해서야 비로소 실감날 성싶다. 오십이 넘어서야 꼬마 때 들었던, 구십이 넘은 할아버지가 즐겨 읊으시던 당나라 하지장賀知章의 시구가 회상되고 비로소 그 뜻을 알 것도 같다.

젊어서 고향 떠나 늙어서 돌아오니   少小離鄕老大回
사투리는 여전한데 머리만 희었구나   鄕音無改鬢毛衰
아이들은 날 보고도 알아보지 못하고   兒童相見不相識
어디서 온 손님이냐 비웃듯 물어오네   笑問客從何處來

― 「회향우서回鄕偶書」

약자

인간은 강하기를 원하지만 또한 옳고자 한다. 인간의 지평에
서 볼 때 강한 것이 곧 옳은 것은 아니며 이긴다고 해서 장사가 아니다.
인간에게 있어서 참다운 승리는 단순히 강자가 되고자 하는 욕망을 극복
하는 데서만 찾을 수 있다.

덩치가 크고 독한 수탉이 메마른 수탉의 높은 볏을 무자비하게 쪼
아 쫓아내고는 구경만 하던 암탉들을 의기양양하게 거느리고 벼이삭
을 독점한다. 견디다 못한 포인터가 셰퍼드의 이빨에 물려 피투성이
가 된 채 꼬리를 밑으로 감고 수챗구멍으로 도망한다. 버러지의 허리
를 뜯어먹던 개미들이 참새들의 부리에 찍혀 먹이가 된다. 개구리를
쉽사리 삼킨 구렁이가 황새의 긴 목으로 어느덧 말려 들어가고, 황새
를 잡아먹은 날쌘 족제비가 어느덧 여우의 흐뭇한 밥이 되어 들판 풀
밭에 몇 개의 뼈다귀로만 남아 있다. 정글의 절대적 제왕 격인 호랑
이는 사람들에게 잡혀 가죽으로 팔리고 만다.

약육강식은 모든 생물들의 개체로서나 종으로서의 관계를 지배하는 자연적 법칙인지도 모른다. 인간도 하나의 동물이기 때문에 인간 간의 관계가 약육강식의 자연적 원리로 설명될 수 있음은 자명한 논리이다. 인간 간의 수평적 관계로 볼 수 있는 구체적 사회와 그런 사회들 간의 수직적 관계로 설명될 수 있는 역사는 강자와 약자 간의 지배와 종속이란 관계에 의해서 움직이고 있음을 입증하는 성싶다.

주먹이 센 열등생이 얼굴이 창백한 우등생을 교정 밖에서 골려 먹거나 두들겨 팬다. 능력도 없는 남편이 알뜰한 아내를 학대한다. 직장에서는 상관에게 무조건 굽실거리는 집주인이 만만한 가정부를 호령하고 학대한다. 같은 고등학교를 나왔는데도 하나는 일류대학에 입학하여 오만해지고 다른 하나는 시험에 탈락하여 뒷골목을 방황하는 신세가 된다. 누구는 졸병이라서 삼엄한 명령만 받고 자꾸 감기는 눈을 비비면서 밤새도록 보초를 서야 하고, 누구는 별을 달았다 해서 말채를 휘두르며 명령만을 내린다. 뜻하지 않게 쿠데타를 당한 지엄했던 한 국가의 원수가 부하의 싸늘한 눈초리 아래서 목숨을 잃고 매국노라는 딱지가 역사책에 붙여지기도 한다.

노예들의 피땀으로 세워진 대리석 집 안에서 밤새도록 향연을 벌이는 고대 희랍인들은 철학과 예술을 논하며 세월을 보냈고, 귀족들은 종을, 양반들은 하인을 부리며 즐기기도 했다. 언제나 그리고 어디서나 부자들은 향락에 젖을 수 있었고, 가난한 사람들은 그들 발밑에서 허리를 졸라매고 살아왔는가 하면, 호화로운 주택 옆에는 수많은 판잣집들이 들어서 있다. 이마에 땀을 흘리거나 손에 흙을 묻히지 않고도 물질적으로 안락하고 심리적으로 명예를 누릴 수 있는, 이른 바 지도자들이 있는가 하면, 땀을 흘리고 또 흘려도, 일을 하고 또 해도 가난 속에서 벗어나지 못하는 일꾼들도 많다.

늘어가는 자신의 세력에 열을 올리는 기독교의 그늘에는 잃어가는 자신의 영향력을 통곡하는 불교가 있으며, 승리를 거둔 한 정당의 화려한 파티가 벌어지는 저녁엔 패배의 고배를 마시고 기가 죽어 늘어진 다른 정당의 모임이 있기 마련이다. 회교도를 정복하기 위해 십자군을 끌고 몇만 리를 갔던 기독교인들이 있었는가 하면, 가톨릭교인과 프로테스탄트교인들은 다 같은 하느님과 예수의 이름 아래 치열하고 잔인한 전쟁과 살인을 일삼았다. 똑같이 뜨거운 애국을 부르짖다가도, 똑같이 정권을 추구하다가도 한패는 군림하고 또 다른 한 패는 쇠고랑을 차고 영어의 일생을 보내기도 한다.

인류의 역사는 서로 다른 민족들 간의, 서로 다른 사회 사이의, 서로 다른 문화권 간의 야만적 투쟁의 연속으로 엮어졌다. 한 나라가 초나라를, 희랍인이 페르시아인을, 로마가 희랍을 정복했는가 하면, 신라가 백제를, 몽고가 중국을, 일본이 한국을, 독일이 프랑스를, 프랑스가 독일을, 일본이 소련을 이기고, 미국이 일본을 항복시켰다. 이스라엘인들이 빼앗긴 땅을 되찾으려 하는 팔레스타인들을 잔인하고 가혹하게 대포와 폭격으로 쫓아내고 있는가 하면 미국과 소련

이 핵무기를 꽂아 놓고 서로 위협하기도 했으며, 중국과 인도, 인도와 파키스탄, 남한과 북한이 서로 으르렁대고 이라크와 이란이 서로 결정적 지배를 노리면서 무자비한 살인을 삼가지 않았던 적도 있다. 이스라엘을 공동의 적으로 삼으면서 이집트와 리비아가 서로 어깨를 크게 세우고, 점령당한 아프가니스탄인들이 산악에서 계속 소총을 들고 이민족의 침략과 지배에 항거하고 있다.

홉스의 말마따나 자연상태의 인간은 정글 속 야수들과 별반 다르지 않다. 철학을 논하고 예술을 운운하며 고도의 과학적 발전을 자랑하는 오늘날의 인간들의 관계, 인간의 본성도 형식이 다를 뿐 동물들이나 원시인들 간의 관계와 근본적으로 다른 점이 없다. 약육강식의 원리는 생물학적인 것으로 필연적일 수밖에 없고 약자와 강자의 부단한 구별은 사회적 필연성을 띠고 있는지도 모른다.

모든 생물은 생존을 위하여 다른 생명체에 의존할 수밖에 없으며, 사회를 형성하기 위하여 각 개인의 능력의 성질과 우위를 항상 가려내어 적재적소에 그것을 효율적으로 활용해야 하는 것이다. 누구나 다 한 나라의 대통령이 될 수 없으며, 누구나 다 고도의 과학적 기술을 소유하지 못한다. 누군가는 잡일을 하고 공장에서 물건을 만들어야 하며, 누군가가 쓰레기를 치워야 함은 가혹하나 자명한 사실이 아닐 수 없다. 서로 양보할 수 없는 국가나 문화권 간의 이해가 충돌하여 싸움이 붙을 때 누군가는 승리자가 되며 또 누군가는 반드시 패배자가 되며, 하나가 지배의 위치에 군림할 때 다른 하나는 상대적으로 종속의 굴욕을 맛볼 수밖에 없는 것이 물리적 원리이기 때문이다.

누구나 지배를 받기보다는 지배자가 되기를 원하고 약자가 아니라 강자가 되려 하며 가난보다는 부귀를 원함은 흔들릴 수 없는 삶의 원리이다. 모든 인간이 근본적으로 '권력에의 의지'에 의해 행동한다고 주장한 니체를 너무 냉소적인 눈으로만 인간을 관찰했다고 규탄하기에 앞서 그의 정직한 태도에 박수를 보내야 할 것이다.

이런 관점에서 '이긴 놈이 장사다', '힘이 정의다', '승자가 옳다'라는 주장이 설명되고 이해된다. 한 마리의 수탉이 죽어가게 되는 닭싸움을 즐기고, 상대를 녹아웃시키는 무하마드 알리에게 수많은 사람들이 매혹되어 그를 영웅시한다는 사실은, 우연한 현상이 아니라 우리들이 가슴속 깊이 숨겨져 있는 권력에의 의지를 반영한다. 잔인할 수밖에 없었던 이른바 위대한 정복자들이 존경과 선망과 두려움의 대상으로 역사 속에 빛난다. 알렉산더 대왕, 진시황, 나폴레옹, 칭기즈칸이 우리들의 마음을 사로잡고 위대한 인물로 빛나고 있지 않은가. 가혹한 인물로 알려진 스탈린, 잔인한 짓을 저질렀던 히틀러도 그들이 한때 권력을 마음껏 휘두르고, 헤아릴 수 없이 많은 사람들을 지배했던 힘의 소유자였다는 사실 때문에 아직도 많은 사람들의 마음을 사로잡고 있다면 거짓말이 될 것인가. 수단 방법을 가리지 않고 치부한 부호들을 도덕으로 규탄하면서도 그 부력에 눌려 허덕이는 수많은 사람은 은근히 선망심을 품고 있기 마련이다. 약자는 강자를 증오하지만 동시에 그를 은근히 선망하고 있는지도 모른다. 복종보다는 지배를, 약자가 되기보다는 강자가 되기를, 무력함보다는 힘을, 패배자보다는 승리자가 되기를 누구나 다 같이 마음속 깊이 바라고 있기 때문이다.

역설적이고 모순되겠지만 사람은 때로 강자보다는 약자의 편에 서고자 한다. 강자가 반드시 옳을 수 없는 것과 같이 약자가 반드시 옳은 법은 아니다. 그러면서도 때로는 옳고 그름을 막론하고 강자에 대항하여 약자를 도와주고 싶은 감정은 부정될 수 없다.

빈민들이 그날그날의 생존을 유지하면서 살고 있는 판잣집을 불도저로 밀어젖히고 고층건물을 지으려는 재벌에게 저항심이 생긴다. 한 노동자의 잘못을 모욕적으로 꾸짖는 사장님이 미워진다. 고학생 사환아이를 혹독히 부려먹는 전무님이 너무나도 비정하다. 향수를 뿌리고 보석으로 치장한 여자보다는 지하철 계단에 엎드려 돈을 구걸하는 장님의 편이 되고 싶다. 손을 들고 승리를 자랑하는 알리보다는 상대방에게 두들겨 맞고 처참히 녹아웃된 권투선수에게 힘이 되어주고 싶다. 기진맥진한 상대방을 끝까지 쪼고 있는 기운 센 수탉을 돌을 던져서라도 쫓아내고 싶다. 금방이라도 죽을 것 같은 상대방을 계속해서 또 물고 늘어지는 강한 개를 몽둥이로 때리고 싶다. 잘못은 어떠했건 포승에 묶여 끌려가는 모든 죄수들을 풀어주고 싶다. 승리한 군대 병사의 총부리 아래서 짐승처럼 학대받는 모든 포로들을 석방시켜 주고 싶다. 가스실에서 나치에 의해 수백만 동포를 잔인하고 가혹하게 잃은 유대 민족에게 동정이 가지만, 팔레스타인인들을 마치 쥐구멍에 몰아넣듯 베이루트에 몰아넣고 폭격과 사격으로 집 없고 나라 잃은 이 민족을 몰살하려 드는 장면을 텔레비전으로 볼 때, 이스라엘인에게 무한한 분노를 느끼며 팔레스타인인에게 끝없는 동정심이 솟아난다. 아편을 거부하여 싸우다가도 해적과 다름없던 영국 해군의 힘에 눌려 마침내 굴복해야만 했던 청나라의 굴욕을 생각할 때면, 억제할 수 없는 분노의 화살을 해적들에게 쏘고 싶어진다.

강자가 미워지고 약자에게 애정이 쏠리는 마음을 동정심이라 불러도 좋다. 동정심은 사실상 권력에의 의지, 강자로서 남을 지배하고자 하는 가장 원초적이고 보편적인 욕망의 한 이면에 불과한지도 모른다. 나 자신이 강자가 되지 못하는 이상, 그런 욕구불만이 나를 억압하는 강자를 질투하고 미워하는 심정의 마스크가 약자에 대한 동정심으로 나타날지도 모른다. 가장 강한 지배자를 포함한 모든 사람이 경우에 따라 약자의 편에 서고자 하는 충동을 느낀다 해도 같은 설명이 가능하다. 왜냐하면 누구를 막론하고 어떤 면에서는 또는 어떤 경우에서는 약자이기 때문이다.

그러나 과연 인간이 다른 동물들과 마찬가지로 완전히 약육강식의 원리에 의해서만 지배되는가. 동물임에 틀림없지만 인간은 그냥 동물이 아니며 동물의 차원을 넘어서 존재한다. 육체가 없는 사람을 상상할 수 없지만 인간은 또한 정신적 동물이다. 정신에 의해 생물학적 본능이 통제되고 교정될 때 동물로서의 인간은 인간으로서의 동물로 발전하고, 그런 인간의 사회에서 문화의 꽃이 핀다. 인간은 강하기를 원하지만 또한 옳고자 한다. 인간의 지평에서 볼 때 강한 것이 곧 옳은 것은 아니며 이긴다고 해서 장사가 아니다. 인간에게 있어서 참다운 승리는 단순히 강자가 되고자 하는 욕망을 극복하는 데서만 찾을 수 있다. 불교에서 말하는 '자비심', 기독교에서 주장하는 '사랑', 유교의 근본적 가치 '어짐'이 다 같이 위대한 진리이며 가치를 말해준다면 그것은 강자에 반대하여 약자의 편에 서고자 하는 입장을 나타낸 것에 불과하다. 위와 같은 종교적 사상이 한결같이 모든 사람의 가슴을 울려왔고 또 울리고 있음은, 권력을 향한 의지를 극복하고 더 높은 가치를 추구하려는 인간만의 특성이 존재하고 있음을 암시한다.

어떻게 보면 예나 지금이나, 동양에서나 서양에서나 때와 장소의 한계와 차이를 넘어서 인간의 역사는 결국 지배와 복종이라는 갈등과 투쟁의 논리에 의해서 움직이고 있다고 볼 수 있다. 그러면서도 또 다른 각도에서 보면 오랜 인류의 역사를 통해서 그런 논리를 깨뜨리고자 하는 투쟁의 자국을 찾아볼 수 있다. 위대한 종교들, 위대한 정치적 이념과 사회적 이념들, 위대한 사상가, 행동인들이 바로 그런 자국들이다. 지배자 편에 서서 향락할 수 있음에도 불구하고 짓밟힌 약자 편에 서서 정의를 위해 투쟁하고 목숨을 바친 사람들의 예를 역사 속에서, 바로 우리의 시시한 주변에서 얼마든지 찾아볼 수 있다.

인간에게 있어서 참다운 승리는
단순히 강자가 되고자 하는 욕망을
극복하는 데서만 찾을 수 있다.

배고파본 적이 없던 사람이 어찌 배고픔의 처절한 고통을 알 수 있겠는가. 노예나 남의 종이었던 적이 없는 사람이 어찌 그들의 굴욕감을 이해할 수 있을 것인가. 아기를 안고 지하철 계단에서 행인들에게 구걸하지 않을 수 없는 병든 여인이 아니고서 어찌 인생의 패배감을 뼈저리게 느낄 수 있겠는가. 권모술수를 교묘히 써서 권력과 부귀를 향락하며 오만해진 자들을 보고, 그 누가 사회의 불평등과 불의에 분노감을 느끼지 않을 수 있겠는가. 몇백, 몇천 굶주려 쓰러져가는 아프리카의 벌거벗은 이들의 사진을 보고서도 인간사회의 불공평함에 가슴이 찢어지지 않는 사람이 있겠는가. 다만 힘이 없기 때문에 마다하면서도 아편을 강요당하여 병들어 쓰러져야 했던 중국인들이 아니고서 어찌 인간적이고 민족적인 분노를 뼈저리게 느낄 수 있겠는가. 땅을 빼앗기고서도 총과 칼에 찔려 쓰러져야 하는 팔레스타인인들의 억울함을 당자가 아니고서 어찌 절실히 느낄 수 있겠는가. 사람으로서 어찌 부리를 송두리째 뜯기고 개구멍으로 도망쳐야 하는 수탉의 한을 이해할 수 있겠는가. 그러나 단순한 동물이 아닌 우리는 설사 직접 그런 여러 처지에 놓여본 적이 없어도 상상으로나마 약자의 모욕감, 슬픔, 처절한 절망, 가슴이 찢어지는 아픔과 분노를 이해할 수 있다.

약자가 반드시 옳진 않다. 그러나 약자의 아픔을 이해하고 강자에 대항해서 약자의 편에 서고 싶은 충동을 느끼는 것은 인간이 단순한 동물이 아니기 때문이다.

인정

내가 나라고 하는 하나의 작은 세계를 넘어서서 남들 속에서 남들과 함께 존재함을 발견할 때 인정이 생긴다. 인정은 자기로부터의 해방이며 동시에 자기의 확장이다.

남의 바람과 어려움을 이해할 때 인정의 싹이 튼다. 남이 소원을 이루도록 도와주고, 남의 고통을 덜어주는 사람이 인정 있는 사람이다. 내가 나라고 하는 하나의 작은 세계를 넘어서서 남들 속에서 남들과 함께 존재함을 발견할 때 인정이 생긴다. 인정은 자기로부터의 해방이며 동시에 자기의 확장이다. 그러기에 우리 는 누구나 다 같이 남의 인정을 바라고 또한 내가 인정을 베풀 때 그만큼 흐뭇해진다. 모든 생명에 대한 자비심을 가르친 부처, 석가모니의 말이 우리들의 마음에 울려오는 이유는 그것이 무엇보다도 인정에 바탕을 두고 있기 때문이다.

하룻저녁 술값을 아낀다면 밑바닥 직공의 병든 아내가 치료를 받고도 남을 텐데, 그것을 모른 체하는 사장은 인정 있는 사람이라 할 수 없다. 조금만 시간을 내준다면 어려운 공부에 갈피를 잡지 못하는 학생에게 큰 도움이 될 텐데, 자기 저서 일로 돌보아주지 않는 지도 교수는 인정이 넘친다고 말할 수 없다. 여벌의 코트를 사지 않는다면 지하도 땅바닥에 엎드려 손을 내밀고 있는 걸인이 며칠 동안 끼니를 때우고도 남을 텐데, 그냥 고급 백화점으로 올라가는 멋쟁이 부인에 게선 인정이 발견되지 않는다.

다시 뵙기 어려우리라고 생각되는 연로한 어머니를 비행장에 남겨 두고 멀리 이국으로 떠나는 자녀의 마음속에서 인정의 애절함을 느낀다. 만나보고 싶었던 옛 친구, 만나주기를 바라는 친지, 학생들을 시간에 몰려 만나지 못하거나 오래 함께 있지 못하고 헤어져야 할 때 어쩐지 인정이 메마르고 있다는 안타까움을 경험하게 된다.

친구들이 많다. 만나고 싶은 사람들이 많다. 사랑하고 싶은 그리고 사랑하는 여인도 많다. 도와주고 싶은 사람들, 내 힘으로 도울 수 있는 사람들도 많다. 그러면서도 우리는 언제나 모든 친구를 다 같이 자주 만나지도 못하고 모든 여인을 다 한꺼번에 사랑할 수도 없다. 언제나 도와주고 싶은 사람들을 모두 도와줄 수도 없다. 그것은 우리들이 각자 남과 완전히 혼돈될 수 없는 개별적 존재로서 극히 제한된 시간과 공간 속에 잡혀 있기 때문이며, 그런 제한 속에서 각자 자

다시 뵙기 어려우리라고 생각되는 연로한 어머니를
비행장에 남겨두고 멀리 이국으로 떠나는 자녀의 마
음속에서 인정의 애절함을 느낀다.

기의 삶을 살아가야 하기 때문이다. 나는 한 사람을 아내로 선택해야 하고, 부득이 어머니를 뒤에 남겨두고 멀리 떠나야 한다. 나는 모든 옛 친구들을 보지 못한 채 새로운 친구를 사귀어야만 하고, 거리에서 손을 내미는 걸인에게 주머니를 털어주는 대신 값비싼 책을 사야 하고, 마련하고 싶었던 카메라를 사야 하기 때문이다. 석가모니가 모든 생물에게 자비로움을 베풀고자 했지만, 그가 모든 가난한 사람에게 돈을 나누어주고 모든 병자들을 동시에 돌봐줄 수는 없는 것이다. 가난한 사람들, 병든 사람들에게는 석가모니의 인자한 웃음만으로는 만족되지 않는 현실이 있다.

분가한 아들에게 네 것이라고 따로 재산을 나누어주는 아버지의 마음이 고맙기도 하지만, 이제부터 아버지와 따로 떨어져서 독립해 살아야 함을 의식하지 않을 수 없는 아들로서는, 그런 재산의 분배가 어쩐지 각박함을 뜻하는 것으로 해석될 수도 있다. 아들의 장래를 위해서는 마땅한 일이고 따라서 기뻐해야 하겠지만, 이제 다시는 만나 볼 가망이 없는 병든 자신을 비행장에 남겨두고 이국으로 떠나는 아들을 전송하는 백발 어머니에게는 아들이 몰인정하게 느껴짐은 당연하다. 몇 번째 시험을 치른 재수생을 낙방시키지 않을 수 없는 대학 입학심사위원은 인정을 짓밟는 가혹한 삶의 현실을 뼈저리게 느끼지 않을 수 없다. 아무리 바쁘다고는 하지만 친구라면서 한 번도 불러주지 않고 사라진 사람에게 어찌 섭섭함을 느끼지 않을 수가 있겠는가. 아무리 중요한 연구가 있다지만 의논하고 싶고 물어보고 싶고 아니

그저 이야기라도 나누었으면 흐뭇할 것 같은 스승이 그런 기회를 주지 않는다면 제자가 어찌 야속함을 느끼지 않을 수 있겠는가.

　어머니를 두고 먼 길을, 더 행복하기 위해 먼 길을 훌훌히 떠남은, 반드시 어머니에 대한 정이 적어서가 아니며 불효한 탓이 아니다. 자식은 젊기에 자기를 발전시켜야 하며, 행복할 권리, 아니 행복할 의무가 있는 것이다. 친구를 일일이 자주 찾아주지 않는다면 그것은 이기적이기 때문이 아니며 옛 우정을 저버렸기 때문이 아니다. 나는 나의 갈 길이 따로 있고 내가 가야 할 길은 멀고 바쁘기 때문이다. 사랑했던 옛 애인을 버리고 다른 여인과 함께 있다 해도, 반드시 그 옛 사람이 싫어졌음이 아님은 물론 보고 싶지 않아졌기 때문만도 아니다. 어쩌다가 다른 사람을 만나게 됐고, 그래서 어쩌다가 그렇게 된 것이 아니겠는가. 전에 자주 찾아오다가 이젠 찾아오지 않는 제자는 스승의 은혜를 망각해서가 아니다. 그도 이제 남편 혹은 아내와 더불어 자녀를 거느리고 그들과 더불어 바쁜 생활을 해야 하지 않겠는가. 있는 재산을 몽땅 팔아 가난한 이웃들에게 모두 나눠주어 함께 고락을 하지는 않고, 더 나은 생활을 위해 재산을 축적하려 함은 반드시 그런 사람이 몰인정해서만은 아니다. 더 잘살고, 더 잘되고자 함은 인간의 어쩔 수 없는 자연스러운 심정일 수 있기 때문이다.
　모든 인간이 성인은 아니다. 아무래도 먼저 자기 자신의 행복, 더 큰 자신의 행복을 추구하고자 함은 자연의 이치이다. 우리는 모두가 제한된 시간과 공간 속에서 제한된 능력을 갖고 있다. 야박하고 섭섭하게 한다면 그것은 인정이 없어서가 아니라 인정보다 자연에 밀려 살기 때문이다. 효자, 열녀는 부자연스러운 인정의 표현이다. 왕과 함께 죽어가는 충신의 행위는 인정의 극단적 표현이 되겠지만, 누구나 심청이 될 수 있는 것도 아니고 정몽주의 뒤를 따를 수 있는 것도 아니다. 효자, 열녀, 충신들에게 머리가 숙여지고 그들이 모든 사람들의 존경심을 자아내는 사실은, 설사 우리들 중인들이 그들과 같은 극단의 인정을 따라가진 못해도 우리들 마음속에 누구나 인정을 갖고 있음을 실증하는 것이 아니겠는가. 심청이가 스스로의 목숨을 바친 것은 봉사 아버지에 대한 따뜻하고 깊은 정이 없었던들 불가능했다. 정몽주가 목숨을 바침은 일조일석에 망한 왕조에 대한 뜨거운 충성심 때문이며, 옛 이집트나 한나라의 신하들이 왕과 함께 생매장됨을 스스로 받아들인 것은 생명과 같이 모시던 왕에 대한 인정의 표시인 것이다. 그러나 우리들은 심청이나 여러 충신들과 같은 정을 쉽사리 실천에 옮기지 못한다. 남을 위해서보다 먼저 내가 살아남아야 하고, 우선 내가 행복해야 하기 때문이며, 그것은 자연스러운 일이다.

남의 사정을 생각하고 남의 고통을 이해함은 아름다운 일이다. 남을 위해 자신을 희생하는 착한 마음에서 우러나는 행위는 장하다. 그러나 인정에 끌려 남을 돕다가 뜻하지 않게 죄인이 되거나, 자기 자신은 물론 집안이 망하는 일도 드물지 않다. 정이 넘쳐 사랑해선 안될 사람을 사랑하다 배륜자가 되고 사회적으로 매장되는 경우도 없지 않다. 사회가 요구하는 것은, 그리고 현실이 바라는 것은 반드시 인정만이 아니기 때문이다. 그래서 때로는 인정 때문에 불행하게 된 인간에게서보다 현실적으로 이성을 따라 살면서, 보기에 행복하게 된 사람에게서 더 깊은 선망의 마음이 생기는 수도 없지 않다. 또한 사회적으로 점잖고 가정적으로 착실한 남편보다 불륜의 욕을 뒤집어 쓰고 아내와 자녀는 물론 사회로부터 버려진 바람둥이 남편의 삶에 더 아름다움을 느낄 수도 있다.

사정은 다 있다. 나의 현실이 용납하지 않는다. 나의 이기적 생각이 아직도 크다. 나의 마음과는 달리 내 행동이 말을 듣지 않는다. 그래서 나는 만나보고 싶은 사람들, 만나야 할 사람들을 다 만나지 못하고 내 일에 바삐 지낸다. 나는 도와주고 싶고, 도와주어야 하며, 도와줄 수 있는 사람들을 모두 한결같이 도와주지 못하고 내 할 일에만 열중한다. 나는 함께 머물고 싶은 사람들을 뒤에 놓고 멀리 떠난다. 그 많은 애인들을 모두 사랑하지 못하고 한 사람하고만 같이한다.

그럴 수밖에 없으면서도, 그렇게 해야만 하면서도, 찾아보지 못하는 사람들에게 미안하고, 도와주지 못하는 사람들에게 야박한 스스로를 느낀다. 나누고 싶은 정이 크면 클수록, 주고 또 받고 싶은 정이 많으면 많을수록 우리는 구체적 삶의 가혹한 냉혹성을 의식한다. 현실적 삶은 정에만 빠져 있음을 용납하지 않기 때문이다.

모든 사람이 시간과 공간 그리고 능력의 제약을 받지만, 누구나 다 같이 이기적이 아닐 수 없지만, 시시하나마 서로 주고받는 인정으로

인해 각박하고 냉혹하고 고달프고 어려운 삶도 때로는
잠시나마 풍요하고 따뜻하고 즐거울 수 있다.

여행을 떠나는 조카에게 용돈을 주는 아저씨의 정,
헤어지는 친구를 위해서 빈 주머니를 털어 송별회를 마
련하는 친구들의 우정, 아끼고 아낀 돈을 털어 귀여운
손자의 학비에 보태주는 할머니의 정, 물질적으로는 아
무런 도움이 되지 못했지만 먼 시골에서 서울까지 와서
이국으로 떠나는 동생을 전송하는 형의 정, 지하도 계
단에 엎드려 손을 내밀고 있는 걸인에게 돈을 집어주는
이름 모를 사람들의 정, 생일날 혹은 설날 고기를 사들
고 친구를 찾거나 카드를 교환하는 정, 떠나는 가정부
에게 월급 외에 얹어주는 돈이 상징하는 정도, 우리들
의 유효한 시간과 정력과 돈이 소비될지 모르지만, 만
약 이런 정이 사람들 사이에 없다면 우리들의 삶은 얼
마나 삭막하겠는가. 생전에 정을 쏟아바치지 못한 것이
한이 되어서, 소용이 없으나 이제야 부모의 산소를 가
꾸고 명절이면 꽃송이나마 꽂아놓는 자식의 마음 역시
정의 표시가 아니겠는가. 쓸데없다고는 하지만 이런 인
간의 제스처는 역시 아름답고 귀하다.

나이가 들면 들수록, 그리고 삶의 참다운 보람에 대한 생각을 하면
할수록 인정의 값을 깨닫게 된다. 그러기에 쏟지 못한 정이 아쉽게

생각되고 흠뻑 받아보지 못한 정이 안타깝게 느껴짐은 자연스러운 일이다. 찾아보지 못한 친구들, 스승에 대한 미안스러움을 느끼지 않을 수 없다면 그것은 공연한 감상 때문이 아니다. 찾아오지 않는 친구에 대해서 혹은 야박했던 것 같은 가까운 사람들에 대해서 섭섭한 느낌을 억제할 수 없다면 그것은 현실적 삶의 조건, 제한성을 몰라서 만은 아니다. 우리는 다 같이 언제나 혼자 살아야 하면서도 더 따뜻하고 더 외롭지 않고 더 정에 젖고 싶기 때문이다.

그러기에 어렵던 학창시절에 도움을 준 친구가 새삼 고맙고 귀하게 우리들의 기억에 생생히 살아남고, 객지에서 혼자 앓아누워 있을 때 과자를 사들고 찾아준, 지나가다 알았던, 이제는 이름도 잊어버린 사람의 얼굴이 기억 속에 샘물처럼 솟고 햇빛처럼 따뜻하게 남아 있는 것이다.

날이 갈수록 각박한 세상이라고들 한다. 사람과 사람의 관계가 삭막하다는 말도 된다. 생활양식이 달라진 탓도 있겠고, 따라서 시간적 혹은 물질적 제약이 커졌다는 뜻도 된다. 그러나 이처럼 인정이 박해진 것은 반드시 어쩔 수 없는 외부적 조건 때문만은 아니다. 반드시 시간이 부족하거나 능력이 부족해서가 아니다. 우리들이 그만큼 인간에 대한 정의 가치보다도 물질에 대한 가치를 더 크게 두고 있다는 데 기인하며, 그만큼 우리들이 이기적인 물질주의자로 변했기 때문이라는 사실이 옳을 것 같다. 무엇보다도 우리들의 마음이 그만큼 고갈되었다는 뜻이다. 마음만 있었더라면 나는 친구를 스승을…… 더 자주 찾아뵈었을 것이요, 가난한 이웃을, 옆에 쓰러진 사람을 도와주었을 것이다. 나만을 생각하지 않았더라면 동생의 학비를 보태주었을 것이며, 다소라도 인정이 있었다면 젖먹이 아기를 데리고 지하도 바닥에 엎드려 구걸하는 여인에게 한 푼이라도 던져주었을 것이다.

내가 배고플 때, 내가 괴로울 때, 내가 어려운 처지에 있을 때 인정의 귀함을 더욱 느낀다. 삶의 보람을 생각하면 할수록 인정의 가치를 늦게나마 깨닫는다.

팔자

모든 것을 팔자로 생각하거나 그와는 정반대로 모든 것은 자유로운 의지에 의해 선택되고 결정된다는 주장은, 설명될 수 없는 것을 설명하고자 하는 지적 허영에 불과한지도 모르며, 불행을 합리화하고자 하는 심사가 아니면 거꾸로 가망도 없는 희망을 가져보고자 하는 환상에 불과할는지도 모른다.

나는 남자가 아니라 여자이다. 나는 백인이 아니라 흑인이다. 나의 아버지는 왕이 아니라 노예이다. 너무나 자명한 사실이지만 따지고 보면 볼수록 왜 이런 것인지 자명하지 않다. 남자로서 살고 싶고 백인의 특권을 선망하며 왕자처럼 사랑을 받고 싶지만, 내가 여자로서 눌려 살고 흑인으로서 차별을 받고 노예의 자식으로 가난 속에 허덕이고 있음은 어쩔 수 없는 사실이다. 어찌하여 나는 이런 상황 속에 놓여 있는가. 생리학적, 사회학적, 신학적 설명도 이런 의문을 궁극적으로 풀어주지 못한다.

같은 뱃속에서 나와 같은 젖을 빨고 같은 집, 같은 환경에서 자란 형제자매들이 어느덧 뿔뿔이 흩어져서 전혀 다른 환경 속에서 서로 다른 길을 가고 있다. 똑똑하고 부유한 남편에게 출가한 언니는 뜻하지 않게 몇 년이 못 가서 남편을 잃고 호화로운 주택에서 쫓겨나와 초라한 집에서 정박아 아들을 데리고 살아야 하며, 낙제하기 일쑤였던 동생은 가난한 집 건달한테 꾐을 당해 시집가서 고생하더니 어쩌다가 갑부가 되고 똘똘한 아들들을 기르며 호화로운 생활을 즐긴다. 어떤 놈은 머리가 좋아 쉽게 출세하는데 나는 아무리 노력해도 머리가 나빠 말석에 앉아 있다. 어찌하여 언니와 동생은 그렇게도 서로 다른 길을 걸어가야 하며 어찌하여 나는 머리가 나쁜가. 내가 통제할 수 없는 것들에 의해서 나의 현재의 상황이 이루어졌다면 그 이유는 무엇인가. 아무리 생각해도 만족스러운 설명이 나오지 않는다.

모든 사람들이 현재 상황의 궁극적 이유를 알 수 없다면, 각자의 앞날의 상황은 더욱 깜깜할 것이다. 나는 내일 무엇을 어떻게 해야 할 것인가. 나는 누구와 결혼해야 하며 무슨 직업을 택해야 하는가. 나는 10년 후 무엇이 될 것이며 나는 몇 살까지 살 수 있을 것인가.

생각하고 또 생각해 봐도 대답이 나오지 않을 때 우리는 '팔자'라는 단어로 대답을 대신하려고 한다. 내가 알 수 없고 아무도 그 이유를 밝힐 수 없지만, 모든 사람의 생애는 넓고 깊은 우주의 원리 아니면 신의 섭리에 의해서 이미 결정됐음에 틀림없다. 팔자란 모든 사람의 일생이 각 개인의 의지나 노력만으로는 바꿀 수 없는 운명에 의해 이미 내 손금 속에, 관상 속에 이미 확고히 적혀 있고 생일날짜에 찍혀 있다고 보는 것이다.

모든 것이 팔자다. 그렇다면 누구하고 결혼해야 할지를 모르는 여인이나, 언제 죽을지도 모른 채 병상에 누워 있는 아내의 앞날이 궁금한 남편이 사주를 보고 점술사를 찾아가 관상을 보는 일을 미신이라고 쉽사리 비웃어버리기에 앞서, 그런 사람들의 심정과 이유를 충분히 이해해 보고자 해야 할 것이다. 동서를 막론하고 아주 아득한 고대부터 점성술, 관상술, 손금 보기 등이 있어왔을 뿐만 아니라 오늘날 과학문명의 혜택을 가장 많이 받고 있는 미국 사회에서도 이와 같은 것에 많은 사람들이 관심을 쏟고 그런 것에 의지하려 하고 있음은 우연한 사실이 아니다.

나의 과거와 현재의 상황을 사주 때문이라고 보고 나의 앞날이 어떻게 되든 팔자소관이라고 믿을 때, 채워지지 않는 욕망에 대한 변명이 생기고 불행한 자신에게 위안이 되며 나의 앞날이 어떻게 되든 나자신의 불만이나 실패에 변명과 구실이 생겨 마음이 편해질 수 있다. 힌두교나 불교에서 결정적인 의미를 갖는 '인연'이라는 개념은 '사주팔자'라는 개념의 종교적 번역이며, 서양에서 언제나 문제가 되어온 결정론은 같은 갈래의 철학적 낱말에 불과하다. 한국의 한 시골 할머니가 불행하다고밖에 볼 수 없는 자신의 생애를 팔자로 돌려 한과 슬픔을 달래듯이, 힌두교인이나 불교신자들은 어떤 불행이 닥치더라도 그것을 우주적 원인과 결과의 관계로 보고 해탈이라는 심리적 위안의 경지를 마련할 수 있다. 고대 희랍의 금욕주의자들은 모든 현상을 철통같은 인과관계의 결과로 믿고 그것을 받아들임으로써 무상하고 애절한 인생의 고통을 극복하려 했으며, 더 가까이 17세기 철학자 스피노자도 역시 모든 사물현상들이 뗄 수 없는 인과관계 속에 이미 결정되어 있음을 믿고 그것을 긍정하는 태도에서 심리적인 완전한 자유를 찾으려 했다.

팔자의 인생철학은 팔자가 사나운 사람에게 위안이 될 수 있는 반면 팔자가 좋은 사람에게도 자신의 나쁘고 그릇된 행위를 변명하는 좋은 구실이 될 수 있고 자신의 욕망을 추구하는 방편으로 사용될 수 있다. 내가 남을 속이고 나쁜 수단을 써서 치부를 해도 그것은 내 잘못이 아니라 타고난 팔자의 소관이니 내게는 책임이 없으며 부끄러워할 필요도 없다는 것이다. 내가 폭력을 써서 폭군의 자리에 앉아서 권력을 행사하며 향락과 권세를 즐겨도 그것은 내 잘못이 아니라 선천적으로 마련된 팔자의 탓일 뿐이라고 주장할 수도 있다. 역사를 통해서 우리는 어떤 사회에서든지 자신이 무슨 어마어마한 사명을 갖고 태어났다고 주장하는 정치적, 종교적 광신자들을 얼마든지 볼 수 있었다.

한 생애의 모든 사건, 한 사람의 모든 행동을 팔자로 볼 때 괴로웠던 마음이 풀리고 불행한 가슴에 평화가 올 수 있고 경우에 따라 불교에서 말하는 해탈에 도달할 수 있다고 하지만, 이런 생각을 뒤집어

보면 그것은 다만 소극적인 태도, 무력한 체념을 나타냄에 지나지 않는다. 이런 태도가 궁극적 패배주의에 불과하지 않다고 누가 장담할 수 있으랴. 배고픈 사람이 먹을 것을 구할 생각을 하지 않고 팔자 탓을 한다고 해서 배가 부를 리 없다. 남에게 얻어맞고 짓눌리는 생활을 팔자소관으로 해석한다 해서 아프지 않게 되거나 억울한 생각이 정말 없어지지는 않는다. 팔자가 나쁜 사람에게 팔자주의는 그의 패배를 연장하고 합리화시키며 그의 적극적인 행위를 마비시키는 결과를 가져올 뿐이 아니겠는가. 팔자가 좋은 사람에게 팔자철학은 그가 했고 또 할 수 있는 모든 잔악한 행동까지를 합리화하며, 자신의 권력을 확장하고, 부귀를 더욱 향락하며, 도덕적으로 용납될 수 없는 폭력을 계속 쓰고, 착취를 고치지 않는 구실이 될 수 있다.

사주팔자라는 개념을 운명 혹은 숙명이라는 말로 바꿔놓을 수 있다. 인간의 행위, 한 사람의 삶이 숙명적이라는 사실은 흔히 희랍신화에 나오는 오이디푸스 왕의 너무나도 가혹한 비극적 종말로서 상징된다. 오이디푸스는 왕인 아버지를 죽이고 스스로 왕이 되어 자신의 어머니와 결혼하게 될 것이라는 끔찍한 신탁神託에 따라 운명을 피하기 위해서 아버지에 의해 버려진다. 그러나 기구한 운명의 장난에 의해서 오랜 세월이 지난 후, 그는 자신의 아버지를 알아보지 못하고 죽이게 되고, 마침내는 사실을 모른 채 자신의 어머니를 아내로 삼고 왕이 된다. 뒷날 어떤 계기로 모든 사실을 알게 된 오이디푸스 왕은 스스로 두 눈을 찔러 소경이 되고, 딸 안티고네가 끌어주는

지팡이를 잡고 다니며 여생을 길에서 헤맨다. 이 이야기는 한 개인이 아무리 자신의 의지로써 자신의 삶을 선택해 가려고 해도 그것이 모두 허사임을 시사한다. 한 개인의 운명은 그 개인의 자유로운 결정에 의해서 정해지지 않고 그 개인의, 모든 인간의 힘으로는 어쩔 수 없는 우주적 원리 혹은 의도에 의해서 처음부터 결정돼 있다는 말이다.

팔자라는 개념이 시사하는 것처럼, 오이디푸스 왕의 신화가 상징하는 것과 같이, 그리고 결정론자들이 주장하듯, 인간의 행동을 포함하여 모든 사물현상이 과연 처음부터 영원히 인과적으로 결정되어 있으며 또는 어떤 절대적 인격자의 의도에 의해서 이미 처음부터 규정되어 있다고 믿어야 하는가. 인과에 의해서 결정됐다는 말은 무엇이며 절대자의 의지와 계획에 따라 모든 사람들의 생애가 규정되어 있다는 말은 무슨 뜻인가.

내가 이렇게 행동해도 또는 그와는 정반대로 행동해도 다 같이 이미 결정되었기 때문이라고 설명한다면 그것은 모순이 아닌가. 그런 설명은 하나마나한 중언부언이 아닌가.

결정론에 대하여, 인간의 숙명론에 대하여 가장 열을 올리고 반기를 든 최근의 철학자로는 아무래도 사르트르를 들 수 있다. 사람의 본질은 자유다. 자유롭지 않은 인간이란 말은 자기모순이다. 결정론을 받아들이느냐 아니냐도 나의 자유로운 선택에 불과하다. 적어도

사람의 본질은 자유다.

자유롭지 않은 인간이란 말은 자기모순이다.

사물현상만은 인과적으로 설명된다고 주장을 하지만, 인과율이라는 개념은 사물현상 자체의 구조를 가리키는 것이 아니다. 사실은 인간이 자유로운 생각에 의해서 사물현상을 인과관계 속에서 보기로 선택했음을 뜻한다. 우리가 흔히 생각하고 있는 바와는 달리 인간의 자유는 반드시 축복을 의미하지만은 않는다. 오히려 인간의 저주스런 상황도 보여준다고 봐야 한다. 내가 자유롭다면 나는 내가 하는 행동에 대해 책임을 져야 한다. 나의 사람됨, 나의 행동, 나의 행복이나 불행뿐만 아니라 나의 세계관, 사물현상을 보는 각도도 궁극적으로 나의 선택에 의해서만 결정되기 때문이다. 자유롭기 때문에 책임을 져야 하는 우리는 책임 때문에 항상 실존적 불안에서 떠날 수 없으며, 이런 고통에서 해방되고자 스스로의 자유를 숨기고 싶은 유혹에 언제나 빠지게 마련이다. 그러나 인간의 궁극적 조건이 자유인 이상 아무도 자유로부터 도피할 수 없다. 그러므로 사람답게 산다는 것은 스스로의 자유를 확인하고, 그것을 끝까지 창조적으로 발휘해야 하는 것이다. 운명은 없다. 어떤 인생도 처음부터 결정된 것은 아니다. 내가 불행하고 비겁하고 무능한 것은 내가 결정한 것이다.

사르트르가 말하는 대로 자유를 믿을 때 우리는 용기를 갖고 적극적으로 과거에 대해 새로운 의미를 부여하고, 불만스러운 나의 운명을 교정하고 창조해나갈 수 있는 희망과 용기를 가지게 된다. 그러나 과연 나는 자유로운가. 나의 생리학적인 구조는 내가 결정한 것이 아니며, 내가 태어난 것이 나의 자유의사에 의해서 내가 선택한 것이 아니라면 어찌하여 내가 절대적인 자유를 갖고 있다고 할 수 있는가. 나의 의지, 나의 재능도 생리적으로, 사회적으로, 문화적으로, 교육적으로 나 아닌 외부조건에 의해서 결정된 것이 아니라고 어떻게 단언할 수 있겠는가.

결정론이나 자유의지론은 다 같이 구체적인 사실을 만족스럽게 설명하지 못한다. 내가 입학시험에 실패했다면 그것은 내 팔자 때문만이 아니다. 내가 이과 대신 문과를 선택했다면 그것은 오로지 나의 자유로운 의지와 결단으로만 이루어진 것이 아니다. 내가 우연히 도스토옙스키의 소설을 읽고 감동하지 않았더라면 나는 문과를 택할 생각을 하지 않았을 것이다. 나는 갑부의 아들 대신 가난한 작가와 결혼할 수 있었으며, 내가 여자로 태어나지 않았더라면 나는 그 남자를 남편으로 선택할 수 없었을 것이다. 모든 것을 팔자로 생각하거나 그와는 정반대로 모든 것은 자유로운 의지에 의해 선택되고 결정된다는 주장은, 설명될 수 없는 것을 설명하고자 하는 지적 허영에 불과한지도 모르며, 불행을 합리화하고자 하는 심사가 아니면 거꾸로 가망도 없는 희망을 가져보고자 하는 환상에 불과할는지도 모른다.

확실한 것은 놀라움뿐이며 신비로움뿐이다. 어째서 나는 무한한 공간과 시간 가운데서도 하필이면 이 공간, 이 시간에 태어났을까. 어쩌다가 나는 여자가 아니라 남자로 태어났을까. 어쩌다 같이 자라고 같이 공부했음에도 불구하고 나는 행복하게 살고 나의 친구는 불행하고 기구한 일생을 보내는가. 어찌하여 저 아이는 고아원에서 외롭고 슬프게 자라며, 어찌하여 다른 아이는 부잣집 아들로 호강하는가. 누가 이런 물음에 대답할 수 있으랴. 아무리 심오한 저서도 이런 의문을 풀어주지 못한다. 모두가 서로 다른 삶을 살다 가는 개개인의 일생에 무슨 궁극적 의미가 숨어 있는가. 하늘도 하느님도 대답이 없다. 알 수 없을 뿐이다.

팔자라고 해도 좋고 자유라고 해도 좋다. 인생에 대한 지적 의문보다 더욱 확실한 것이 있다. 갈 곳 없이 거리를 헤매는 배고픈 걸인을 볼 때, 그의 인생이 팔자 때문이라 해도 가슴이 아프고 슬프다. 권력의 자리에 앉았다 하여 혹은 부유하다 하여 아랫사람을 학대하고 가난한 이웃을 얕보고 향락에 빠져 놀아나는 사람들을 보면, 아무리 그것이 그들의 노력한 결과라 해도 혐오심이 솟아나고 울분이 터진다.

확실한 것은 세상이 불공평하다는 사실이다. 전지전능하신 하느님이 가혹하게만 생각된다. 그의 침묵이, 그의 창조가…… 어쩌면 그렇기 때문에 인간에게 무궁한 가능성이 열려 있는지도 모른다.

죽음

죽음이 보여주는 무상은 나를, 나 자신의 작은 자아를 더 넓은 테두리에서 파악케 한다. 인간을 자연의 관점으로, 더 나아가 우주의 관점으로, 곧 인간적 시간의 관점에서 영원의 관점으로 확장시키고 해방시켜 준다.

흰 천에 덮인 관은 깨끗하다. 관은 수많은 조화에 파묻혀 있다. 조객들로 꽉 들어찬 교회 안은 엄숙할 뿐이다. 목사가 고인의 미덕을 찬양한다. 친족들 혹은 가족들이 경건한 자세로 촛불을 붙인다. 검은 리본으로 장식된 고인의 사진은 말이 없다. 그녀는 며칠 전까지만 해도 물가에 대해서, 자기가 하는 일의 고달픔에 대해서, 사랑에 대해서, 늙어가는 나이에 대해서, 죽음의 공포에 대해서, 삶의 의미에 대해서 언제나와 마찬가지로, 어디서나와 마찬가지로, 누구한테나와 마찬가지로 그럴듯한 결론이 없는 얘기를 주고받았었다. 몹시 깔끔

했던 그녀는 고운 얼굴과 옷깃 하나에도 세심한 주의를 기울여 깨끗한 인상을 풍기지 않을 때가 없었다. 그러나 지금 그녀는 답답해 보이는 관 속에 말없이 누워 있을 뿐이다. 이제 그녀에게 모든 걱정과 즐거움, 모든 꿈과 계획은 아무런 의미도 없다. 이제 그녀에겐 아름다움, 청결함이 문제 되지 않는다. 그녀에게 값비싼 조화造花와 과장된 찬사와 경건한 기도와 화려한 관이 무슨 상관이 있겠는가. 그녀는 지금 관 속에 말없이 누워 있을 뿐이다. 그녀에겐 이제 무한한 그리고 영원한 평화가 있을 뿐이다. 그녀는 이제 우리들 살아남은 사람과 아무 상관이 없다. 그녀에겐 이미 삶과 죽음, 의미와 무의미가 전혀 상관이 없는 것들에 지나지 않는다. 그녀는 이제 아무 이야기도 하지 않을 것이며 아무 이야기도 듣지 않을 것이다. 그녀는 이제 다시는 우리들과 자리를 같이하지 않을 것이다. 한 사람의 죽음에 어떤 의미가 있다면 그것은 결코 죽은 사람 본인에게 있는 것이 아니라 살아남은 사람들, 태어날 사람에게만 있다. 죽음은 죽은 본인에게는 모든 의미까지도 초탈함을 뜻한다.

한 사람의 죽음, 특히 우리들과 가까웠던 사람의 죽음에서 우리가 가장 절실하게 느낄 수 있는 것은 단절감이다. 삶과 죽음의 뛰어넘을 수 없는 절대적 거리를 체험한다. 죽음은 삶의 절대적 종말, 그리고 삶과는 절대적으로 다른 새로운 존재 형태로 나타나기 때문이다. 다시는 고인과 이야기할 수 없고 이야기를 들을 수 도 없는 것이다. 그래서 죽음을 절대적 혹은 극한적 한계라고 부를 수 있을지 모른다.

한 사람의 죽음에 어떤 의미가 있다면
그것은 결코 죽은 사람 본인에게 있는 것이 아니라
살아남은 사람들, 태어날 사람에게만 있다.
죽음은 죽은 본인에게는 모든 의미까지도 초탈함을 뜻한다.

극한 상황으로서의 죽음은 죽음의 내용을 보여주기보다는 삶의 모습을 반영해주는 거울과 같다. 그 거울 속에서 우리는 새삼 삶의 무상함을 의식하고 삶의 의미를 생각하게 된다. 죽음에 의미가 있다면 그것은 오로지 살아 있는 사람에게만 있지 죽은 사람에겐 없다. 왜냐하면 '의미'는 삶을 떠나서는 생각될 수 없고 죽음은 삶의 종식이기 때문이다. 죽음은 살아 있는 우리에게 산다는 것이 무엇인가, 산다는 의미가 무엇인가, 어떻게 살 것인가에 대해 물으며 그 물음에 대한 대답을 강요한다. 이런 물음에 부딪힐 때, 그리고 이런 물음에 대한 대답을 생각하는 바로 그런 과정에서 삶이 가질 수 있는 경험, 그것의 의미는 그만큼 더 짙어진다. 분명하고 궁극적인 대답이 있어서가 아니다. 어쩌면 그런 대답이 없기 때문일지도 모른다.

죽음 앞에서 우리는 삶의 무상함을, 아니 존재함의 무상성을 의식한다. 우리는 모든 생물과 똑같이 태어나자마자 자신의 생리적 보존, 그리고 확장을 위해서 모든 활동을 전개한다. 더욱더 잘 살고 더욱더 영향력을 미치고 더욱더 오래 생존하려 한다. 나라는 개체를 구심점으로 나의 작은 우주가 형성되고, 모든 것은 나라는 개체의 원심점에서 측량된다. 내가 언제나 초점이 된다. 경우에 따라 비록 내가 자녀들을 위해서 혹은 사회를 위해서 희생한다 해도 그것은 생물학적 종으로서의 나의 확장본능에 근거하고 있다는 사실은 생물학이 잘 설명해준다. 그러나 나의 죽음, 그리고 그것의 연장으로 볼 수 있는 내 종의 종말에 대한 의식은 이 근본적 욕망, 그것을 달성하는 데 쓰는 모든 노력이 아무런 영원성을 갖지 않음을 자각시킨다. 한 생물체로서의, 한 개체로서의 우리들이 극복할 수 없는, 그리고 이해할 수 없는 한계를 체험하는 것이다. 아무리 생각을 쏟아봐도 이해할 수 없고 아무런 힘으로도 통제할 수 없는 불가사의하고 엄숙한 우주의 신비스러운 원리를 감지하게 되는 것이다.

　죽음이 보여주는 무상은 나를, 나 자신의 작은 자아를 더 넓은 테두리에서 파악케 한다. 인간을 자연의 관점으로, 더 나아가 우주의 관점으로, 곧 인간적 시간의 관점에서 영원의 관점으로 확장시키고 해방시켜준다. 물론 우리가 이런 차원으로 높아지고 이런 공간으로 확장된다는 것은, 실제로 우리가 인간이기를 넘어서 신이 된다는 것도 아니며, 우리들이 생물학적, 사회학적, 심리학적 자아를 떠나서 영원한 공간에 존재한다는 말도 아니다.

　우리들은 생물학적으로, 사회학적으로 혹은 심리학적으로 극히 좁은 공간에서, 그리고 극히 짧은 시간 속에서 극히 작고 시시한 욕망들을 추구하며 살지 않을 수 없다. 그러나 무상에 대한 의식을 통해서 우리들의 자아, 우리들의 시시한 욕망들이 새로운 빛에 의해 조명되고 그것의 의미가 새롭게 부각되며 해석될 수 있다. 이런 경험을 통해서 우리는 우리들의 생물학적 삶에 대한 혹은 우리들의 본능적이고 맹목적인 욕망에 대한 재검토가 가능하고 그것이 무엇이든 간에 우리는 더욱 뜻있는 그리고 더욱 짙은 삶을 살 수 있게 된다.

죽음을 피하는 것, 죽음을 두려워하는 것은 모든 생명이 공통적으로 갖고 있는 가장 근본적인 본능이다. 인간의 모든 활동, 노력은 죽음을 피하거나 연장하려는 무의식적 욕망에 지배되고 있다. 오래 살고자 하면서 시간의 흐름이 두렵고 시간의 촉박함을 느끼는 이유도 죽음에 대한 공포, 삶이 그만큼 축소된다는 의식 때문이 아닐까. 그러나 건강한 사람, 약한 사람, 오래 사는 사람, 명이 짧은 사람, 지배자와 피지배자, 부를 누리던 사람이나 가난에 시달리던 사람이나 다 같이 죽음 앞에서는 평등해진다. 아무리 더 오래 산다지만 영원이라는 시간을 기준으로 할 때 한 사람의 생애는 일찍 죽는 사람이나 늦게 죽는 사람이나 별 차이가 없다. 엄청난 부귀를 누리던 사람이나 혹독한 가난에 쪼들리던 사람이나 우주라는 공간, 죽음에 의해서 모든 것이 무의미해지는 것을 의식한다면 그들 사이의 차이는 찾아낼 수 없다. 죽음 앞에서 우리는 다 같이 적나라해지고 죽음 앞에서 우리는 한결같이 평등하다. 제왕의 몸이나 노예의 몸이 다 같이 흙에 파묻혀 있다는 것이 사실이라면 제왕의 영광, 그의 호화로운 무덤이 무슨 자랑이 될 수 있으며, 노예의 초라한 흙더미가 어찌 부끄러움이 되랴.

죽음 앞에서 우리는 다 같이 적나라해지고
죽음 앞에서 우리는 한결같이 평등하다.

죽음 앞에서 우리들은 우리들 존재의 우주적 차원, 영원의 차원을 접한다. 우리가 아무리 살아남으려고 해도 언젠가는 다 같이 죽는다. 영화를, 권력을, 부귀를 갈망하지만 우리들은 결국 다 같이 흙으로 돌아간다. 우리들이 행복을 추구한다지만 그것은 하나의 짤막한 꿈과 같다. 그렇다면 우리는 생존하려고, 부귀를 누리려고 버둥댈 필요가 없지 않은가. 우리의 욕망, 가치란 모두 하나의 근거 없는 허영이 아니었던가. 사실 우리는 살아남아 꾸준한 긴장과 고통을 계속하기보다는 고요하고 평화로운 죽음을 바라야 할 것이 아닌가. 그것이 어디이건, 언제이건, 누구이건 어쩌면 죽은 모습처럼 평화롭고 의젓하고 엄숙한 것은 없을지 모른다. 죽음의 휴식, 정말 우리가 원하는 것이 휴식이라면 죽음만큼 흐뭇하고 깊은 휴식이 어디 있겠는가. 따뜻한 햇살이 비치는 마을 뒷동산의 한국적 무덤, 성당 뒷마당에 큰 문패와 같은 비석이 나란히 서 있는 서양의 아담한 묘지가 따사롭고 평화롭고 아름답게 느껴지는 때가 있다면, 그것이 우리들의 깊은 무의식 속에 자리잡고 있는 근본적인 욕망과도 무관하지 않을 것이다. 누구를 막론하고 과연 한 번이라도, 그리고 순간적이나마 죽고 싶다는 생각을 해보지 않은 사람이 있을까.

때로는 공포를, 때로는 안도감을 주기도 하는 죽음 앞에서 우리는 또한 황홀한 놀라움을 경험한다. 그것은 궁극적으로 알 수 없는 신비, 우주의 아니 존재의 신비다. 어떻게 보면 무한한 반복의 연속인 삶, 그런 삶을 타고난 우리들의 존재, 우리들이 살면서 의식하고 경험하고 지각하는 모든 현상의 궁극적 의미, 그것의 원천, 그것의 이유에 대한 놀라움을 새삼 의식케 된다. 이게 다 무엇인가, 이게 무슨 의미를 갖고 있는가, 이것이 정말 현실인가. 죽음 앞에서 우리는, 모든 것은 종교적 형이상학적 질문에 부딪히고 자아의 작은 울타리를 넘어서 칠흑 같은 어둠에 둘러싸인 우주의 신비, 무한한 공간에서 멀리 반짝이는 무한히 많은 별들의 반짝임에 알록진 우주라는 감각, 존재라는 감각에 가닿는 어쩔 수 없는 미적 경험을 하게 되기도 한다. 이런 경험을 거쳐 우리는 무엇인가 근본적인 것과 접하는 것 같고 무한한 것으로 확장되는 느낌을 갖게 되는 듯하다. 죽음이 무無에로의 회귀를 뜻한다면 동양에서 흔히 말하는 무無란 존재의 다른 측면, 어쩌면 존재의 더욱 깊은 측면을 지칭하는 것이며, 그러기에 어떤 측면에서 우리는 다 같이 무에게서 무한한 유혹을 받게 되는 것이 아닌가 싶다. 죽음에의 유혹은 무에의 유혹이며, 무에의 유혹은 근본적인 것으로의 회귀에의 유혹, 궁극적 조화, 영구한 평화, 그리고 휴식에의 유혹인지도 모른다.

명상적 혹은 지적 차원에서 관조될 때 죽음은 고통이 아니라 해방을, 슬픔이 아니라 축복을 의미할지도 모른다. 그러나 우리는 명상적이거나 지적이기 전에 감정적이고 본능적으로 살아가기 마련이다. 우리들의 구체적 삶의 마당은 순수한 사고나 사색의 티 없이 투명한 궁전이 아니라 땀과 피를 흘리며 흙과 뭉개야 하는, 무한히 변하고 순수하지 못한 땅 위이다. 우리는 정신적인 인간이기 전에 본능적

인 동물이다. 우리는 생각하기 전에 숨 쉬고 느낀다. 이런 우리에게
죽음은 우선 애처롭고 허탈스럽고 안타깝다. 신음하는 친지의 병석
에서 우리는 무한한 고통을 느낀다. 마지막 숨을 거두는 자식을 안고
있는 어머니의 마음은 안타까움에 찢어진다. 노쇠한 어머니가 요 위
에 누워 하루하루 메말라가는 모습을 지켜보고 있어야만 하는 무력
한 자녀의 가슴은 한없는 아픔에 휘말린다. 얼어붙은 땅을 파고 아버
지를 묻고 집으로 돌아오는 아들, 화장터에서 형의 재를 들고 나오는
동생의 가슴은 발버둥 쳐도 시원치 않은 애처로움과 무력감을 느낀
다. 이처럼 죽음은 삶의 절실한, 이 처절한 삶의 허전함을 함께 가져

온다. 왜냐하면 남의 죽음 앞에서 삶의 절실함을 느끼는 우리 자신들도 빠짐없이 그리고 머지않아 또 다른 남들에게 고통과 슬픔을 남기면서 죽어갈 것이기 때문이며, 어디론가 영원히 사라져가야 하기 때문이다.

이리하여 죽음은 우리들의 삶, 각자 한 번밖에 살 수 없는 삶의 절실함을 조명한다. 이런 조명을 통해 죽음은 우리의 지적 허영, 도덕적 나약성, 욕망의 무모성을 드러내 보이며, 어쩌면 그만큼 더 사랑의 귀함, 반복될 수 없는 한 삶의 보배로움을 자각케 한다. 그리고 그것은 무엇보다도 우리 자신의 존재, 모든 것의 존재, 아니 존재 자체에 대한 신비감과 더불어 외경심을 자아낸다. 태어나기만 하면 우리는 죽음과 싸우기 시작한다. 조만간 다 같이 죽으리라는 것을 알면서도 우리는 항상 우리의 생리적 생명을 연장코자 하는 욕망을 극복할 수 없다. 그렇게 우리는 몇만 년을 반복하고 또 계속 반복하며 살 것이다. 삶과 죽음의 연속이란 현상은 존재일반과 더불어 영원한 수수께끼로 우리에게 남아 있을 뿐이다. 죽음 앞에서 우리는 우리와 더불어 존재하는 모든 것들과 함께 빠져나갈 수 없는 미궁 속에 빠져 있는 것이다.

누구나 영원히 살고자 한다. 죽고자 하지 않는다. 죽음을 두려워한다. 그러나 만약 우리의 본능대로 우리의 소망대로 우리가 죽지 않고 영원히 살 수 있다고 하자. 우리는 과연 죽음이 없는 우리들의 삶을 축복으로 생각할 수 있을까. 영원히 오십 년, 혹은 육십 년을 살아온 경험을 되풀이해야 할 것이라면 우리는 얼마나 지루함을 느낄까. 삶이 주는 영원한 고통을 어떻게 견디어낼 수 있을까.

똑같은 사람을 영원히 만나고 사귀는 권태로움을 어떻게 피할 수 있을까. 아무리 좋은 음식도 되풀이하여 먹으면 맛을 잃는다. 아무리 순수하고 뜨거운 사랑도 세월이 지나면 식고 변하게 된다. 아무리 달콤하고 아름다운 인생이라 해도 우리가 영원히 견디어낼 수는 없다. 어떤 사람이건 간에 삶은 항상 봄이 아니며 꿀이 아니다. 그것은 항상 겨울의 찬바람과 쓰디쓴 쑥맛으로 얼룩져 있다. 어떻게 보면 죽음은 우리들의 가장 궁극적인 축복인지도 모른다. 나 자신에게 있어 죽음은 모든 것의 궁극적 종말을 의미한다. 결국 나의 이 시시한 그리고 고통스러운 삶은 유일한 것이기 때문에, 죽음 또한 나에게 유일한 아름다움, 귀중한 의미를 가져다준다.

　어제까지 우리와 더불어 사랑을, 삶의 뜻을, 죽음을 이야기했더라도 지금 관 속에 누워 있는 고인에게는 이제 그런 것들은 아무 의미도 갖지 않는다. 아름다운 조화弔花, 과장된 조사弔辭, 엄숙한 기도 같은 것 따위도 이제 그에겐 전혀 상관없는 것이다. 그는 다시 한 번 알 수 없는 어떤 엄숙한 원리에 복종하고 그것과 화해를 마친 것이다. 눈보라가 치건 전쟁이 나건 흙 속에 누운 그는 그저 평화롭기만 할 것이다. 이런 그의 죽음, 그의 휴식, 그의 평화의 의미는 그에게가 아니라 오로지 살아 있는 우리에게 있다. 그리고 그의 죽음은 우리들 삶에 새로운 의미를 부여한다. 그 의미는, 삶이 무엇인가를 우리로 하여금 되묻게 한다는 점만으로도 충분하다. 우리는 지금 뭘 하고 있는가. 우리는 가짜가 아니냐는 물음만으로도…….

나의 삶과 숲

"과학은 예술의 렌즈로, 예술은 삶의 렌즈로 이해해야 한다"는 니체의 말은 옳다. 자연은 궁극적으로 과학도 예술도 아닌 삶이라는 렌즈로 봐야 하고, 산과 숲의 의미와 중요성도 삶이란 관점에서 이해되어야 한다.

산과 숲은 곧 자연의 전부가 아니라 일부에 불과하다. 하지만 '자연' 하면 산과 숲이 우선 머리에 떠오른다. 산과 숲이 지구 형성의 역동적 시초의 흔적과 다양한 원초적 생명체들의 삶의 살아 있는 모습을 보여주기 때문이다. 감동은 우리가 어떤 대상이나 상황을 접했을 때 그것들이 우리의 마음을 끌어당겨 한순간에 정서적으로 우리의 가슴을 흔들어놓는 경험을 뜻한다. 산과 숲은 상상만으로도 나에게 미적 감동을 불러일으킨다. 산과 숲에서 이러한 감동을 느끼는 이는 나만이 아닐 것이다.

나는 지자와 인자가 동시에 되고 싶었지만 둘 중 하나를 우선적으로 선택해야만 한다면 인자에 앞서 지자가 되고 싶었다. 그러나 공자는 논어에서 "지자요수 인자요산知者樂水 仁者樂山, 즉 지자는 물을 좋아하고 인자는 산을 좋아한다"고 말한다. 내 자신의 마음을 가만히 들여다볼 때 나는 바다보다는 산을 더 좋아한다. 그렇다면 나는 나의 소망과는 달리 지자보다는 인자, 플라톤보다는 부처, 학자보다는 훈육선생의 소질이 많은 것이다.

그러나 나는 아직도 인자보다는 먼저 지자가 되고 싶고, 그래도 바다보다는 산을 더 좋아한다. 큰 산이나 짙은 숲이 없는, 서해안이 가까운 벽촌에서 태어나 자랐던 내가 이순이 넘어 오랜 외국 생활을 접고, 고국의 동해안 포항에 돌아와서 십 년 가까운 세월을 즐겁게 보낼 수 있었던 중요한 이유의 하나가, 그 지방의 높은 산들과 울창한 숲과 무관하지 않다고 확신한다.

나는 미국 동부에서 살았던 때와 마찬가지로 경북에 살던 때에도 수많은 산골짜기를 지나가거나 멀리서 바라보면서 그런 곳에 묻혀살았으면 하는 생각을 수없이 해보곤 했다. 나는 등산가는 아니지만 어디에서 살고 있든 내 마음은 언제나 산을 쳐다보거나 올라가고 숲 속을 걸어다니곤 한다. 파리에서 제네바행 기차를 타고 프랑스와 스위스 국경을 이루는 높은 알프스 산맥을 바로 코앞에서 보면서, 그리고 기차를 타고 독일에서 비엔나 역을 향해 가면서 창밖의 푸르고 높은 산을 보며 내가 깊은 미학적 감동을 받은 것은 우연이 아니다.

산은 무엇이기에 나를 끌어들이고 숲은 무엇이기에 나를 매료시키는가. 지구상에는 높고 낮은 산들이 숱하게 많고, 산들 가운데는 중동이나 아프리카 사막지대에서 볼 수 있듯이 실제로 나무 한 그루 없는 벌거벗은 산들도 많지만, 나무 그리고 숲이 없는 산은 개념적으로 모순되게 여겨질 만큼, 그중 하나를 떼고서는 다른 하나를 상상하기 어렵다.

산은 곧 깊은 숲이며, 숲은 한 그루 또 한 그루 나무와 떼어 생각할수 없다. 산은 높아서 당당하고 도도하며, 산의 숲은 짙어서 깊고, 숲을 이룬 나무들은 살아 있으면서도 조용하고 푸근하다. 우선 산과 숲에서는 모든 것이 푸르러 풍요롭고, 공기가 맑아 기분이 상쾌하다. 나날이 팽창하고, 하루가 다르게 공기가 탁해지는 도시에 있다가 산에 올라가고 숲 속으로 들어가면 더 그렇다. 산과 숲은 맑은 공기를 제공해줌으로써 우리가 생물학적으로 마음껏 숨 쉴 수 있게 해준다. 산은 끊임없이 산소를 제공해냄으로써 문명에 오염된 공기를 정화해준다.

삼림은 지구의 허파이다. 높은 산에 올라 시원한 바람과 신선한 공기를 맞으면 육체에 생기가 돋고 마음의 자유를 느낄 수 있다. 푸르고 깊은 숲 속 그늘진 잔디에 몸을 뉘어 육체의 피로를 풀고 흠뻑 쉬고 싶다. 산은 정신적 자유의 광장이며, 숲은 육체적 휴식의 마당이다. 그래서 삼림은 행복의 둥지이다.

　바다가 활동적이라면 산은 명상적이다. 바다에서 삶의 활력을 경험한다면 산과 숲에서는 깊은 사색에 빠지게 된다. 숲 속 오솔길을 거닐면 철학적 명상에 들어가지 않을 수 없다. 산에 올라가거나 숲 속을 거닐면 누구나 철학자가 되며 그러기에 하이데거는 자신의 만년의 철학적 사색을 '사색의 길'이라는 제목으로 묶었다. 이런 점에서 숲은 본질적으로 종교적이며 철학적이다.

　그러기에 산과 숲은 보면 볼수록 그리고 알면 알수록 엄숙하고 장엄하며 신비스러운 동시에 성스럽다.

　불교가 다른 종교와 비교해서 명상적이고 사색적인 침묵의 종교라는 것을 환기할 때, 한국의 대부분의 중요한 사찰들이 예외 없이 경치가 뛰어난 높은 산기슭, 깊은 산골짜기의 숲 속에 자리잡고 있는 것은 아주 당연하다.

산과 숲이 우리의 마음을 매료하는 가장 원초적 이유는 그것들이 생명을 상징할 뿐만 아니라 생명 자체라는 사실에서 찾을 수 있다. 산과 숲은 원초적 여러 생명체들이 잉태되고 탄생하는 생명의 보금 자리이다. 거기에는 이름을 알 수 없거나 숫제 이름도 없는 수많은 풀들이 솟아나고, 수많은 종류의 나무들이 경쟁적으로 가지와 줄기를 뻗치고, 수많은 신기한 버러지들이 우글거리며 산다. 꿩, 뻐꾸기, 부엉이 등 수많은 모습의 산새들이 노래를 부르며 한 나뭇가지에서 다른 나뭇가지로 옮겨 날아다니고 다람쥐, 토끼, 여우, 산돼지들이 살아 움직이는 생명의 공간이다. 생명보다 더 신비스럽고 황홀하고 귀중한 가치는 없다. 인간의 마음이 표면적으로 분명하게 드러나는 이유도 없이 산과 숲에 끌리는 것은 아주 자연스러운 일이다.

겉으로 얼른 보아서는 조용하고 잠잠하지만 산과 숲은 나뭇잎과 가지 사이로 들어오는 햇빛을 받으며 만 가지 풀, 나무, 벌레, 산새, 동물들이 서로 먹고 먹히는 하나의 생태계적 고리로 얽혀서 생명이 이어지다가는 끊기고, 끊겼는가 하면 다시 이어져가는 삶과 죽음이 부글부글 끓는 뜨거운 도가니이다. 산과 숲의 원초적이면서도 보편적 매료는 그것들이 수없이 다양한 역동적 생명체들의 원천인 동시에 표현이기 때문이다. 산과 숲에서 우리는 생명의 신비에 황홀해지고 놀라운 다양성에서 아름다움을 느끼며, 문명으로 건조해져가는 우리의 삶이 그동안 시들고 상실되어왔던 원초적 생명력과 접하면서 새삼 삶의 활력을 얻는다.

그렇지만 산과 숲은 인간을 위협하는 공포의 대상인 동시에 인간의 생존과 복지를 위해 정복하고 개발해야 할 존재이기도 하다. 그곳에 서식하는 동물들이 인간의 거처를 훼손하거나, 생명을 끊임없이 위협해왔다. 야생의 생태에서는 수많은 벌레들이 끊임없이 인간에게 질병을 불러일으키고, 야수들은 기회만 있으면 인간을 덮치려고 했다. 그러나 산과 숲은 또한 귀중한 삶의 자원인 동시에 공간이었다. 그것은 인간의 생존을 위협하기도 했지만 식량의 원천으로서의 풀잎, 나무열매, 나무뿌리나 수많은 산짐승들을 인간에게 제공해주었다. 그것은 농경사회가 정착되면서 풍부한 곡식의 무한한 제공자로서의 농토로 변하고, 산업사회가 시작되면서부터 수많은 공산품의 재료를 제공해주는 자원으로 변모하여, 끝없는 개발의 대상으로 바뀌어야 하는 운명에 처하게 되었다.

이러한 자연과 인간의 관계는 지난 몇십 년 전까지만 해도 아무도 예측하지 못했을 만큼 바뀌었다. 그 결과, 상황은 180도로 역전되어 궁극적으로는 인류의 생존까지를 위협하는, 인류의 관점에서 본 환경위기와 아울러 지구상 모든 생명체의 죽음을 위협하는 생태계 파괴문제를 초래하기에 이르렀다. 지구온난화, 그에 따른 지구적 기후와 지구적 지형변화 그리고 환경호르몬 등을 포함하는 수많은 유독성 및 새로운 병의 발생, 인구폭발, 폭발적 소비증가, 지구자원의 고갈, 공기와 물의 오염 등이 지구와 생태계의 번영과 지속적인 성장은 고사하고, 파멸의 언덕과 나락의 골짜기로 몰아가고 있는 구체적인 징조로 의식되게 되었다. 머지않아 죽음을 몰고 오는, 독이 든 물을 마실 수밖에 없고, 숨도 쉴 수 없을 만큼 악화된 공기를 마셔야만 할지도 모르는 현실이 눈앞에 보이게 되었다. 그런데 산이야말로 오염된 공기를 맑게 정화해주는 지구의 허파이며, 숲이야말로 오염된 물을 깨끗이 정화해주는 지구 심장의 정수기이다. 산과 숲이 귀중한 것은, 그것의 미학적, 철학적, 종교적 차원을 훨씬 앞서 생물학적, 실질적 가치 때문이다.

높은 산이나 푸른 숲은 오로지 미학적, 도덕적 및 도구적 관점에서만 보더라도 충분한 가치가 있다. 그것들은 미학적으로 조화롭고 아름다우며, 도덕적으로 숭고하며 우아하고, 도구적으로 여러모로에서 유용하다. 그러나 그것들의 더 근본적인 의미와 가치는 단순히 관조적 감상이나 관념적 사유나 도구적 용도성에 있지 않다. 그것들은 주말에 즐길 수 있는 등산코스이거나, 꼭 없어도 그만일 수도 있고, 우리의 뜻대로 함부로 다룰 수 있는 단순한 도구가 아니다.

숲과 산으로 대변될 수 있는 자연을 지금부터라도 새로운 관점에서 바라볼 수 있어야 한다. "과학은 예술의 렌즈로, 예술은 삶의 렌즈로 이해해야 한다"는 니체의 말은 옳다. 자연은 궁극적으로 과학도 예술도 아닌 삶이라는 렌즈로 봐야 하고, 산과 숲의 의미와 중요성도 삶이란 관점에서 이해되어야 한다.

자연은 궁극적으로 과학도 예술도 아닌
삶이라는 렌즈로 봐야 하고,
산과 숲의 의미와 중요성도
삶이란 관점에서 이해되어야 한다.

산이 많고 숲이 짙은 땅에서 태어나 자라고 살다가 죽을 수 있다는 것은 큰 축복이다. 실질적 관점을 떠나 정서적 측면에서도 마찬가지다. 홍해의 수에즈 운하를 통과하면서 바라보이는 사우디아라비아 쪽의 붉은 흙의 벌거벗은 산맥들, 아프리카 쪽에 한없이 퍼져 있는 땡볕에 말라붙은 모래언덕들의 황량함, 아프가니스탄 전쟁 뉴스로 비추어진 발칸 지방의 험준하지만 삭막한 산, 이집트의 카이로 교외의 붉은색 피라미드들만이 우뚝 서 있는 메마른 사막, 방대하지만 산과 숲으로 이루어진 그늘이 없는 몽고의 초원 등을 머릿속으로 상상만 하더라도 산과 숲이 정서적으로 얼마나 귀중한가는 쉽게 알 수 있다. 산과 숲도 없는 지방, 산이 있더라도 벌거벗은 붉은 산이나 회색빛 돌산만 있는 땅, 숲이 있더라도 펀펀하기만 한 나라에서 태어나서 그곳에서 평생 살아야만 한다는 운명에서 자유스러울 수 있다면 그것은 분명히 크나큰 행운이다.

가령 사우디아라비아나 아프가니스탄, 에티오피아나 이집트, 티베트나 몽골과 같은 나라가 아니라 한국에 태어나서 한국에서 살다 한국에서 죽을 수 있다는 것은 큰 축복임에 틀림없다. 한국보다 더 많은 산들이 솟아 있는 나라들이 있고, 한국의 산들보다 훨씬 장엄하고 푸르고 아름다운 산들이 다른 여러 나라에 있다. 하지만 다른 많은 나라에 비해서 한국은 유난히 산이 많고 푸르며, 다른 여러 나라의 산과 숲에 비해서 덜 높고 덜 크고 덜 울창하고 덜 아름답지만, 어쩌면 그래서 더 아기자기하고 더 따뜻하다. 한국전쟁과 뒤따른 가난 때문에 숲을 마구잡이로 황폐하게 만들 수밖에 없었던 빈곤한 세대를 살아온 한국인들이 이만큼 다시 숲을 이룬 지혜와 피나는 노력에 경의와 감사의 마음을 갖게 된다.

한국의 아름다운 산들은 더 잘 지켜지고 관리 및 보호를 해야 하며, 숲이 더 푸르고 더 무성하도록 더 잘 가꾸어 나가야 한다. 한국만이 아니라 지구의 모든 산들과 숲들의 경우도 마찬가지다. 지난 20년 동안 환경문제에 대한 인식이 지구적으로 확산되면서 우리나라에도 수많은 환경운동단체들이 생긴 것은 다행한 일이다. 환경문제는 가까운 곳에서는 쓰레기문제에서 시작되어, 청정 공기와 물을 확보하는 문제 등을 거쳐서 동물, 생태계 보호 등의 명목으로 산과 숲과 같은 자연에 대한 윤리적 배려와 보호의 문제로까지 확대되고 있다. 이런 시점에는 환경에 대한 인간 중심적 세계관에서 자연 중심적 세계관으로의 전환이 이미 전제되어 있다. 그렇다. 자연의 일부로서의 산과 숲, 야생 초목과 야생 동물들은 인간을 위한 도구로서 존재하지 않으며, 인간은 어떤 점에서 보더라도 자연의 주인으로서 자연을 자신의 소유물로 무모하게 개발하고 약탈할 권리를 갖고 있지 않다.

하지만 우리의 환경의식은 빈약한 허점을 드러낸다. 이러한 사실은 가령 우리나라의 교수들 가운데도 볼 수 있는 골프 붐 현상으로 쉽게 알 수 있고, 그러한 유행에 부응해서 산을 마구 깎아 뭉개고, 숲의 나무들을 잘라내서 골프장을 만들기에 바쁘고, 그러한 골프장에 생태적으로 극히 해로운 농약을 아무렇지도 않게 대량으로 사용하는

기업가들에게서도 입증된다. 이러한 반환경적, 반생태학적 행동은 도덕적으로 그릇됐으며, 경제적으로 유해하고, 사회적으로 타당치 않으며, 미학적으로 추하다.

그렇다. 더욱 근본적인 환경에 대한 인식이 촉구되며, 철학적 과학적 차원에서의 세계관이 요구되고, 정서적 미학적 차원에서의 감성의 혁명과 고양이 필요하다. 다시 한 번 산으로 높이 올라가 눈앞에 전개되는 지구의 피부를 바라보면서 그것의 종교적, 철학적, 윤리적 및 미학적 가치를 인식하면서 다시 한 번 숲을 바라보고, 그 속을 거닐면서 그곳에서 얻게 되는 경험을 만끽하고, 그것이 지니는 일종의 종교적, 철학적, 윤리적 및 미학적 의미를 생각해보자.

땅

하늘 높이 올라가면 올라갈수록 그의 날개는 뜨거운 햇볕에 녹아 마침내 땅에 떨어지고 만다. 우리는 다 같이 실패한 이카로스이기도 하다. 이카로스가 햇볕의 원천까지 닿지 못하고 땅바닥에서 살아야 하듯 아무리 시시해도 아무리 답답하고 거북해도 우리가 살 수 있는 곳은 땅 위이다.

땅에서 풀이 나고 나무가 자란다. 땅을 떠나서 꽃은 피지 않는다. 땅에 흐르는 물을 마시고 땅을 갈아 밭과 논을 만들고 양식을 구한다. 땅 위를 걸어다니며 땅 위에 집을 짓고 살다가 땅 속에 묻힌다. 땅은 우리가 살아가는 유일한 자리며 우리의 양식이며 우리가 마지막으로 돌아가 쉬게 되는 곳이다. 궤짝 같은 셋방 아파트에서 살다가 작은 땅을 장만하여 집을 지을 수 있을 때 느끼는 기쁨은 자연스럽다. 내가 딛고 살 수 있는 장소를 마련했기 때문이다.

피땀으로 몇 마지기의 논과 밭을 마련한 소작인이 한없이 기쁠 수 있는 것은 그 땅이 그에게는 없어서는 안 될 양식을 의미하기 때문이다. 발 디딜 곳 없이 복잡한 큰 도시의 거리를 빠져나와 시골의 산과 들, 밭과 논을 보기만 해도 답답했던 숨이 트일 것 같다. 농장을 갖고 있어 주말이면 돌보러 갈 수 있는 사람, 논과 밭을 많이 갖고 있는 농사꾼이 부럽다. 사람들로 바글거리는 서울, 얼마 가다 보면 앞이 막히는 좁은 한국에서 살다가 그저 넓기만 한 미국의 들, 시골로 가면 지평선이 한없이 펴져 있는 듯한 유럽의 들을 볼 때 마치 날아갈 것 같은 시원한 해방감, 자신감을 불어 넣어주는 풍부함을 느낀다. 땅! 땅! 땅! 두 손을 흔들며 땅이라고 기쁨의 함성을 지르고 싶은 충동을 받기도 한다.

삶이 뿌리를 박을 수 있는 장소라는 점에서, 양식을 마련해주고 쉴 수 있는 집을 짓고 삶의 피로를 풀 수 있는 곳이라는 점에서 땅을 갖는다는 만족감이 있고, 맨발로 밟는 흙이 흐뭇한 쾌감을 느끼게 하고, 넓고 풍요한 땅이 해방감을 준다. 하지만 땅은 우리를 근본적으로 충족시켜주진 못한다. 땅이 마련해주는 양식, 땅 위에 지은 집 속에서 갖는 휴식, 넓은 땅에서 느끼는 해방감에 우리는 완전히 만족되지 않는다. 땅이 마련한 양식이 우리들의 생리를 완전히 충족시켜주지 못한다. 집에서 쉬는 휴식이 완전히 우리의 피로를 풀어주지는 않는다. 넓은 들이 우리의 상상력을 완전히 해방시켜주지 못한다.

삶은 무한한 욕망이다. 그것은 무한한 것을 바라고 무한한 충족을 추구한다. 아무리 넓은 땅이라도 끝이 있다. 아무리 훌륭한 양식을 마련해주더라도 우리는 언젠가는 땅으로 돌아가 묻혀야 한다. 땅은 삶의 가능성이요 자양이지만, 그것은 동시에 삶의 어쩔 수 없는 한계를 의미한다.

하늘 높이 선회하면서 나는 저 매는 자유롭고 시원하겠지만, 아버지의 심부름으로 읍내까지 먼 길을 갔다가 꼬부랑 산골길을 터벅터벅 걸어 집으로 오는 꼬마의 발걸음은 땅에 붙은 듯 무겁기만 하다. 논에서 일을 마치고 지게를 지고 소를 몰고 오는 농부의 걸음이 답답하도록 느려 보이지만, 노을이 지는 하늘 위를 떼 지어 날아가는 기러기 떼는 가볍고 자유로워 보인다. 이웃 마을까지 가려고 해도 무겁고 느리기만 한 발걸음인데 산 위 높은 하늘로 사라지는 비행기는 너무나도 빠르다.

아무리 달려보아도 내가 땅 위에서 발로 걸어 돌아다닐 수 있는 공간은 너무나 제한되어 있고, 하늘은 아무리 보아도 끝이 없다. 고개 하나를 넘으면 또다시 고개가 나오고 산을 넘으면 더 높은 산이 또 내 발걸음을 가로막듯 우뚝 서 있지만, 하늘은 더러 구름이 물결처럼 흘러가듯 무한히 퍼져 있을 뿐 상상의 날개조차도 막는 게 없다.

아무리 아름다운 경치라 해도, 큰 도시의 네온이 아무리 화려해도, 헤아릴 수 없는 별들이 보석처럼 반짝이는 저 아득히 높은 밤하늘에 비하면 너무나 빈약하고 너무나 초라할 뿐이다. 우리는 어느덧 하늘로 날아가고 싶은 것이다. 늠름한 매처럼, 햇빛에 날개를 반짝이며 머나먼 이국으로 날아가는 비행기처럼 훌훌 날아가고 싶은 것이다. 이 땅을 떠나 하늘로 그저 날아보고 싶은 것이다. 우리의 마음은 누구나 태양의 찬란한 빛에 매혹되어 그곳을 향하여 날고자 하는 이카로스Ikaros인 것이다.

불행히도 이카로스는 납으로 만든 날개를 달고 있다. 하늘 높이 올라가면 올라갈수록, 해에 가까워지면 가까워질수록 그의 날개는 뜨거운 햇볕에 녹아 마침내 땅에 떨어지고 만다. 우리는 땅을 떠나 무한히 넓고 자유롭고 맑은 하늘을 향해 치솟지만 날개가 녹아 하늘 위에 떠 있을 수 없고 마침내 날개를 꺾인 채 땅바닥에 떨어지고 만다.

우리는 다 같이 실패한 이카로스이기도 하다. 이카로스가 햇볕의 원천까지 닿지 못하고 땅바닥에서 살아야 하듯 아무리 시시해도, 아무리 답답하고 거북해도 우리가 살 수 있는 곳은 땅 위이다. 땅에서 나와 땅 속에 묻혀야 하듯 땅 위에서 살 수밖에 없다. 오로지 땅만이 우리의 삶의 마당이다. 위대한 것, 영원한 것, 자유, 행복이 실현될 수 있는 고장은 오로지 땅뿐이다.

땅을 파고 일을 한다. 더 많은 양식을 생산하기 위해서 땅을 산다. 자신의 더 큰 욕망을 채우기 위해서 땅을 디디고 땅 위에서 일하고 노력하고 궁리하며 재산을 모은다. 땡볕에 구릿빛으로 타면서 땀을 흘리고 논과 밭에서 일한다. 무거운 마차를 끌고 비 맞은 듯 땀을 흘

우리들은 새들처럼 하늘로 날아만 다니면서 살 수는 없다.
우리는 싫든 좋든 땅 위에서 땅을 디디고 살아야만 하기 때문이다.

리며 남의 이삿짐을 나르는 것도 삶을 위해서이다. 밤을 새워가면서 치열한 경쟁을 해야 하는 초등학교 어린이, 고등학교 학생들도 더 만족스러운 삶을 위해, 더 길고 충족된 장래를 위해 노력하는 것이다.

땅을 파지 않고, 땡볕을 쬐면서 땀을 흘리지 않고, 밤을 새워 공부하지 않고서 만족한 삶을 살아나갈 수 없다. 이런 과정이 아무리 고통스럽다 해도 우리는 새들처럼 하늘로 날아만 다니면서 살 수는 없다. 우리는 싫든 좋든 땅 위에서 땅을 딛고 살아야만 하기 때문이다.

아무리 노력해도 많은 사람들은 가난에서 벗어날 수 없고, 아무리 피땀을 흘려 애써도 대부분의 사람들은 많은 땅을 소유하지 못하고 물질적으로 풍부하지 못하다. 하늘을 향해서 땅을 떠나지 못한 우리는 땅 위에서 행복과 자유와 영원한 삶을 찾으려고 하지만, 그런 노력은 대부분의 경우 수포로 돌아간다. 요행히 우리가 부자가 됐다 하자. 아무리 부귀를 누릴 수 있다 해도 우리는 결국 죽기 마련이다. 그것들은 영원히 생존코자 하는 우리의 근본적인 욕망을 채워주지 않는다. 누구나 빈손으로 태어나 빈손으로 돌아가는 것이다. 빈손으로 땅에 묻히는 사람에게 그가 했던 노력, 그가 흘렸던 피땀, 그가 살 수 있었던 땅 덩어리, 그가 모았던 거대한 재산이 무슨 의미가 있겠는가. 땅에서 태어나 땅으로 돌아가야 할 우리의 운명은 너무나 허망하지 않은가. 땅은 우리에게 너무나 불만스러운 것이 아닌가. 다시금 땅을 떠나 하늘로 날고 싶은 충동을 받게 된다.

우리는 빵만으로 살 수 없다. 물질은 우리들의 궁극적인 욕망의 대상이 되지 않는다. 인간은 정신적인 동물이 아닌가. 우리는 진리를 발견함으로써 아름다운 예술작품을 남김으로써 제한된 육체를 넘어 제약된 물질적 테두리를 부수고 영원한 정신적 세계 속에서 살 수 있을지 모른다. 비록 우리들의 육체가 머지않아 흙이 되어 없어지더라도 정신적 업적을 통해서 영원히 남고자 한다.

과학자들은 물리현상에 대한 진리를 밝혀내려고 머리를 싸매고 생각하고 실험하며 노력한다. 그러나 그 많은 과학자 가운데서 정말 몇 명이 새로운 진리를 발견했던가. 예술가들은 모든 것을 바치고 역사에 남을 만한 작품을 만들어내고자 한다. 그러나 몇 명의 예술가가 스스로 만족할 수 있고 역사가 인정할 만한 작품을 만들어냈던가.

가장 근본적인 진리를 찾아낸다는 철학자들은 2천여 년 이상을 두고 밤낮으로 확실하지 않은 주장들을, 서로 모순되는 주장들을 해왔을 뿐이다. 아무리 역사에 이름이 찬란한 철학가들의 이론도 따지고 보면 어떤 것 하나 확실한 것이 없고, 근본적인 문제에 대해 자신 있는 해결책을 제시하지 못한다. 그들의 위대하다는 이론들이 근본적으로 따져보면 한결같이 알쏭달쏭한 것들이 아닌가. 그것들이 때로는 되는 소리 안 되는 소리의 범벅 같기만 하다. 진리를 담기 위해 수많은 책이 씌어졌다. 헤아릴 수 없이 많은 책들이 세계 각지에서 계속 씌어지고 있다. 그러나 그것들 가운데에 정말 몇 권이나 읽어볼 가치가 있는가. 정말 읽어보고 또 읽어볼 가치가 있다는 책들도 결국은 궁극적 해답을 보여주지 못한다. 모든 노력이, 모든 것이 결국은 허사가 아닐까. 땅 위에서 우리는 궁극적으로 만족될 수 없는 것이 아닌가.

도무지 믿을 수 없는 이론들을 생각할 때, 그런 이론들을 만들어내려고 실험실에서 일생을 바치며 연구하다가 사라진 과학자들의 일생이 너무도 허망해보인다. 어떤 사람의 마음도 끌지 못하는 예술작품을 남기기 위해서 가난과 정신적 고통 속에서 일생을 바치고 사라진 수많은 예술가들을 생각할 때, 그들의 일생이 너무나도 허전해 보이고 가엾어 보인다. 팔리지 않아 헌책방에 먼지가 낀 채 굴러다니는 책들을 볼 때, 그런 책을 쓰기 위해서 두꺼운 안경을 쓰고 침침한 등불 밑에서 밤을 새워 생각하고 손가락에 못이 박히도록 집필하다가 어디선가 땅 속에 묻혀 뼈도 남지 않게 된 헤아릴 수 없이 많은 철학자, 저자들의 삶의 허무함을 어찌 느끼지 않을 수 있겠는가. 우리의 땅에서의 운명은 아무리 올려도 올려지지 않는 바윗돌을 밀고 산을 올라가는 시지프스와 같은 것은 아닌가.

땅에 붙어 삶의 의미를 찾고 구원을 얻고자 했던 모든 노력이 결국에는 허사에 불과했던 것 같다. 땅에서 우리는 궁극적인 만족을 얻을 수 없다. 땅에서 우리는 삶의 궁극적 의미를 찾지 못한다. 모든 노력을 하고 난 다음에도 우리는 결국 무의미한 공허감밖에는 느낄 수 없는 듯하다. 다시 땅을 떠나 새처럼 하늘로 날아가고 싶어질 수밖에 없다. 하루바삐 이 땅을 떠나 새처럼 하늘로 날아가고 싶을 뿐이다. 별들이 반짝이는 깊은 밤하늘을 향하여 혹은 한없이 푸른 청명한 가을 대낮의 하늘을 향하여 날아가고 싶은 것이다.

날개가 녹아 땅바닥에 떨어지더라도 이카로스는 땅을 떠나 태양빛을 향해 날아갈 수밖에 없다. 우리가 이 같은 이카로스가 될 때 종교가 탄생한다. 종교는 땅이 충족시켜 줄 수 없는 인간의 욕망, 땅 위에서 채워질 수 없는 인간의 욕망이 있음을 반증한다. 종교는 땅의 한계, 땅에서의 삶의 한계에 대한 의식이며 동시에 무한에 대한, 영원에 대한, 완전한 것에 대한 인간의 버릴 수 없는 욕망의 표현이다.

땅에서 육체는 죽지만 영혼은 살아 영원한 삶을 살 수 있으리라. 땅에서 채울 수 있는 모든 욕망, 재산에 대한 권력에 대한 명예에 대한 욕망이 채워지더라도 만일 땅에서의 우리의 삶이 육체와 함께 끝이 난다면 영원히 생존하고 싶은 본능을 버릴 수 없는 우리는 완전히 만족할 수 없다. 이 세상에서 나는 비록 고난과 싸우다가 마침내는 죽어야 하지만, 천당에 가서는 행복할 수 있다고 믿을 때 고통이 다소의 위안을 받는다. 비록 지금은 가난하며 남에게 학대받고 잘못 태어나 병에 걸려 고생을 하고 있지만, 전지전능하신 하느님이 저세상에 계셔서 내가 정당한 권리를 찾고 내가 받은 부당한 고통들이 보상된다는 것을 확신한다면, 나는 이 세상에서의 나의 딱한 사정을 한탄하고만 있지 않아도 된다.

다시 땅을 떠나 새처럼 하늘로 날아가고 싶어질 수밖에 없다.
하루바삐 이 땅을 떠나 새처럼 하늘로 날아가고 싶을 뿐이다.
별들이 반짝이는 깊은 밤하늘을 향하여
혹은 한없이 푸른 청명한 가을 대낮의 하늘을 향하여
날아가고 싶은 것이다.

나는 아직도 희망, 참답고 영원하고 크나큰 희망을 가질 수 있다. 하느님을 위하여 희생하리라. 천당에서의 영생을 위하여 시시한 이 땅에서의 즐거움을 버리리라. 내세를 위하여 지금의 고생, 지금의 학대, 지금 내가 받고 있는 부당한 대우를 달게 받으리라. 나의 가난을 축복으로 생각하리라. 가난하고 약한 사람이 천당에 갈 수 있다고 하지 않았던가.

하지만 만에 하나라도 우리가 믿는 종교가 인간의 욕구불만이 상상해낸 환상에 불과하다면 어떻게 할 것인가? 만약 우리들의 삶이 이 땅에서만 존재한다면 어떻게 한단 말인가. 만약 우리에게 영원이란 우리들의 짧은 일생에 불과하며, 구원이란 이 세상에서 인간답게 살다 죽음에 있을 뿐이라면 무엇이라 말할 것인가. 밤은 깊지만 하느님의 목소리는 안 들리지 않는가. 대낮의 하늘은 맑지만 천당은 안 보이지 않는가.

우리는 하늘을 날 수 있는 새가 아니다. 우리는 밤하늘을 장식할 수 있는 아름다운 별이 아니다. 우리들의 고장은 땅일 뿐이다. 우리들의 생명은 땅에서만 가능하지 않은가. 시시하지만 우리들의 기쁨은 땅에서만 얻을 수 있지 않은가. 그리하여 시시하지만 우리들의 생각, 우리들의 작품, 우리들의 의도는 때로 아름답고 귀할 수 있지 않은가.

아무리 높은 산에 올라갔다가도 우리는 다시 산 아래 마을로 돌아와야 한다. 아무리 높이 날던 새도 머지않아 땅 위에 서 있는 나뭇가지로 내려앉아야 한다. 별게 아니지만 땅을 파고 씨를 뿌리며 꽃을 기르는 기쁨 이외에 어떤 즐거움을 가질 수 있겠는가. 머지않아 땅에 다 같이 묻히지만 땅 위에서 함께 고락을 나누며 가족과 친구들과 사는 기쁨을 빼놓고 무슨 기쁨이 더 있겠는가. 잠시 살다 죽어야 하기에, 영원히 없어져야 하기에 땅 위에서의 짧은 삶이 더욱 영원한 의미를 갖고 있는 것이 아닌가.

피로한 저녁길을 걸어 집으로 돌아오면서 발바닥으로 축축한 땅의 감촉을 느낄 때, 우리는 무한히 믿음직하고 흐뭇하며 따뜻할 수 있다. 흙으로 더럽혀진 고흐의 명화 〈농부의 구두〉는 땅이 갖고 있는 것의 종교적 의미를 말해주고 있으며, 땅에 대하여 경건한 마음을 일으킨다.

시골

작은 산을 끼고 옹기종기 모여 있는 초가집들은 마치 자연이라는 나뭇가지에 지은 산새들의 포근한 둥우리와 같다. 사람이 인공적으로 지은 집이라기보다는, 마치 초봄 검은 흙을 밀어젖히고 솟아나는 알록달록한 꽃이나 파란 풀잎과도 같은 자연의 한 부분처럼 보인다.

고향이 있는 사람은 행복하다.

우리가 태어나서 자란 곳이 고향이긴 하지만 그런 장소가 모두 고향이 될 수는 없다. 고향은 우리가 커서 그 장소를 떠나서까지도 우리에게 귀중하게 여겨지고, 기억할 수 있는 그런 곳이다. 오랫동안 함께 살던 가족들, 함께 오래도록 같은 경험을 나누고 사귀던 친구들, 언제나 변함없이 우리를 대해주던 이웃들 그리고 낯익은 집, 낯익은 골목, 낯익은 산과 들, 낯익은 사람들이 있는 곳이 아니고선 참다운 고향이 될 수 없다. 고향은 물리적으로나 사회적으로 한 생명이 뿌리를 박고 성장할 수 있는 곳이다. 그것은 비록 고생스러운 곳이었다 하더라도 우리에게 따뜻하고 흐뭇한 기억을 상기시킬 수 있는 곳이다. 도시에서 사는 우리는 정착할 곳 없이 방황하는 떠돌이에 지나지 않는다.

이런 뜻에서 도시에 사는 대부분의 현대인은 고향이 없다. 궤짝 같은 아파트에서 태어나서 역시 궤짝 같은 아파트로 수없이 옮겨다니며 성장한다. 오랫동안 사귀어오던 친구도 없고 오랫동안 낯익어 서로 믿고 이야기를 나누며 살 수 있는 이웃이 없다.

우리가 어제 살던 골목이 없어지고 새로운 빌딩이 서 있음을 발견한다. 우리가 어제까지 찾아가 아이스크림을 사먹던 집이 없어지고 그 자리에 큰길이 생겼다. 아버지는 직장에 어머니는 동창회 모임에 나가고, 형제들은 뿔뿔이 학교에 가서 늦어서야 자리를 함께 한다. 누구나가 각기 고립되어 담을 쌓고 살고, 이웃들이 모르는 사이에 이사를 가며, 우리 집도 언제 다시 자리를 옮기게 될지 모른다.

우리들 삶은 안정되지 않았다. 우리의 마음은 뿌리를 박을 곳이 없다. 우리는 모두가 혼자서 뒤숭숭한 채로 산다. 우리의 삶은 들떠 있다. 내가 어느덧 20년, 50년을 살았어도, 내 기억 속에서 떠나지 않고 지속될 수 있는 장소, 사람, 경험이 없다. 내가 태어나고 자라고 아직도 살고 있는 곳이지만 서울은 내 고향이 되어주지 않는다. 현대인을 가리켜 소외되고 고독하다고 말하는 것은, 현대인이 집을 갖고 있고 사귀는 사람들이 많고 여러 가지 기억들이 많아도, 사실상의 고향이 없다는 뜻이다. 그러기에 친숙하고 따뜻하고 흐뭇한 기억을 간직하여 언제고 그곳에 돌아가고 싶은 고향을 갖고 있는 사람은 행복하지 않을 수 없다.

고향을 갖고 있는 사람이 행복하다면 그 고향이 시골인 사람은 한결 더 행복하다. 따지고 보면 시골만이 고향이 될 수 있다. 그렇기 때문에 도시에서 태어나 도시에서 자란 사람은 엄밀한 의미에서 고향이 없다. 고향을 갖고 있음이 귀중하다면 시골에서 태어나 시골에서 자랄 수 있었던 사람은 삶에 있어서 남들이 갖지 못한 귀한 것을 갖고 있다고 해야 한다. 우리가 태어나 자란 곳, 삶의 따뜻하고 흐뭇한 인간적 기억으로 얼룩진 곳, 그리고 세월이 가도 멀리 떠나 있어도, 아니 그러면 그럴수록 모든 것을 버리고 돌아가고 싶은 곳이 고향이요, 그런 감정을 향수라 한다면 궁극적 의미에서 시골이야말로, 아니 오로지 시골만이 그런 장소요, 궁극적으로 시골만이 우리가 마지막으로 돌아가고 싶은 감정을 일으켜준다.

왜냐하면 시골은 자연을, 더 정확히 말해서 땅을 의미하기 때문이다. 아무리 자연과 멀리 떨어져서 이른바 극도의 문화생활을 한다 해도 우리의 원초적 뿌리는 자연 속에서만 찾을 수 있다. 우리의 생존에 없어서는 안 될 식량도 자연 속에서만 얻을 수 있으며, 우리가 마지막 휴식을 찾아 돌아가야 할 곳도 결국은 자연이다.

우리는 다 같이 자연에서 나와서 자연으로 돌아간다. 우리들에게, 모든 생명에게 자연은 어머니요, 우리를 키워주는 양식이요, 우리가 돌아가 살 수 있는 집이요, 우리가 마지막으로 돌아가 쉴 수 있는 고향이다. 고향이 그립다는 말은 자연이 그립다는 말이며, 자연이 그립다는 말은 고향이 그립다는 말이 된다. 향수는 시골에 대한 그리움에 불과하며, 그런 그리움은 언제나 그리고 오로지 피부로만 느낄 수 있는 따뜻함과 평화로움, 구수하고 순수한 기억들로 알록달록 물들어 있다.

작은 산을 끼고 옹기종기 모여 있는 초가집들은 마치 자연이라는 나뭇가지에 지은 산새들의 포근한 둥우리와 같다. 양철집, 기와집, 혹은 빨간색 슬레이트 집들마저도 사람이 인공적으로 지은 집이라기보다는, 마치 초봄 검은 흙을 밀어젖히고 솟아나는 알록달록한 꽃이나 파란 풀잎과도 같은 자연의 한 부분처럼 보인다.

초봄, 밭을 갈고 논을 디딜 때 나는 흙 냄새, 여름 밭고랑에 뿌린 비료 혹은 퇴비 냄새, 실컷 일을 하고 외양간에 돌아온 소에 던져준 꼴 냄새, 살찐 돼지가 구유 속에 입을 박고 허기진 듯 마시는 구정물 냄새, 논에서 돌아온 농부의 베적삼에 함뿍 밴 땀 냄새가 독특한 시골의 공기를 물들인다.

늦가을 지붕 위에 널린 빨간 고추가 유난히 우리들의 시각을 자극한다. 쓰러져 가는 흙담 아니면 싸리담 너머 보이는 장독대가 석양에 반사된다. 미루나무 밑에서 논을 매던 일꾼들이 배꼽을 내놓고 낮잠을 자는 광경은 삶의 여유와 순박함을 보여주는 듯하다. 뒤뜰 안 빨랫줄에 매달려 여름의 뜨거운 땡볕에 마르고 있는 빨래들이 가난을 말하지만 따뜻하고 아늑한 정서를 풍긴다. 타작을 하고 난 뒤 쌓아

올린 짚더미 밑에서 눈치를 보면서 나락을 갈퀴 같은 발로 헤집는 몇 마리 닭들이 각별히 살쪄 보인다. 구름 속을 달려가듯 지나가는 밝은 달빛 아래 통통히 익은 수수알의 무게에 고개를 숙이고 줄지어 높이 서 있는 수숫대들이, 휘파람 불듯 지나가는 밤바람에 소리를 내는 수수밭이 시골의 풍경을 한결 더 꾸민다.

　겨울 저녁, 삼각형 모양으로 떼를 지어 하나하나 목을 길게 앞으로 빼고 하늘 높이 마을을 날아, 마을의 뒷동산 위 지평선으로 사라지는 기러기 떼의 모습이 시골의 살아 있는 조형미를 구성한다. 눈 덮인 한적한 논바닥에 발이 시린 듯 다리 하나만으로 혼자서 두루미가 서 있는 정경은 시골의 독특한 아름다움을 꾸민다. 그것은 마치 한 폭의 동양화로 보아도 과장이 아니다.

시골의 냄새가 우리의 코를 사로잡고, 시골의 시각적 특색에 우리의 시선이 끌리지 않을 수 없듯이, 시골은 또한 고유한 음색으로 우리의 귀를 기울이게 한다. 헛간 둥우리에서 수탉의 꼬끼오 하는 울음소리가 조용한 농촌의 새벽을 깨뜨린다. 한밤중 가끔 동강아지의 멍멍 짖는 소리가, 마치 경계경보가 울리듯 자던 잠을 깨게 한다. 늦봄 새로 간 논에서 등잔이 켜진 사랑방으로 들리는 개구리, 맹꽁이들의 부산스러운 지껄임은 쉽사리 잊혀지지 않는다. 벼이삭이 한창 익을 무렵 논두렁에서 뜸부기가 우는가 하면 한밤중까지 뒷동산에서는 뻐꾸기가 구성지게 운다. 불이 타듯 뜨거운 여름의 한나절 미루나무의 어느 보이지 않는 가지에서 들리는 매미들의 울음소리가 칼칼하면서도 시원스럽게 시골의 권태를 깨듯, 냉수를 끼얹듯 시원스럽게 들린다. 장마 때 추녀 밑에 받쳐놓은 대야로 그치지 않을 듯이 넘쳐 떨어지는 낙수 소리가 바쁜 일손을 묶인 농부의 마음을 안타깝게만 한다. 눈보라 치는 밤, 덧문 창호지가 팔랑개비처럼 우는 소리에 방 안에 얇은 이불을 둘러쓰고 옹송그리고 앉아 있던 식구들의 마음은 얼마큼 추웠던가.

시골은 단순히 하나의 경치만도 아니다. 그것은 그것대로 고유한 사건들이 일어나고, 그 고유한 경험을 마련하려는 장소이다. 그래서 시골은 잊을 수 없는 추억으로 가득 차 있다.

거미줄로 만든 잠자리채를 들고 보리짚이 널린 마당을 뛰어다니면서 고추잠자리, 말잠자리를 쫓아다니던 일, 논길을 누비면서 살찐 메뚜기를 잡아 볶아먹던 일을 잊을 수 있으랴. 벼를 베고 난 뒤 논바닥을 후벼서 골라잡아 삶아먹던 우렁이의 진미는 아직도 생생하다. 눈 덮인 논둑에, 일꾼한테 떼를 써서 만든 탑새기를 놓고 먹을 것을 찾아 산에서 내려오는 노랑털의 방울새가 잡히기를 얼마나 떨며 기다렸던가. 겨울 밤 그물망을 들고 초가 추녀 속에 잠자던 참새를 작대기로 흔들어 깨워, 그물에 푸다닥 걸린 새를 잡던 유쾌한 긴장감은 아직도 피부 속에 싱싱히 살아남아 있다. 저수지 끝에 앉아 어머니 바느질 상자에서 훔친 바늘을 등잔불에 휘어 만든 낚시를 담그고, 날이 저물 때까지 파닥거리며 걸려드는 붕어를 움켜쥐는 쾌감을 즐기기도 했다. 늦봄 뒷동산을 돌아다니며 산새 둥우리를 뒤져 어린 새를 잡아 엉터리로 만든 새장에 가둬놓고 메뚜기를 잡아먹여 키우며 소박한 심미적 욕망을 채워보기도 했다.

뒤뜰 안 장독대 옆에 채송화, 맨드라미를 가꾸고, 남의 산에서 회양목이나 철쭉꽃을 파다 심어 작은 정원을 만들어놓고는 마치 귀족이나 큰 부호가 된 듯한 만족감을 느끼기도 했다. 청초한 흰 박꽃이 지붕을 기어오르고 알록달록한 나팔꽃이 피면, 온 집 안이 화려하게 보였다.

시골은 자유로운 터이기도 하다. 장마 끝, 제법 물이 불은 동네 앞 개울에 발가벗고 뛰어들어 모래땅을 짚고 두 발을 퉁탕거리며 헤엄을 배웠다. 낮엔 뒷동산을 헤매며 동네 아이들과 전쟁놀이에 열중하던 때도 많았다.

시골은 또한 맛이기도 하다. 집 앞 텃밭에서 자란 오이를 따서 먹던 맛, 단물이 흐르는 싱싱한 노랑참외 혹은 개구리참외를 바구니에 가득 따다 마루에 앉아 식구들과 깎아 먹던 기억도 생생하다. 어머니가 쪄주시던 옥수수의 맛, 겨울 밤 늦게까지 앉아서 누나들 형들과 깨먹던 깨엿, 콩엿의 꿀 같은 맛, 늦가을 밤중 이웃집에서 가져온 시루떡, 고사떡을 자다 말고 눈을 비비며 먹던 맛도 우리들의 피부 속에 깊이 묻혀 있다.

우리가 자란 시골은 또 여러 사람들의 기억으로 물들어 있다. 장가도 가지 못하고 평생 머슴으로 살다가 죽어 아무렇게나 뒷동산에 묻힌 일꾼의 모습이 아직도 우리들의 사슴을 아프게 한다. 평생 처음으로 새 옷을 입고 가마에 태워져 먼 동네로 시집가던 가난한 이웃집 딸의 긴장되고 부끄러운 표정이 역력히 회상된다. 아무리 추운 겨울에도 새벽이면 동네 끝에 있는 샘터에서 물을 가득 퍼담은 물동이를 이고 우리집 마당 앞을 지나가던 복순 엄마의 느리고 조심스러운 걸음걸이도 더러 머릿속을 지난다. 추수가 끝난 뒤면 마당에 멍석을 펴 놓고 새끼를 꼬거나 가마를 짜면서 〈석탄백탄〉 등의 노래를 하던 일꾼들의 청승스러우면서도 구성지던 음성이 몇십 년이 지난 뒤에도 생생하게 울려올 때가 있다.

시골이 반드시 아름답고 즐겁고 시원한 기억으로만 채워져 있지는 않다. 우리가 살던 시골은 다 같이 아름답지만은 않다. 산다운 산이 없고, 작은 뒷동산에는 거의 나무라고는 없을 수도 있다. 우리 동네에는 해묵은 전나무, 감나무, 은행나무도 없을 수 있고, 화초다운 화초를 가꾼 집이라고는 찾아볼 수 없이 삭막한 환경일 수 있다. 추위에 떨던 괴로움, 여름이면 모기에 물려 잠을 잘 수 없었던 일, 잘못하여 어디를 다쳐도 약다운 약이 없어 다친 곳이 덧나 오랫동안 고생하는 일도 흔히 있었다.

어찌 채우지 못한 배를 주리며 견디던 일을 잊을 수가 있겠는가. 전기는 물론 석유도 넉넉하지 못하여 일찍 잠자야 했을 만큼 가난한 시골의 삶을 잊을 수 있겠는가.

십 리 길 국민학교를 여름이면 거의 맨발로 다니며 느꼈던 고달픈 기억, 아버지한테 매 맞지 않으려면 소를 끌고 밭둑이나 논둑에서 풀을 뜯어먹여야 하고 마당에 널린 고추를 거둬들여야 하고 혹은 한약을 지으러 십 리 길을 걸어서 읍내까지 다녀와야 했던 귀찮은 기억을 빼놓을 수가 없다.

시골 고향을 갖고 있는 사람이 행복하다면 아름다운 고향을 가진 사람은 더욱 행복하다. 시골에 대한 아름답고 즐거운 기억만을 가질 수 있는 사람은 더욱 아름다운 추억으로 살 수 있을 것이다. 그러나 설사 아름답지 못한 시골에서 자랐다 해도, 비록 달콤한 기억으로만 차 있지 않은 시골이라 해도 시골에서 자랄 수 있었던 사람은 행복하

설사 아름답지 못한 시골에서 자랐다 해도,
비록 달콤한 기억으로만 차 있지 않은 시골이라 해도
시골에서 자랄 수 있었던 사람은 행복하다.
뒤돌아보면 도시에서 자라면서 맛볼 수 없는 추억이
어느 시골이든 어느 시골 고향이든 남아 있으며,
그런 추억은 뒤돌아볼 때 아름답지 않았더라도
아름답고 달콤하지 않았더라도 달콤하기 때문이다.

다. 뒤돌아보면 도시에서 자라면서 맛볼 수 없는 추억이 어느 시골이든 어느 시골 고향이든 남아 있으며, 그런 추억은 뒤돌아볼 때 아름답지 않았더라도 아름답고 달콤하지 않았더라도 달콤하기 때문이다.

문명은 생활의 편의를 제공한다. 그래서 우리는 화려한 도시에 살기를 원한다. 그러나 우리의 궁극적인 삶의 자리는 자연이다. 그러기에 우리들 마음의 깊은 한구석에는 자연으로 돌아가고자 하는 절실한 소망이 숨어 있는 것이다. 마음과 몸이 삶과 화해할 수 있는 곳, 우리가 태어난 원천 그리고 우리가 궁극적으로 돌아갈 곳은 역시 자연뿐이다. 자연은 모든 삶의 고향인 것이다. 시골은 인간에게 그런 자연을 의미한다. 그러기에 자연과 가까이 살던 촉감, 자연을 가까이 했던 체험은 생각하면 할수록 귀중하게 느껴진다.

도연명이 노래했던 자연, 우리들의 시골만이 참다운 우리의 고향이 아니랴. 그러므로 가난하고 따분한 시골을 떠나 서울에 와서 화려하게 살게 된 우리들도, 때가 지날수록 다시 시골로 돌아가고 싶은 것이다.

성당

　　도시나 마을 한가운데에 의젓이 솟아 있는 성당들은 그것들을 바라보는 사람들의 마음을 승화시키고 세속적인 삶에만 허덕이던 우리들의 마음을 잠시나마 순수하게 만들고 어딘가 높은 곳으로 이끌어가는 것이다.

　　읽던 책을 놓고 6층 아파트 창문 밖을 바라보곤 한다. 찰스 강변에 자리잡은 케임브리지 시의 지붕들이 한눈에 들어온다. 눈앞 멀리 앉은 곳, 하버드대학 교정의 흰 빛, 소박하고 날씬한 채플의 첨탑이 유난히 눈을 끈다. 교정에 가득 들어선 교사校舍들은 물론 케임브리지 시 지붕들 위에 우뚝 솟아 있는 그 탑은 아무리 보아도 지치지 않는다. 어느덧 그것을 바라보는 시선은 일종의 명상 속에 잠겨든다. 의젓하고 그윽하며 정돈된 감성에 젖어들게 하기 때문이다.

뉴잉글랜드의 전통 있는 도시에서 볼 수 있는 이러한 풍경은 오래된 다른 미국 도시에서도 흔히 볼 수 있다. 그러나 이런 모습은 특히 유럽의 작은 도시 혹은 시골마을, 어디를 가도 예외 없이 발견된다.

　　마을의 중심이 되는 이 채플, 그것을 교회당이라고도 부른다. 그러나 교회당이라고 부르기보다 성당이라 부르는 것이 더 적절할 것 같다. 그 건물은 한 마을, 한 공동체의 영적 세계를 상징하기 때문이다.

　　마을의 수많은 지붕 위에 우뚝 솟은 뾰족한 성당이 바라보는 사람의 마음을 명상 속에 잠기게 하는 이유는, 그것이 인간의 가장 깊고도 높은 영혼의 세계를 상징하기 때문이다. 기독교의 성당과는 다르다 할지라도 다 같이 영혼의 세계를 구현하는 회교의 사원, 즉 모스크의 미나레트이나 불교의 사탑도 다 같이 우리의 마음을 깊은 명상 속으로 이끌어간다. 이런 의미에서 교회당이 기독교인에게 성당인 것과 마찬가지로 회교도들에게 모스크의 미나레트, 불교신자들에게 사탑은 각기 그들의 성당이다.

아무리 오래 산다 해도 누구나 언젠가는 죽음과 맞서야 한다. 아무리 권력이 막강하다 해도 모든 인간의 권력은 역사와 더불어 사라지게 마련이다. 아무리 부귀가 중요하다 해도 죽음 앞에서는 그 궁극적인 의미를 찾지 못한다. 아무리 인간이 만물 가운데서 뛰어난 생물체라 해도 인간의 지식과 사고는 뛰어넘을 수 없는 한계를 갖고 있다. 어떤 상상력도 미칠 수 없는 무한한 우주의 공간에 비하면 인간이 차지할 수 있는 공간은 너무나도 좁고, 역시 상상이 미치지 않는 시간에 대조할 때 한 인간, 아니 인간의 온 역사가 차지하는 시간은 너무도 짧다. 그러므로 우리는 때로 파스칼과 함께 무한 속에서 어쩔 수 없는 전율을 체험하게 된다.

육체적 존재로서의 한계를 의식할 때, 시간과 공간의 한계를 깨달을 때 종교가 탄생한다. 종교적 의식이란 모든 의미에서 궁극적 한계에 대한 의식의 한 형태에 불과하다. 이성으로 뛰어넘을 수 없는 한계를 뛰어넘을 때 종교적 믿음이 형성된다. 종교적 믿음이 이성으로 추리된 결론이 아닌 직관에 의한 신앙이라는 사실은 우연이 아니다.

시간과 공간을 뛰어넘은 세계가 종교의 세계라는 점에서 신앙의 세계는 그 내용이 영적, 즉 비물질적인 성격을 갖는다는 것은 당연한 결과이다. 신앙의 세계가 영적 세계를 의미하며, 영적 세계가 지각이 미치지 못하는 초월의 세계를 의미한다면 그 세계는 이곳 아닌 다른 곳, 지금이 아닌 앞날의 세계, 여기가 아닌 저곳이라는 말로만 표현

무한한 우주의 공간에 비하면 인간이 차지할 수 있는 공간은
너무나도 좁고, 역시 상상이 미치지 않는 시간에 대조할 때
한 인간, 아니 인간의 온 역사가 차지하는 시간은 너무도 짧다.

될 수 있다. 그것은 지각될 수 있고 감각기관에 의해서 체험될 수 있는 이 땅이 아니라 끝없이 푸르고 끝없이 높은 저 하늘 너머에 있을 것이다.

그러므로 종교적 갈망은 하늘로 솟고자 하는 간절한 마음이다. 비록 구체적인 내용에 있어서 서로 다르긴 하지만 기독교의 교회당, 회교의 미나레트, 불교의 사탑이 전통적으로 한결같이 뾰족이 하늘로 높이 솟는 건축의 양식을 갖게 된 것은 우연한 사실이 아닌 성싶다.

뾰족이 솟은 믿음의 전당은 종교의 보편적인 세계, 그것의 다이너미즘(역학)을 시각적으로 구현해준다. 이런 전당을 바라볼 때 영혼에의 갈망, 영혼의 세계를 피부로 체험하는 것이다. 그러기에 하늘로 날씬하게 뻗은 첨탑이 없는, 이른바 현대양식의 교회당들은 물론 예술적으로 유명한 르 코르비지에가 지은 아름다운 롱샹 순례자 성당도 성당으로서의 의미를 다소 잃는다. 성당은 아무래도 뾰족한 탑을 갖추어야만 하는 것 같다. 영혼은 거룩한 것이기 때문이며 거룩한 것은 무한한 하늘로 솟아 승화할 수밖에 없기 때문이다.

영혼은 높이 승화하는 것으로 끝나지 않는다. 그것은 모든 사물현상, 모든 행위, 모든 존재에 질서를 갖게 하고 궁극적인 의미를 부여해 주는 역할을 한다. 성스러운 종교가 모든 사물현상, 모든 삶에게 궁극적인 의미를 부여하지 못한다면 무슨 의미가 있겠는가. 종교가 어떤 형태를 갖추더라도 그것은 한결같이 궁극적 의미나 질서에 대한 갈망의 표현에 지나지 않는다. 믿음의 상징, 종교의 전당으로서의 성당은 초월에 대한 갈망을 상징하여 화살같이 뾰족이 솟아야 할 뿐만 아니라 그와 동시에 질서를 나타낼 수 있어야 한다.

이런 점에서 서울의 수많은 지붕 위에, 한국의 마을에 무질서하게 마구 세워진 교회당들은 물론이며 산속 사찰에 솟은 사탑들 그리고 하늘 높이 치솟은 모스크의 미나레트도, 유럽의 작은 마을 복판에 서 있는 날씬한 성당에 비해 충분한 종교성을 구현해주지 못하는 것 같다. 사찰 안의 사탑은 한 마을, 한 도시의 중심을 상징하기에는 충분히 높지 못하다. 더구나 마을에서 혹은 도시에서 떨어져 산속에 있는 한국 사찰의 경우는 더욱 그렇다. 뿐만 아니라 사찰 자체만을 두고 보더라도 사탑은 사찰의 통일성을 갖추게 할 수 있는 하나의 믿음직한 중심체를 이루지 못한다.

마을 혹은 도시 복판에 있는 모스크의 미나레트도 높고 장엄하긴 하지만 그 구조상 어쩐지 한 세계의 든든한 중심이 된다는 느낌을 충분히 주지 못하는 듯하다. 둥근 모양의 모스크의 돔, 즉 천장은 아무래도 날씬하지 못하고, 그 모스크를 둘러싸고 있는 집들은 성전과 평안한 조화를 이루는 데 성공하고 있지 않아 보인다. 믿음을 상징하는 전당으로서 가장 성공한 건축은 아무래도 초기 고딕식의 소박하면서도 화살같이 높게 솟은 유럽의 날씬한 성당들이 아닌가 한다. 그런 이유에서 로마의 바티칸 궁전, 성 베드로 성당이 제아무리 압도적으로 웅장하고 기독교의 믿음을 총체적으로 상징한다고 하지만 파리의 노트르담 성당에 미치지 못한다.

랭스, 아미앵, 샤르트르, 시에나, 쾰른 대성당들은 각기 그것들이 내려다보는 도시의 집들에 비해 너무나도 웅장하게 압도해온다. 그것들은 다 같이 종교의 장엄하고 숭고한 세계를 피부로 느끼게 한다. 그것들은 영혼의 세계, 종교의 세계가 물질의 세계, 속세의 세계와 차원을 달리한 어딘가 높은 곳에 초월해 있음을 보여준다. 마을의 크기에 따라 그 크기와 호화로움이 다르기는 하지만, 어디든지 마을이 있으면 반드시 그 한복판에 서 있는 유럽의 성당들은 그것을 둘러싸고 있는 집들에 비해 언제나 압도적으로 크고 화려하며 장엄하다.

상대적으로 그렇게 장엄하고 호화로운 성당을 짓는 데 얼마나 많은 사람들이 피땀을 흘렸을까. 그런 성당들의 대부분이 중세에 지어졌다는 사실을 생각할 때 교인들의 물질적 희생의 정도가 충분히 짐작되며 상대적으로 교회의 세력, 종교가 차지하는 힘의 비중은 너무나도 확실하다.

어떤 사람들이 주장하는 대로 의식적이 든 무의식적이든 간에 교회가 어떤 세력을 뒷받침해주는 도구로써 사용됐을지 모른다. 한 계층이 다른 계층을 지배하는 구실로써 이용됐을지도 모른다. 기독교가 그것을 몽매하게 믿는 어리석은 대중들의 만족되지 않는 세속적 욕망을 보상하는 역할을 했을지도 모른다. 이와 같은 것들이 어느 정도 사실이라 하더라도 종교는 그것만으로 완전히 밝혀질 수 없다. 믿는 사람들의 불순한 동기가 섞여 있다 하더라도 그리고 그것이 역사적 발전과정 속에서 불순한 동기에 의해서 악용됐음이 사실이라 하더라도, 종교는 그런 동기의 더 깊은 밑바닥에 깔려 있는 순수한 갈망, 그런 동기를 뛰어넘는 순수하고 숭고한 차원을 지니고 있다.

이와 같이 볼 때, 도시나 마을 한가운데에 의젓이 솟아 있는 성당들은 그것들을 바라보는 사람들의 마음을 승화시키고, 세속적인 삶에만 허덕이던 우리들의 마음을 잠시나마 순수하게 만들고 어딘가 높은 곳으로 이끌어가는 것이다.

특히 프랑스나 독일의 전형적인 시골 마을에 서 있는 성당은 검소하고 아담하며 단순하면서도 경건한 느낌을 갖게 한다. 몇십 호의 농가들이 산허리에 혹은 한없이 넓고 비옥한 들에 옹기종기 모여 있다. 그런 농가들의 한복판에 언제나 우뚝 솟아 있는 성당은 그 마을을 보호하고, 마을에 하나의 통일성을 부여하는 정신적 지주가 되는 듯싶다. 마을에 모여 있는 집들을 병아리에 비유한다면 성당은 병아리를 품고 있는 암탉에 비유할 수 있다. 작은 집들은 성당이라는 암탉의 품 안에서 보호받음으로써 일하고 잠자고 놀 수 있는 것이다. 그들에게 암탉은 무한한 믿음의 대상인 것이다.

푸른 들 한복판 혹은 녹음 짙은 산언덕이나 계곡에 아담히 들어선 마을에 우뚝 서 있는 성당이 보이는 유럽의 경치에서 삶의 흐뭇함과 즐거움이 느껴진다. 들에서 하루 종일 일을 하던 농부들이 마치 병아리들이 닭장에 모여들듯 일손을 멈추고 성당이 지키고 선 마을로 돌아와 피로를 풀고, 가족과 저녁을 나누고, 밤늦게까지 이야기를 즐기며 잠들어간다. 그런 마을에서 삶의 흐뭇함과 보람을 느낄 듯하다. 바라보는 곳마다 눈에 파묻힌 작은 마을은 한없이 고요하기만 하다.

해가 질 무렵 집집의 굴뚝마다 연기가 뿜어나옴을 볼 수 있다. 모든 집들이 흰 눈에 덮인 마을 중심에는 우뚝 성당이 하늘로 솟을듯 서 있다.

이런 마을의 정경 속에서 우리는 어느덧 세월과 모든 존재의 신비로움과 엄숙함을 느낀다. 오직 보이는 것은 흰 눈뿐이고, 오직 들리는 것은 저녁기도 시간을 알리는 안젤루스, 즉 성당의 첨탑에서 파도처럼 마을로 퍼져 울리는 기도 종소리뿐이다. 은은한 그 여운 속에서 마을 전체 아니 세계 전체가 어느덧 평화롭고 성스러운 것으로 변하는 듯하다. 화려하지는 않지만 차분히 마을을 감싸고, 그것을 지켜보고 보호하는 듯한 시골 마을의 성당은 단순히 종교의 상징이거나 영적인 것의 표상에 불과하지 않고 바로 종교적인 것, 영적인 것 자체같이 보인다. 내가 기독교는 물론이고 아무런 종교를 믿지 않아도 좋다. 이때에 나는 가장 보편적이고 엄숙한 의미의 믿음에 접하고 있는 것이며, 종교적 차원으로 올라가고 있는 것이다. 깊은 종교적 감정은 보편적인 의미에서 아름답다. 가장 성스러운 것은 가장 아름다운 것과 통하며, 그럼으로써 종교적 체험과 예술적 체험은 궁극적으로 서로 통하게 마련이다.

성당이 보이는 마을, 하늘로 솟은 성당의 뾰족한 모습은 그저 아름답다. 그런 모습에서 우리는 가장 승화되고 세련된 심미적 환희를 체험한다. 마을마다 집들과 성당이 하나의 조용한 질서를 이루고 있다.

마을과 그것을 둘러싸고 있는 들 혹은 산들이 하나의 유기적 조화를 이루고 있다. 마을의 검은 지붕, 마을을 둘러싼 녹음 아니면 땅을 덮은 흰 눈들이 시각적 조화를 이룬다. 어느덧 여태까지 혼돈된 것으로만 보였던 삶이, 세상이, 우주가 하나의 전체적인 질서를 갖추어간다. 그렇기에 그것은 아름답게만 보이는 것이다. 그런 질서 속에서 모든 사물, 현상, 삶은 하나의 개별적인 독특한 의미를 갖고 있는 것으로 나타나고, 그렇기에 모든 것이 숭고하고 성스러운 종교적 의미를 띤다. 밀레의 그림 〈만종晩鐘〉에서 화살같이 솟은 성당을 보면 거룩하고 초월적인 정서를 느끼게 된다.

집

만일 우리에게 우리의 영혼이 영원히 쉴 수 있는 집이 없다면, 그보다 더 큰 절망은 없을 것이다. 그런 집은 새둥우리 같은 묘일까. 아니면 우리의 영원한 영혼이 쉴 수 있는 잡은 역시 새둥우리 같은 지구, 역시 새둥우리 같은, 둥근 그리고 푸른 하늘일지도 모른다.

사람이 사는 곳엔 반드시 집이 있다. 사람은 누구나 자신의 집을 절실히 필요로 한다. 이런 사실은 현대에 와서 주택난과 아파트 소동 등의 사회적 양상을 띠고 나타난다. 집 없는 슬픔, 셋방살이의 서러움은 짐작하고도 남음이 있다. 단단하고 아담한 집이 주는 안도감과 흐뭇한 느낌을 우리는 다 같이 알고 있다.

집은 우리를 보호해주는 곳이다. 집 속에서 우리는 추위와 더위, 눈과 비, 짐승과 타인의 침해로부터 잠시나마 생리적인 보호를 얻는다. 그래서 단단한 지붕이나 잘 둘러쳐진 벽은 믿음직한 느낌을 자아낸다. 이런 점에서 초가집보다는 기와집이, 목조보다는 석조가 더 신뢰감을 준다.

집은 생리적 보호만을 의미하지 않는다. 그것은 삶의 가장 핵심적 요람이며 확장을 필요로 하는 삶의 원심적 시점이기도 하다. 집 안에서 새로운 생명이 탄생하고 그렇게 탄생된 우리들은 대부분의 어린 시절을 집 안에서 보내며 자란 다음 다른 공간으로, 다른 사회로 뻗어갈 준비를 한다. 낯선 남녀가 만나 자리를 함께 하여 가장 근본적인 생리적 기능을 통해서 인류라는 '피'를 이어가는 곳은 집 안이다. 집 안에서 우리는 모두 어머니의 젖을 빨며 자라나고, 역시 집 안에서 말을 배움으로써 가장 원초적인 인간적 행위를 입증하고, 또한 집 안에서 부모와 형제 자매라는 관계를 통해 사회적 의식을 배운다.

집은 또한 동물적 인간이 인간적 인간으로, 자연적 동물이 문화적 동물로 창조적 변화를 일으키게 하는 모체다. 가장 깊은 명상과 사색은 두터운 벽으로 가려지고 믿음직한 지붕으로 덮인 집 안에서만 가능할 것 같다. 까물거리는 등불이 비치는 화로 옆에서 깊은 명상에 잠긴 사색가는 상상할 수 있어도 집 밖을 쏘다니며 명상이나 깊은 사고를 하는 사람은 생각할 수 없다. 우리는 자연의 위협에 노출된 채 집이 없이 살던 사회에서 노자나 플라톤의 사상, 갈릴레오나 뉴턴, 바흐나 모차르트, 미켈란젤로나 피카소, 단테나 도스토옙스키를 바랄 순 없다. 집이라는 작은 공간 속에 숨어 있을 때 우리는 비로소 조

집은 생리적 보호만을 의미하지 않는다.

그것은 삶의 가장 핵심적 요람이며

확장을 필요로 하는 삶의 원심적 시점이기도 하다.

용한 시간과 명상이나 사고의 여백을 얻게 되며, 그런 교차점에서 자연을 훨씬 넘어서는 정신의 세계를 창조할 수 있는 것이다. 집은 어쩌면 정신의 전쟁터이며 전승지라 불릴 수 있을지 모른다.

그러나 우리에게 더 중요한 것은 집이 행복을 상징한다는 사실이다. 아내와 남편의 사랑이 가장 구체적으로 절실히 표현될 수 있는 곳은 집이다. 식구들끼리 된장찌개, 콩나물, 김치의 맛을 함께 나누는 곳도 역시 집이다. 어머니의 따뜻한 사랑을 느끼고 아버지의 믿음직한 보호를 체험하는 것도 주로 집 안에서이다. 깔아놓은 이불 위에서 형제들과 뒹굴며 깔깔대던 시절을 잊을 사람은 없으리라. 등불 옆에서 바느질하면서 들려주던 어머니의 신기하고 재미있는 옛날이야기에서 느낀 마력적 황홀감은 우리들의 기억 속에 생생히 남아 지워지지 않는다. 집에서 우리는 진정한 육체적, 그리고 정서적 보호감을 느낀다. 집에서 우리는 서로가 진정으로 허물없는 관계를 갖는다. 타산 없는 사랑과 배려의 경험은 집이라는 테두리를 떠나서는 별로 흔하지 않다. 역시 집에서 비록 변변치 않다 해도 아침저녁으로 배를 채우고 입맛을 돋우는 충족감을 느낀다. 집은 가장 평범하면서도 절실한 뜻에서 행복을 마련해주는 곳이다.

이처럼 집은 여러 가지 뜻을 지니고 있다. 하지만 집의 가장 절실하고 근본적인 정서적 의미는 휴식에 있지 않을까. 집은 무엇보다도 휴식의 상징이다. 삶은 언제나 활동을 요구한다. 생물적으로 지속하려면 우리는 누구나 밖에 나와 비바람을 맞거나 눈에 덮이면서 땅을 파고 논밭을 매야 하며 공장에 혹은 사무실에 가서 기계나 장부와 씨름해야 한다. 삶은 항상 땀을 요구하고, 때로는 피눈물 나는 노력을 강요한다. 우리는 생존을 위하여 남과의 관계를 떠나서 살 수 없다. 사람은 싫든 좋든 사회적으로 존재한다. 그렇기에 우리는 경우에 따라 부득이 남들과 싸워야 하는 고달픔을 견뎌야 한다.

모든 종교가 우주 혹은 영원과의 관계에서 인간에 대한 가장 궁극적인 견해를 반영하는 것이라 한다면, 그리고 모든 종교가 삶의 궁극적인 고통의 의식에 바탕을 두고 그것에 대한 궁극적인 대답을 의미한다고 한다면, 그런 사실은 우연이 아니다. 쾌락, 웃음, 즐거움, 행복이 삶을 떠나서는 있을 수 없지만 삶은 궁극적으로 고통스러운 것, 고달픔으로 볼 수 있을 것이다.

그러기에 더욱더 우리는 누구나 휴식을 갈구한다. 땀을 흘리며 땅을 파던 일손을 놓고 나무 그늘에서 한숨 쉬고 싶어지고, 고달픈 사무실에서 한시라도 빨리 빠져나와 친구와 따뜻한 정종 한잔으로 피로를 풀고 싶어지며, 애인과의 데이트에서 오는 긴장에서 벗어나 혼자 있고 싶고, 아내에게 쏟는 애정의 열에서 가끔 식어보고도 싶어진다. 산다는 자체, 눈을 뜨고 있다는 자체가 다소간의 긴장을 요구하며 따라서 긴장을 자아낸다면 우리는 모든 것을 잊어버리고 눈을 감고 조용히 잠들고 싶다. 육체적 혹은 정신적 삶의 피로와 긴장을 풀어줄 수 있는 곳은 역시 집이다. 잠시 자연과 사회로부터 남들과 차단되어 혼자만 있을 수 있는, 아니면 피부적으로 가장 가까운 가족 속으로 돌아가는 장소가 집이다. 어두운 골목 안에서 문이 잘 닫힌 집이 마치 등불처럼 불을 밝히고 있는 모습은 보기만 해도 따뜻함이 느껴지고 포근한 휴식감을 자아낸다. 늦은 밤 혼자 켜져 있는 한 아파트의 불빛이 마지막으로 꺼질 때 우리는 조그마한 안도감을 느낀다. 그 집이 휴식에 들어가고 있기 때문이다. 따뜻한 온돌방 혹은 푹신한 침대 속에 이불을 덮고 잠들 수 있는 축복감, 행복감, 휴식감은 무엇으로도 바꿀 수 없는 귀중한 보배, 삶의 최고의 가치가 아닐까.

집이 갖고 있는 다양한 기능과 다양한 의미는 사람에 따라, 사회에 따라, 그리고 어쩔 수 없는 현실적 필요에 따라 강조되는 바가 달라진다. 살아 있는 동물로서 우리는 무엇보다도 자연의 위협으로부터 생리적 보호가 필요하다. 생각하고 노동하고 활동하지 않으면 살아남을 수 없는 것이 우리가 피할 수 없는 조건이라면 우리는 우선 집을 일하는 장소, 또는 일을 준비하는 장소로 삼을 필요가 있다. 애정, 인간애, 가족적 유대감을 필요로 하는 이상 우리는 집이 즐거움 혹은 행복의 자리가 되기를 원한다. 이런 것이 모두 충족된다 해도 우리가 궁극적으로 휴식, 삶의 긴장으로부터의 휴가를 원할 때 집이 가장 따뜻하고 포근한 휴식처가 되기를 원한다.

돌집은 초가집에 비해 더욱 든든한 보호감을 느끼게 하며 궤짝 같은 고층 아파트는 활동의 효과성, 노동의 경제성을 반영한다. 기와집은 초가집보다 여유와 행복을 상징할지 모르지만, 뒷동산 아래 버섯 같이 자리잡은 초가집에서 우리는 더욱 다정한 휴식감을 체험한다. 서양의 돌집 혹은 서반아의 흰 석회석집에서 자연을 극복했다는 자신감을 얻을 수 있다면 동양의 흙담집, 초가집, 기와집에서 삶에 대한 여유로움을 느낀다. 대리석 저택, 호화로운 성이 살아가는 자신감을 보여준다면 이른바 코로니얼식 뉴잉글랜드의 단층 납작한 집은 삶의 행복을 느끼게 하고, 온갖 현대적 기술을 동원한 어엿한 주택보다는 미국 개척시대의 통나무집들이 조용한 휴식감을 맛보게 한다.

높은 아파트가 빽빽히 들어선 큰 도시의 주택지는 삶의 삭막함을 보여주고 호화주택가는 살아가는 자신감과 오만한 힘을 엿보게 한다. 대도시의 빈민가에 다닥다닥 붙어 있는 납작한 집들이 생존의 고달픔을 보여주지만 그것은 성실한 삶의 밀도감도 나타낸다. 외딴 산기슭 곡선과 색깔에 맞게 자리잡은 시골집은 삶의 고독을 상징하기도 하지만 그 소박한 고독 속에서 한없는 평화로움을 느끼게 한다.

집들의 구조와 빛깔은 그 속에 사는 사람, 그런 것을 채택한 사회의 심미적 감수성을 반영한다. 담백한 초기의 고딕식 건축이 단순하나 본질적인 것을 지향하는 감수성을 보인다면 후기 고딕이나 바로크식의 화사한 집들은 열기에 뜬 허황한 심리를 얘기한다. 푸른 자연에 맞추어 검은 지붕에 흰 석회벽으로 둘러진 중부 프랑스의 집들이 성숙한 미적 조화를 실증한다면 야단스러운 원색으로 눈을 자극하는 최근에 지어진 한국의 개량된 시골 집들은 조화에 우둔하며 허영에 들뜬 거친 취미를 입증한다.

어디서거나 언제이거나, 그리고 어떻게 생겼거나 모든 집들은 다 같이 우리에게 삶의 고달픔과 삶의 즐거움을 말해 주고 우리들의 근본적인 존재형태, 우리들의 바람과 우리들의 역사에 대한 무한한 이야기를 속삭인다. 헐렸거나 무너진 집이 꿈의 패배를 입증할 수도 있다면, 새롭게 선 집은 삶의 확장을, 수리된 집은 삶의 알뜰함을 각기 의미할 수 있다. 어쨌든 고층건물 창문을 열어놓고 다닥다닥 붙은 도시의 지붕을 내려다볼 때, 뒷산 언덕에 올라 골짜기에 서로 이마를 대고 자리잡은 시골 마을을 바라볼 때, 우리는 거기서 한없이 다양한 삶의 숨소리를 듣고 어쩔 수 없는 인간적 체온을 느낀다. 그것은 다 같이 살려고 하고 행복을 꿈꾸고 삶의 고달픔을 풀고자 하는 우리들 모두의 그림자이기 때문이다.

외부적 위험으로부터 보호해주는 쥐구멍 같은 집이 필요할 때도 있다. 까치집처럼 소박하고 시원한 집을 원하는 때도 있다. 어떤 산새들처럼 아름다운 색깔로 장식한 집을 필요로 하는 때도 있다. 그러나 겹겹이 여러 가지 보드라운 솜털로 속을 차리고 겉은 이끼나 조개 조각 등으로 단단히 발라 작은 문으로 드나들게 만든 깊숙한 어떤 종류의 새둥우리가 우리의 마음을 깊이 사로잡는 것은 그것이 무엇보다도 따뜻한 이불 속, 따뜻한 잠, 고요한 휴식을 상징해주기 때문인 성싶다. 그것은 우리들이 가장 편안했을 태아 시절의 우리들의 집, 어머니의 자궁을 연상시키기 때문이 아닐까. 그것은 우리의 궁극적인 소망인 휴식과 그 속에서만 체험할 수 있는 축복감 때문이 아닐까. 그렇다면 우리가 원하는 집은 솜털로 마련된 산속 나뭇가지 사이의 조화로운 새의 보금자리와 같을지도 모른다.

우리가 다른 많은 생물이나 동물들과 달리 이런 집을, 보호받고 일하고 사랑할 수 있게 하며, 그래서 행복한, 그리고 진정으로 휴식할 수 있는 우리의 집을 필요로 한다면 우리들은 그런 집을 진정 발견할 수 있을까. 지금까지 우리가 생각해온 집은 영원한 것이 될 수 없다. 아무리 탄탄한 집도 언젠가는 허물어지고 폐허로 변하게 마련이다. 아무리 우리가 이상적인 집에서 휴식을 취한다 해도 우리는 다시 일어나 집 밖으로 나와야 한다. 그러기에 우리는 우리가 잠정적으로 쉴 집만을 바라지 않는다.

우리는 우리의 영혼이 영원히 쉴 수 있는 집을 생각하게 된다. 혹시 산언덕 둥근 무덤이 우리의 영원한 집이 아닐까. 과연 산언덕 양지바른 곳에 있는 한국의 무덤은 포근한 새둥우리를 연상시킨다. 우리는 모두 영원한 영혼의 집을 생각하게 된다. 그것은 무엇일까. 그것은 어디 있을까. 집 없는 설움을 우리는 알고 있다. 낯선 객지에서 그 많은 집들에 묻혀 있으면서 돈 한 푼 없이 하룻밤 몸을 쉴 곳을 막막히 생각해야 할 때의 소외감, 고독감, 뼈저린 슬픔을 안다. 만일 우

리에게 우리의 영혼이 영원히 쉴 수 있는 집이 없다면, 그
보다 더 큰 절망은 없을 것이다. 그런 집은 새둥우리 같은
묘일까. 아니면 우리의 영원한 영혼이 쉴 수 있는 집은 역
시 새둥우리 같은 지구, 역시 새둥우리 같은, 둥근 그리고
푸른 하늘일지도 모른다.

우리는 편안한 아파트를 얻고자 한다. 우리는 멋있고 아
담한 집을 조용한 산기슭에 혹은 시원한 해변가 언덕에 짓
고자 한다. 그러나 우리는 우리 영혼이 영원히 쉴 수 있는
집을, 육체가 쉬는 집이 아니라 영혼이 쉴 수 있는 집을 언
제나 생각하고 있지 않을까.

우리의 영원한 영혼이 쉴 수 있는 집은
역시 새둥우리 같은 지구, 역시 새둥우리 같은,
둥근 그리고 푸른 하늘일지도 모른다.

얼굴

외면으로는 총명한 얼굴이 나태와 무지의 결과로 백치 같은 얼굴로 변하고 겉보기에는 험악한 얼굴이 속으로 들여다보면 무한히 선량한 얼굴로 승화되어 있을 수 있다. 그래서 얼굴은 마음의 거울이라는 말이 진정한 의미를 갖게 된다.

우리들의 기억 속에 남아 있는 얼굴들이 있다. 예수, 부처, 소크라테스, 공자, 이순신, 나폴레옹, 아인슈타인 그리고 모나리자의 얼굴이 그런 예들이다.

기억 속에 박힌 얼굴들이 반드시 잊고 싶지 않은 얼굴들만은 아니다. 위의 얼굴들은 그 얼굴들의 모습, 그것 자체가 갖고 있는 내재적 깊이 혹은 매력 때문에 우리들의 기억에서 지워지지 않는 것이 아니다. 그것은 단순히 그런 얼굴을 가졌던 사람들의 역사적 중요성을 상징할 뿐이다.

이와는 달리 어떤 얼굴은 그저 그것만으로 우리를 사로잡고 우리들의 마음을 풍부하게 하고 우리들의 기억 깊은 심층 속에 살아남는다. 이름도 성도 모르는 얼굴들, 단 한번 스쳐간 얼굴들이지만 우리의 가슴속에서 지워지지 않고 살아남는 경우가 있다. 그런 얼굴들은 마치 하나의 아름다운 꽃이 그저 아름다운 것으로 해서 우리의 마음을 끌고 우리를 즐겁게 해주고 우리들의 정서를 높여주는 것과 같다.

프랑스의 작가 생텍쥐페리는 그의 소설 『인간의 대지』에서 이런 얼굴에 대해 이야기하고 있다. 피난민들을 가득 싣고 폴란드의 국경을 지나가는 기차 속에서 무식한 농부의 아내 같은 여인의 품에 안겨 있던 어린 소년의 얼굴이 말할 수 없이 고귀해 보였다는 것이다. 모차르트의 어렸을 때 얼굴이 그 소년의 얼굴과 같았다는 것이다. 이처럼 사진 한 장 본 적 없는 낯모르는 어떤 얼굴이 영원히 우리들의 기억에서 촛불처럼 혹은 이른 봄꽃처럼 피어 남는다.

모나리자의 얼굴이 안정감을 준다면 모딜리아니의 그림들 속 여인의 얼굴은 명상적 우아함으로 우리의 마음을 백합처럼 꽃피게 한다. 고흐나 뭉크의 그림에 나타나는 얼굴이 강렬한 체험의 한 순간을 포착하여 생명감을 자아내게 한다면, 피카소의 작품 혹은 헨리 무어의 작품 속에서 볼 수 있는 얼굴들은 일상적 감수성에 대한 우리의 생각을 반성케 한다.

얼굴은 가장 정직한 언어이다.

그것은 그 주인의 생각을, 감수성을, 성격을

그리고 마음씨를 나타낸다.

얼굴은 가장 정직한 언어이다. 그것은 그 주인의 생각을, 감수성을, 성격을 그리고 마음씨를 나타낸다. 얼굴을 마스크라 하지만 사실 그 마스크는 은폐를 위한 것이 아니라 진실을 부각시키기 위한 도구이다.

어떤 얼굴은 산토끼를, 어떤 얼굴은 불도그을, 어떤 얼굴은 닭을 연상시키는가 하면, 어떤 얼굴은 학을 혹은 늘씬한 경마를 그리고 어떤 얼굴은 고슴도치를 떠올리게 한다. 산토끼같이 양순하게 태어난 사람이 있는가 하면 불도그처럼 험악하게 생긴 사람이 있다. 학같이 고귀하게 보이는 사람이 있는 반면 고슴도치같이 천하게 생긴 사람이 있다. 어떤 얼굴은 천생 우아하고 아름답지만 어떤 얼굴은 천생 천하고 슬프다. 어떤 면상은 처음부터 둔하고 불행하지만 어떤 면상은 처음부터 영리하고 행복하다. 어떤 골상은 선량하게 타고났지만 어떤 골상은 악독하게 타고났다.

그렇기에 우리는 어떤 얼굴에 무조건 호감을 느끼고 어떤 얼굴에 거역할 수 없는 매력을 느낀다. 그와 반대로 우리는 어떤 얼굴에 대해서는 무조건 싫어지고 어떤 얼굴에는 무조건 경계심을 갖게 된다.

얼굴이 갖는 이와 같은 사실을 인정할 때 관상철학 혹은 골상학은 그 타당성을 밝힐 충분한 근거가 있음을 느끼게 한다. 우리 각자는 각자의 얼굴이 나타내는 대로 생리학적으로 한 삶의 운명을 타고났다고 할 수 있다. 우리 각자의 운명이 이처럼 우리의 의사나 선택, 노력을 초월하여 그런 것들 이전에 결정적으로 운명 지어졌다면 그 운명은 너무나 불공평하다. 만일 우리의 각자 운명이 하느님의 섭리에 의한 것이라면 전지, 전능, 전선하다는 하느님은 너무나 가혹하다. 그는 저주받을 만큼 잔인하다. 나는 말같이 태어나서 저절로 귀족이 됐지만 내 동생은 불도그같이 생겨서 아무리 애써도 뭇사람들이 기피한다. 내 누나는 학처럼 태어나서 뭇 남성의 사랑을 받게 되었지만 내 사촌은 코끼리같이 생겨서 시집도 못 간다. 내 눈은 울상이라 아무리 맑은 거울 속에 비춰봐도 슬프지만 내 친구는 셰퍼드 같아서 낮잠을 자고 뒹굴어도 영리하고 활발해 보인다.

하지만 운명이 언뜻 보기보다는 절대적이거나 가혹하지 않다는 것은 다행한 일이며 하느님이 언뜻 생각했던 것만큼 전지전능하지 않다는 것이 다소 위안이 된다. 우리들의 얼굴이 나타내고 있는 대로 우리들 각자의 운명은 결정되어 있다고 하지만 그것은 각자의 얼굴 속에 가려져 있는 마음이나 노력에 따라 달라질 수 있기 때문이다. 우아한 마스크 밑에 잔인한 마음씨가 도사리고 있는 경우가 있는가 하면, 슬픈 마스크 밑에 즐거운 영혼의 샘물이 솟아날 수도 있기 때문이다. 학처럼 우아한 얼굴이 잘못하여 돼지 같은 천박한 얼굴로 변모할 수도 있으며 불도그같이 흉악한 얼굴도 심성을 어떻게 닦느냐에 따라 진돗개같이 총명한 빛을 낼 수도 있다.

이와 같이 볼 때 시각적으로 나타나는 물리적 얼굴은 한 인간의 마음, 능력, 성격을 그냥 그대로 반영하는 거울이라기보다는 오로지 구실이 아니면 자료에 불과하다. 한 사람의 참다운 얼굴은 외모로서의 얼굴이 아니라 마음의 얼굴이라는 것이다. 피상적인 관찰에서 조심스럽고 신중한 관찰로 옮겨질 때, 토끼와 같은 얼굴이 호랑이와 같은 얼굴로 변모하고 고슴도치와 같은 얼굴이 학과 같은 얼굴로 새롭게 윤곽을 드러내게 되는 것을 경험하게 된다. 슬픈 얼굴 밑에 꽃 같은 마음의 얼굴이, 늘씬한 얼굴 밑에 비굴하고 초라한 영혼의 얼굴이 드러나게 되는 경우가 적지 않다. 찌그러진 얼굴 속에 정돈된 정신의 얼굴이 윤곽을 드러내고, 반듯한 얼굴 속에 비뚤어진 생각의 얼굴이 비쳐 보이기도 한다.

외면적 얼굴을 무시할 수는 없지만 더 중요한 것은 내면적 얼굴이다. 외면으로는 총명한 얼굴이 나태와 무지의 결과로 백치 같은 얼굴로 변하고, 겉보기에는 험악한 얼굴이 속으로 들여다보면 무한히 선량한 얼굴로 승화되어 있을 수 있다. 그래서 한 사람의 소년적 미모가 장년에 들어 추악한 모습으로 바뀌는가 하면, 바보스러운 소녀적 얼굴이 갱년기에 접하면서 지혜로운 얼굴로 열매를 맺기도 한다. 한때의 선량한 얼굴이 나이가 들어감에 따라 잔악한 얼굴로 변모하는가 하면 그것과 정반대의 경우가 있을 수 있다.

그래서 얼굴은 마음의 거울이라는 말이 진정한 의미를 갖게 된다. 참다운 얼굴, 진정한 얼굴은 그 밑바닥, 그 너머에 있는 마음에 달려 있으며, 그 마음은 비뚤어진 외모를 똑바로 가다듬어주고, 반대로 똑바른 생리학적 구조를 비틀어놓는다.

십자가에 못 박힌 예수의 비통한 얼굴이 어느덧 축복의 얼굴로 보이게 되거나 부처의 바보스러운 얼굴에서 무한한 지혜의 모습을 볼 수 있다면 그것은 우연한 일이 아니다. 몇십 년 함께 삶의 고락을 같이해온 아내의 못난 얼굴이 주름이 가고 찌그러지기까지 했지만 바로 그 얼굴 속에서 양귀비보다 더 아름다운 마음의 얼굴을 발견함은 자연스러운 일이다. 험상궂게 생긴 자식의 얼굴이 언제나 아기같이 연약하고 선량해 보임은 아버지의 착각 때문만이 아닐 것이다. 마릴린 먼로나 엘리자베스 테일러 같은 핀업 걸Pin-up Girl의 미모엔 쉽사리 싫증이 나게 되지만 일그러진 할머니의 얼굴, 들과 논에서 햇볕에 까맣게 탄 아버지의 얼굴, 아내의 얼굴, 고락을 같이하며 일해온 평범한 동료의 얼굴은 시간이 갈수록 마음을 끈다.

함박꽃처럼 벙긋 피는 젖먹이 어린이의 얼굴에서 무한한 축복을 발견한다면 여드름이 덕지덕지한 사춘기 소년의 얼굴에선 그 속에 숨어 있는 야생적 생명력을 느낀다. 꽃처럼 맑고 고운 20대 초반의 발랄한 여대생의 얼굴이 되돌아갈 수 없는 선망의 대상이라고 말하는, 중년 생활인의 얼굴은 차츰 가라앉는 삶의 안정감을 보여준다. 찌그러지고 뭉그러진 노년의 얼굴에서 삶의 성숙성과 지혜를 읽을 수 있다면 죽음에 임박한 고희古稀의 할아버지 할머니 얼굴에서 모든 것과의 화해를 희구하는 마음의 평화를 엿볼 수 있다.

살인을 하는, 다른 사람의 가슴에 총을 쏘거나 칼을 꽂는, 상대방의 벼슬에서 피가 나고 그것이 찢기어 떨어져도 죽어라 쪼아대는 수탉처럼 잔인한 얼굴이 우리의 가슴을 찢어지게 하는가 하면, 드물게나마 남을 도와 손을 내밀고 뒷바라지하는 사람들의 착한 얼굴이 우리를 인간에 대한 절망에서 구제하기도 한다.

사람마다 다소 다를 수 있겠으나, 누구나 다 같이 잊을 수 없는 얼굴들이 있으며 누구나 다 같이 잊혀지지 않는 얼굴들이 있다. 멀리 떠나는 딸을 전송하던 아버지의 얼굴, 끊기는 숨을 모으면서 임종을 맞는 아들의 얼굴을 바라보던 어머니의 비감한 얼굴, 잔인한 질병에 걸려 죽어가는 어린아이의 웃는 얼굴을 바라보는 어머니의 얼굴, 적의 폭탄에 폐허가 된 전쟁터에서 쓰러진 어머니 옆에서 우는 소녀의 비통한 얼굴들은 영원히 잊혀지지 않는 얼굴들이다. 우리 가슴속에서 잊혀지지 않는 얼굴들이 반드시 비극적이거나 그냥 극적인 것만도 아니다. 몇십 년 만에 일본에서 돌아온 아들을 맞는 어머니의 얼굴, 어려운 입학시험에 합격하여 기뻐하는 입학생의 환한 얼굴, 대한 독립만세를 외치던 수많은 시민들의 얼굴은 두고두고 우리들의 가슴속에 생생히 살아남는다.

애인, 아버지, 어머니, 남편의 얼굴이 그토록 잊혀지지 않고 극적인 상황 속의 얼굴들을 잊으려야 잊을 수 없지만, 우리가 잊을 수 없는 얼굴들 가운데에는 우리와 가까운 사람도 아니며 우리에게 극적 의미를 주는 상황 속의 얼굴이 아닌 경우도 많다. 이루어질 수도 없었고 이루어지지도 않은 사랑을 나눈, 어쩌면 영원히 다시는 만날 수 없는 사람의 얼굴, 이름도 성도 모르지만 언뜻 창가를 지나가던 여인의 얼굴, 어느 길가에서 스쳐간 수심에 가득 찬 소녀의 얼굴, 비록 값싼 식당에서 밥을 나르는 일을 하지만 어딘가 고귀한 품위를 풍기던 여자의 얼굴에 대한 기억들을 누구나 다 같이 갖고 있다.

흔히들 아름답다는 얼굴이 나에게는 천박할 수도 있고, 흔히 못생겼다는 얼굴이 나에게는 아름답게 보일 수도 있다. 흔히 아름답다는 얼굴이 쉽사리 잊혀질 수 있고, 아름답지도 않은데 쉽사리 잊혀지지 않고 우리의 마음속에 포근히 자리잡고 있는 경우도 있다. 어쩌면 아름답기 때문에 잊혀지지 않는 것이 아니라 잊혀지지 않기 때문에 아름다운 것인지 모른다. 그렇다면 적어도 사람의 얼굴을 두고 말할 때 아름답다 혹은 잘생겼다라는 말은 잊혀지지 않는 얼굴이라는 말에 지나지 않는지도 모른다.

그러고 보면 아무리 아름다워도 아름답지 않은, 아무리 잘나도 잘나지 않은 얼굴이 있고 아무리 못나도 못나지 않은, 아무리 미워도 밉지 않은 얼굴들이 있다. 보기 싫은 잘난 얼굴이 있고 보고 싶은 못난 얼굴이 있다. 잘난 얼굴이라고 잘난 체할 수 없다는 말이며 못났다고 부끄러워할 게 아니라는 말이다.

어떤 얼굴이 잘나고 못나고 간에 그저 끌리는 얼굴들을 만나고 그것들에 둘러싸여 살 수 있다면 그보다 더 뜻있는 삶이 있을 수 있겠는가. 잔인하고, 얄밉고, 뻔뻔하고 극성스러운 사람들을 수없이 접하는 마당에서 인간에 대한 비관적인 생각이 들기 마련이지만 오다가다 착하고, 점잖고, 고귀한 얼굴들을 만나거나 혹은 다시 기억해낼 때 우리는 인간에 대한 신뢰감을 회복할 수 있으며, 그래서 때로는 차라리 강아지로 태어났더라면 좋았으리라는 생각이 들다가도 인간으로 태어난 것에 대한 안도감과 자부심을 갖게 된다. 오직 인간만이 마음을 갖고 있으며 오직 마음만이 얼굴을 갖고 있기 때문이다.

산의 시학

산은 실존적 귀감이다 산은 인격적 스승이다. 그런데 지금도 산은 문명이라는 이름으로 골프장으로 깎이고 아파트 단지로 뭉개진다. 모든 생명의 둥지인 산이 인간에 의해 허물어지고 있다. 인류의 영원한 고향인 산이 황폐해지고 있다.

눈보라와 비바람이 쳐도 산은 무서워 떨거나 살려달라고 빌며 애걸하지 않고, 끄떡없이 거기 그대로 늠름하고 당당하게 우뚝 서 있다. 산은 실존적 귀감이다. 산은 계절이 빨리 변해도 안달하지 않으며 의젓하고 점잖게 그곳에 변함없이 서 있다. 산은 인격적 스승이다. 그런데 지금도 산은 문명이라는 이름으로 골프장으로 깎이고 아파트 단지로 뭉개진다. 모든 생명의 둥지인 산이 인간에 의해 허물어지고 있다. 인류의 영원한 고향인 산이 황폐해지고 있다. 그럴수록 산이 시적으로 더욱 아름답게 보이고, 정신적으로나 육체적으로 더욱 그리워진다.

산은 살아 있다

산은 살아 있다. 그래서 산은 푸르다. 한때는 나무가 없어 벌거벗은 적이 있었던 한국의 산들도 지금은 모두 푸르다. 한라산, 설악산, 지리산, 속리산, 북한산을 보면 알 수 있다. 다른 나라의 경우도 마찬가지다. 일본의 후지 산, 스위스의 알프스 산, 프랑스의 피레네 산을 보아도 마찬가지다. 미국 애리조나 주의 웅장한 산 전체가 한 덩어리의 바위인 채 단 한 포기의 풀잎도 나지 않은 브레이스 캐니언이나, 한 그루의 나무도 없는 아프가니스탄이나 코카서스 지역의 험준한 산들도 푸르기로는 마찬가지다. 눈으로 두텁게 덮인 히말라야 산도 역시 그렇다. 산이기 때문이다. 물리적으로 푸르지 않더라도 '푸르지 않은 산', '나무가 없는 산'이라는 말은 있을 수 없다. 살아 있지 않은 산은 생각할 수 없다. 산은 반드시 무엇인가의 생명으로 약동한다.

봄이 되면 수많은 풀의 새싹이 검은 땅 속에서 솟아나고, 수많은 새 잎들이 나뭇가지에서 싹을 틔워서, 여름이면 풍요로운 녹음 잔치를 펴고, 가을이 지나 온통 눈에 덮여 죽은 듯한 한겨울에도 산은 소리 없이 맥동하는 수많은 생명들로 살아서 숨 쉬고 있다. 산은 생명들로 약동한다. 산에는 산돼지, 산토끼, 여우, 족제비, 다람쥐 등 수많은 네발짐승들, 꿩, 뻐꾸기, 산새, 까치, 벌 등 수많은 날짐승들이 서로 어울려 산다. 놀라운 사실은, 겉보기에 생명이라고는 전혀 존재할 것 같지 않은 중앙아시아의 험준한 벌거벗은 황토빛 산맥, 중동의 산은 반드시 무엇인가의 생명으로 약동한다.

죽은 듯한 메마른 산에도 수많은 생명이 살아 움직이고 있다는 것이다. 살아 있지 않은 산은 산이 아니다.

산은 높고 장엄하다

푸르다고 해서 모두 산은 아니다. 나무가 있다고 해서 산인 것은 아니다. 몽고의 넓은 초원은 아무리 푸르러도 초원일 뿐이지 산이 아니다. 유럽의 많은 평지는 몇백 년 묵은 나무가 울창한 짙은 숲으로 덮여 있다. 그러나 그것들은 숲이지 산이 아니다. 산은 언제나 높고 장엄하다. 아시아의 히말라야 산을 비롯해서 유럽의 알프스 산, 아프리카의 킬리만자로 산, 남아메리카의 안데스 산 등 세계의 지붕에 해당하는 높은 산이 그렇다. 고대 이집트 파라오들의 무덤 피라미드나 명나라 황제의 무덤보다도 작고 낮은 야산들이 있다. 그러나 물리적으로 크고 작은 것을 떠나서 산은 여전히 높고 장엄하다. 아무리 낮고 시시한 야산도 높기와 장엄하기로는 높고 장엄한 산과 전혀 다를 바 없다.

산은 우러러볼 수밖에 없는 존재이다. 산은 언제나 높다. 높지 않은 산은 산이 아니다. 누구나 산 앞에서는 겸허해진다. 그 높이가 우리를 압도하기 때문이다. 산은 우리의 마음을 높은 곳으로 승화시키고 우리를 높은 곳으로 부른다. 산을 타고 오르자면 다리가 아프고 숨이 차진다. 산은 정신적 도전이며 육체적 수련장이다. 그러나 아무리 어렵더라도 산의 부름을 완전히 물리칠 수 없다. 일단 산정에 올라가면 내 앞에 넓게 펼쳐진 세상이 열린다. 내가 온 자연을 향해 열리고 하늘이 좀 더 나에게 가까이 다가선다.

산은 자유이다

산은 자유이다. 금방이라도 끊어질 듯한 숨통과 당장이라도 꺾어질 것 같은 다리의 고통을 참고 견디며 좁은 산길, 험악한 바윗길, 가파른 비탈길을 지나 설악산 대청봉이나 경주의 토함산 정상에 올라가 숨을 크게 돌리고 쏟아지는 듯한 땀을 씻으면서 눈앞에 한없이 펼쳐져 있는 자연의 경치를 바라보며 자기와의 싸움에서의 승리와 그 승리가 가져오는 무한한 자유를 경험해보라. 그러한 순간 우리는 더 큰 세계 속에 있는 더 큰 우리 자신을 발견하고, 더 높은 하늘로 날아가 보고 싶어진다. 산에서 우리는 자질구레한 일상의 걱정근심과 물질적, 사회적 및 도덕적 속박으로부터 해방되어 무한하면서도 숙연한 초월적 세계를 잠깐이나마 경험한다.

산은 생명을 연주하는 오케스트라다

산은 생명의 교향곡을 연주하는 오케스트라이다. 산에는 온갖 생명체들이 서로 뗄 수 없는 생태계적 고리로서 연관을 맺고 함께 공존한다. 온갖 식물들이 바람을 안고 나름대로 제각각 휘파람을 불며,

온갖 동물들이 제각기 나름대로의 곡조로 노래를 부르고 서로 대화를 주고받으면서 서로의 감정과 생각을 표현한다. 산은 심포니 홀인 동시에 심포니 연주이다. 산은 그냥 물질이 아니다. 그냥 생명체들의 집합장이 아니다. 산은 하나의 예술작품, 원초적 의미가 담긴 우주의 언어이며, 지구의 음악이고, 자연의 춤이며 율동이다.

산은 온갖 생명의 둥지이다

산은 지구의 둥지인 동시에 온갖 생명의 둥지이다. 지구가 행복하게 살기 위해서 산이라는 둥지를 지었다면, 모든 생명체들은 지구의 둥지인 산속에서 자신들의 개별적인 둥지를 짓는다. 산은 풀, 나무, 꽃, 열매의 둥지이다. 산에서는 계절따라 풀이 자라고, 나무가 크고, 꽃이 피고 열매를 맺는다. 산은 버러지, 날짐승, 네발짐승들의 둥지다. 이러한 짐승들이 산에서 태어나고, 눈만 뜨면 먹을 것을 찾아 돌아다니며 자라고, 서로 싸우고 사랑하고 짝짓기하고 번식하다가 병이 나면 앓다가 죽어 다시 땅으로 돌아간다. 산은 식물이나 버러지나 동물만이 아니라 인간의 둥지기도 하다. 산기슭마다, 산골짜기마다 사람들은 마을이라는 둥지를 틀고 모여산다. 종을 달리하는 수많은 생명들의 둥지이기에 산은 따스하고 평안하며, 포근하고 행복하다.

동물들이 자신들의 의도에 따라 작위적으로 만든 보금자리라는 점에서 모든 둥지는 건축물이며, 모든 둥지는 적어도 한 가지 점에

지구가 행복하게 살기 위해서 산이라는 둥지를 지었다면,

모든 생명체들은 지구의 둥지인 산속에서

자신들의 개별적인 둥지를 짓는다.

서는 원칙적으로 동일한 건축학적 원리로 설계되어 있다. 둥지는 대체로 두 가지가 서로 갈라지면서도 만나는 사이에 지어진다. 지구와 하늘이 만나고 갈라진 틈 사이에 자연이 산이라는 둥지를 틀고 존재하며, 산새들이 한 나뭇가지에서 다른 가지가 갈라진 두 개 가지의 사이에 둥지를 짓듯이, 사람들은 한 산줄기에서 다른 줄기가 갈라져서 두 개의 산줄기를 이룬 골짜기 사이에 동네라고 부르는 둥지를 형성한다.

땅과 하늘이라는 두 개의 공간 사이에 튼 산이라는 지구의 둥지. 두 개의 나뭇가지 사이에 지은 새들의 둥지. 두 개의 산줄기가 만나는 곳에 꾸며진 둥지인 산골 마을들은 그것들이 두 개의 가지가 헤어지고 만나는 곳에 자리잡고 있다는 점에서 지형적 구조상 완전하게 건축학적 원칙을 반영한다. 이러한 놀라운 사실은 우주의 삼라만상이 겉으로는 그렇게도 서로 다르고 혼동스럽게 존재하면서도 근원적으로는 다 같이 동일한 원리에 의해 잡혀진 질서 속에 있다는 것을 입증한다.

산은 사색과 명상의 공간이다

산은 사색과 명상의 공간이기도 하다. 산은 불과 백 년 전까지만 해도 맹수들이나 징그러운 버러지들이 우글대고 독이 든 식물들이 서식하던, 문명과 떨어진 야만의 세계였다. 그래서 산은 거칠고 무서

왔다. 그래서 산은 정복과 개발의 대상이었다. 그러나 오늘날 인간은 신을 불도저로 깎아내고 뭉개서 점거하고, 맹수들을 쫓아내거나 죽여서 완전히 굴복시켜 자신의 도구로 만들었다. 이제 산에는 인간이 두려워할 야수들이 더 이상 존재하지 않게 되었다. 산은 주말이면 등산객들이 올라가서 몸을 단련하고 맑은 공기를 마시며 하루를 즐길 수 있는 놀이터나, 떠들썩하고 탁한 도시를 피해서 혼자 조용히 사색과 명상에 잠길 수 있는 마음의 편안한 은신처가 되었다.

산에 올라가고 싶다. 아주 깊은 산속으로 자꾸 들어가고 싶다. 깨끗하고 시원한 물이 흐르는 산골짜기에 있는 작은 마을에서 살고 싶다. 깊은 산골짜기에 예쁜 집을 짓고 살고 싶다. 깊은 산속에 들어가 살면서 자연의 숨결과 체취를 느끼고 지구의 맥박을 공감하면서 책을 읽고, 자유로운 명상에 잠기고 시를 쓰고 싶어진다. 산에 나의 둥지를 내 마음에 맞게 틀고 싶어진다. 그 둥지에서 사랑하는 이와 이야기를 나누면서 조용히 살고 싶다. 문명을 아주 등지고 도시를 떠나 산속에서 아득한 옛날의 인류처럼 살고 싶어지는 때가 있다.

산은 낱말과 문구의 집합이다

산은 낱말과 문구의 집합이다. 산을 일구는 흙, 바위, 계곡, 절벽, 공기, 바람, 풀, 나무, 버러지, 동물들은 그 하나하나가 다 같이 하나의 가장 시원적인 낱말들이며 문구들로서, 정확히는 알 수 없지만 무엇인가 비밀스럽고도 깊은 뜻을 전달하려 한다. 그리고 이 낱말들과 문구들로 구성된 산 전체는 그 의미를 분명히 알 수는 없지만, 반드시 어떤 총체적이고 통일된, 가장 원초적이면서도 근원적이고, 가장 감각적이면서도 가장 초월적인 세계를 표상하고 우리에게 알려주며 전달해주는 의미 깊은 시 작품이다. 산은 자연의 문학작품이며, 지구의 예술품이다. 예술작품으로서, 문학작품으로서, 한 편의 자연의 시로서, 산이라는 자연어는 문명이라는 인간의 어떠한 언어로도 표현할 수 없는 깊은 존재를 표상하고 무엇인가의 짐작할 수 없는 의도를 표현해준다.

산이 우리들의 마음속에 무엇인가 깊은 뜻을 전달하고, 우리들에게 아름답게 느껴지는 것은 바로 이와 같은 이유 때문이다. 산은 과학, 철학, 종교의 경계를 넘어, 그러한 것들의 언어로는 불가능한 그 무엇인가 더 원초적인 것을 말해주고, 그 무엇인가 더 깊은 것을 보여주고, 그 무엇인가 더 본질적인 것을 전달해주고, 그 무엇인가 더 순수한 아름다움을 드러낸다. 그래서 산은 관조적 사색, 초월적 명상 그리고 미학적 경험의 대상인 동시에 바로 그러한 사색, 그러한 명상 그리고 그러한 경험 자체이다. 그러기에 우리는 산속을 거닐면서 사색하고, 산속에 앉아 명상을 하고 싶고, 산 위에 서서 눈앞에 내려다보이는 낮은 산턱, 들, 마을, 그 너머 도시 그리고 더 멀리 바다, 즉 모든 것의 조화로움과 아름다움을 관조하고 싶어진다.

산은 인류의 고향이다

　산은 인류의 고향이다. 인류의 시원적 선조는 침팬지와 그 외의 수많은 동물들의 시원적 조상과 더불어 산에서 태어나 산에서 살다가 산에 묻혔다. 아득한 과거 산은 인류의 시조가 살던 거처였고, 오늘날 산은 문명의 유목민이 되어 헤매는, 다시 돌아갈 수는 없지만 인류가 외롭고 지칠 때마다 마음속 깊이 그리워하는 고향이다. 산이 인류의 마음의 고향인 것은 인류가 아무리 자연과 먼 문명의 세계에 살게 되었더라도 산은 인류의 뿌리이며 샘터이고, 양식이며 생명의 원천이기 때문이다. 고향은 떠나온 곳이기에 그리운 곳이며, 그리운 곳이기에 적어도 마음만이라도 돌아가서 우리 자신의 뿌리를 찾고 샘터의 물을 다시 마시고 싶은 곳이다.

눈

눈 오는 밤 혼자 불을 끄지 않고 앉아 있는 때는 인위적 시간에서 해방된 시간이고 그 공간은 물리적 제약에서 이탈된 장소이다. 그때 그리고 그 장소에서 우리들의 생각은 무한한 것과 접촉할 수 있고 무한한 우주의 맥박을 체험할 수 있다.

밭과 논, 산과 마을은 이미 눈에 덮여 은세계를 이루고 있다. 계속 쏟아져 내리는 함박눈이 바람에 휘날려 얼굴을 적시고 눈을 가린다. 무릎까지 눈에 파묻혀가며 어느덧 어두워가는 시골의 산길 들길을 따라 아직도 아득히만 느껴지는 집으로 발길을 재촉한다. 모두가 죽은 듯한, 모두가 잠든 듯한 저녁 길을 혼자서 가는데 집은 아직도 멀고 걸음걸이는 더욱 비틀거리기 시작한다. 세계는 고요하고 삶은 고독하고 엄숙하고 장엄해진다. 프로스트의 시 「눈 오는 저녁 숲에 서서」가 널리 애독되는 근본적 이유의 하나는 이 시가 삶의 엄숙한 상황을 역력히 표상해주기 때문인 듯싶다. 무의식중에 이 작품 속에서 삶의 깊은 한 측면에 접촉하는 것이다. 나는 말을 타고 눈이 쌓이는 저녁 뉴잉글랜드의 숲길을 가는 중이다. 이 숲의 주인이 저쪽 마을에 살고 있음을 나는 안다. 여기서 쉬며 눈 쌓이는 숲의 적막한 아름다움에 젖고 싶다. 그러나 나는 혼자서 이 눈길을 계속 가야 한다. 쉬고 싶은 유혹을 이기고, 고독한 대로 살아갈 때 삶은 그만큼 더 흐뭇할 수 있다.

숲은 사랑스럽고 어둡고 깊다.
그러나 나는 지켜야 할 약속이 있다.
그리고 잠자기 전에 몇십 리 갈 길이 있다.
그리고 잠자기 전에 몇십 리 갈 길이 있다.

고독, 삶의 고난 그리고 어쩌면 죽음까지를 상징하는 것이 눈에 싸인 숲이기도 하지만 그것은 또한 아름답다. 프로스트의 작품의 매력은 삶의 깊은 측면을 표상해줄 뿐만 아니라 그것이 아름다운 미학에 의해 승화되어 있다는 데 있다. 눈 오는 경치에서 미학이 창조된 것이다. 눈은 무엇보다도 고유한 아름다움을 지니고 있다.

프랑스의 중세 시인 비용의 그 유명한 작품 「옛날의 미희들」이 지나간 절세의 미희들을 눈에 비유한 사실, 그리고 그 시가 우리들의 가슴을 울리는 것은 우연한 일이 아니다. 이 시인이 지난날의 미희들

나는 혼자서 이 눈길을 계속 가야 한다.

쉬고 싶은 유혹을 이기고, 고독한 대로 살아갈 때

삶은 그만큼 더 흐뭇할 수 있다.

을 생각하면서 "그런데 옛날 눈들은 어디 있는가"라고 노래할 때 우리는 찬 눈같이 사라진, 눈 같은 아름다운 미희들에 더 절실한 미련을 느끼게 된다.

흰 눈, 흰 눈에 덮인 풍경은 적막하다. 그것은 어쩌면 죽음을 상징할지도 모른다. 모든 생명의 마지막을……. 그러나 눈 덮인 흰 세계는 꽃이나 녹음이 지닐 수 없는 각별한 아름다움을 지니고 있다. 단잠을 깨고 창문을 열었을 때 눈길이 닿는 데까지 희게 덮인 마을, 산, 들을 마주한다면 그 신선한 아름다움에 누가 황홀하지 않을 수 있겠는가. 눈이 부시게 눈 덮인 뜰 밖을, 들길을 달려가고 싶은 충동을 느껴보지 않은 사람이 있었겠는가. 눈을 보면 강아지까지도 즐거워 눈 속을 뛰어다닌다는 것은 누구나 잘 알고 있다.

눈의 아름다움은 청결함에 있다. 세상의 때, 마음의 때가 깨끗이 씻겨진다. 모든 것이 새것이 된다. 세상과 삶이 새로운 출발을 의미하게 된다. 눈의 세계는 동심에 비유되며 처녀에 비교된다. 그러기에 눈 덮인 들을 대할 때 우리는 다 같이 어린애 같은 동심으로 돌아감을 체험하고 처녀와 같이 순결한 것을 느낀다.

눈 속에서 우리는 때 묻은 우리들의 세상, 생활, 마음이 일시에 깨끗이 씻김을 느낀다. 눈의 매혹, 눈의 아름다움은, 우리들이 영혼의 밑바닥에서 아직도 순수한 것을 찾고 있다는 사실을 반증한다. 청결한 눈의 세계, 그것은 우리들의 영혼의 간절한 부름이다. 눈 덮인 들과 산을 바라보면서 감동을 느끼지 않는 사람의 마음은 비록 그의 얼굴이 아무리 아름답다 해도 의심이 간다. 눈 오는 광경을 싫어하는 사람은 진정 아름다운 사람이 될 수 없다.

눈의 미학은 순수성에만 그치지 않는다. 눈은 따뜻하다. 오버를 걸치고 눈길을 걸을 때 이마를 적시는 함박눈은 가슴속까지 따뜻하게 한다. 작은 산 너머 거의 눈에 파묻힌 초가집 굴뚝에서 나오는 연기가 삶의 짙은 온도를 체험케 한다. 눈이, 함박눈이 쏟아지는 저녁, 잊고 있던 친구들의 얼굴이 각별히 그리워지고 마치 두터운 옷 속에 간직된 체온처럼 그들을 생각하는 따뜻한 정이 조용히 피어남을 느낀다. 안부편지를 쓰고 싶어지고 어디선가 정다운 전화를 받고 싶은 것이다. 이웃 동네와 교통이 단절된 자기 집에 식구들과 모여앉아 따뜻한 온돌에 발을 뻗고 옛이야기를 나누는, 삶의 따뜻함을 느낀다.

눈은 조용하다. 사뭇 쏟아지는 함박눈은 한 송이 한 송이가 무한한 이야기를 도란거리는 것 같으면서도 모든 것을 더욱 고요하게 한다. 그것은 고요한 가락들로 이루어진 웅장한 교향곡이라는 인상을 준다. 특히 어두운 밤중에 창밖으로 그칠 줄 모르고 내리는 함박눈을 바라보면 온 세상 아니 온 우주가 무한히 깊은 고요 속에 파묻혀가는 듯하다.

눈이 쌓이는 밤은 고요하다. 그러기에 고독하기 마련이다. 그러나 그 고독은 삭막하거나 허전하기보다는 흐뭇한 내용을 갖게 한다. 고

요 속에서 나는 나 자신을, 우리는 우리 자신을 새삼 의식하게 되고 오랫동안 잊혀졌던 스스로를 다시금 발견하고 생각하게 된다. 나의 삶, 나의 위치, 우리와 자연의 관계를 그 본연의 모습 속에서 발견할 수 있는 기회를 갖게 되는 것이다.

그래서 눈은 명상적이다. 눈이 소리 없이 쌓이는 밤, 혼자 방 안에 앉아 있으면 책상 위의 전깃불을 끄고 잠자리에 들어가지지 않는다. 각별한 무슨 사무적인 일이나 공부 때문이 아니다. 어느덧 명상에 잠기게 되기 때문이다. 이런 밤 누가 사색가가 되지 않을 수 있겠는가. 누가 철학자로 변하지 않겠는가. 무한히 고요하고 거룩할 만큼 순수한 시간이다. 사색이 날개를 펴고 자유로운 명상에 잠긴다. 눈이 쌓이는 깊은 밤 혼자 앉아 있는 서재는 사색의 보금자리요, 책상 위에 밝혀놓은 램프불은 사색의 꽃이다. 눈 내리는 밤 늦게까지 책상 앞에 앉아 있는 철학가의 모습은 자연스럽다. 눈을 모르는 열대지방의 사상가는 상상만 해도 삭막하다. 눈에 황홀감을 느끼지 못하거나 눈을 사랑하지 않는 사색가는 상상하기 어렵다. 눈 오는 밤 명상가가 혼자 불을 끄지 않고 앉아 있는 때는 인위적 시간에서 해방된 시간이고 그 공간은 물리적 제약에서 이탈된 장소이다. 그렇기에 그 시간과 공간은 자유롭다. 그때 그리고 그 장소에서 우리들의 생각은 무한한 것과 접촉할 수 있고 무한한 우주의 맥박을 체험할 수 있다. 물리적이고 생물학적인 그리고 인간적인 모든 장애를 넘어서서 영원한 우주와 잠시나마 화해하고, 조화를 되찾을 수 있다. 이런 테두리에서 나는 다시금 내 본연의 모습을 의식하고 삶과 죽음의 의미를 새롭게 정립하며, 사회와 역사의 뜻을 참신한 조명에 의해 이해할 수 있다.

이런 과정에서 우리의 명상은 어느덧 종교적 차원으로 올라가고 있는 것이다. 그렇기에 함박눈이 깊이 쌓이는 밤이 한없이 귀중하며 흐뭇하다. 이런 세계를 영원히 간직하고 싶어진다. 눈이 그치고 밤이 갤까 안타까워지는 것이다. 눈이 쌓이는 밤의 조용한 시간은 무엇과도 바꿀 수 없는 가장 아름답고 풍요롭고 따뜻한 꿈이다. 이런 꿈에서 깨어나지 않고 언제까지라도 명상에 젖어보고 싶어진다.

명상적인 것으로 끝나지 않는다. 눈은 또한 시이다. 눈 덮인 집, 마을, 들, 산, 길을 바라보라. 눈을 맞으며 눈길을 걸어보라. 우리는 모두가 시인이 되며 온 세계는 한 편의 장엄한 시가 된다. 세계를 바꿔준 흰 색깔이 우리의 둔탁했던 감각을 깨어나게 하고 피부에 닿는 눈송이가 우리의 피부를 산뜻하게 한다. 눈 속에 잠자듯 도사리고 있는 언덕 너머 마을 굴뚝에서 밥을 짓는 연기가 난다. 모든 것들이 눈에 파묻혀 있는데 오로지 하나 우뚝 하늘로 솟아 있는, 작지만 뾰족한 성당 지붕이 유달리 성스러워 보인다. 사방을 둘러봐도 아무 소리도 들리지 않는다. 두툼한 옷을 입고 이웃 마을로 가는 사람이 보인다. 작은 도시에선 강아지를 끌고 눈 쌓인 길을 걸어 구멍가게로 들어가는 사람이 보인다. 어느 부인이 마당에 쌓이는 눈을 치운다. 아이들은 밖에 나와 눈사람을 만들거나 눈싸움을 시작한다. 갑자기 외지게 보이는 고속도로 위로 자동차가 기어가듯 굴러간다. 뜰 안 나무 위에 새들이 날아와 이 가지 저 가지로 옮겨 앉는다.

눈이 쌓이면 세상이 깨끗하고 새로워진다. 푸른 나뭇가지 하나 보이지 않게 눈에 파묻혀 있지만 어쩐지 주위는 말할 수 없이 포근하고 따뜻하다. 꽃 하나 눈에 띄지 않지만 사방은 아름답기만 하다. 말 한마디 들리지 않지만 사람들, 마을 그리고 온 세상이 새로운 언어로 무한히 다정한 이야기를 나누고 있음을 알 수 있다. 이럴 때 우리는 모두 시인으로 탄생하고, 흰 세상은 시의 구절이 적히기를 기다리는 원고지로 변하고, 우리들의 산뜻한 명상적 느낌은 그 위에 써놓은 시 구절이 된다.

눈, 함박눈, 푸짐하게 내리는 눈은 행복감에 젖게 한다. 그것은 우리의 마음을 따뜻하고 풍요롭게 해준다. 그것은 우리들의 가슴을 무한히 신선한 것으로 채워준다. 눈이 쏟아지는 것을 바라보면, 눈으로 싸인 주위를 바라보면, 장화를 신고 눈 위를 걸으면 우리의 마음은 어느덧 동심으로 돌아가며 우리들은 어느덧 어린아이같이 발랄해진다. 눈 위에 뒹굴고 싶을 만큼 행복이 충만해진다.

행복은 자유이다. 자유란 별게 아니라 행복한 상황에 불과하다. 행복이 정신적 충만감을 의미한다면, 그것은 또한 아무런 억압도 없음을 뜻하기 때문이다. 어디를 바라보아도 그저 희기만 한 눈 덮인 세계는 모든 제약의 제거를 상징한다. 모든 것이 완전히 새로운 것, 새로운 창조를 부르는 눈 덮인 세계, 나의 자유로운 행위에서 새로운 것이 마련되기를 호소하는 것이 눈 덮인 세계, 함박눈이 내리는 세계이다. 함박눈송이들은 자유의 깃발과 같다. 그렇기에 그것은 또한 생명의 독특한 상징이며 희망의 신선한 이미지이기도 하다. 한없이 펼쳐진 눈길을 따라 끝없이 걷고 싶어짐은 눈의 세계가 부름이기 때문이다. 첫눈의 들길을 걸어간 발자국이 삶을 확인해준다. 눈은 새로운 삶으로의 초대이다. 그렇기 때문에 쓰러지고 넘어져도 눈길을 걸으면 언제나 가슴이 벅차다. 그 길이 아무리 고달프다 해도 우리는 다시 일어나서 앞으로, 어디론가 끝없이 가고 싶어지는 것이다.

여행

여행이란 낱말이 우리들의 가슴속에 낭만적 향수를 일깨워주는 것은 여행이 생동하는 모험, 자유를 의미할 뿐만 아니라 모든 것을 벗어던진 적나라한 자기 자신과의 접촉을 마련하고, 그 속에서 남들과의 혼돈될 수 없는 자신만의 깊은 영혼의 비밀을 보호할 수 있기 때문이다. 여행의 가장 깊은 뜻은 남들과 혼돈되거나 대치될 수 없는 자아의 유일성을 확인하는 데 있다.

여행은 하나의 움직임이다. 파스칼은 불행의 유일한 이유가 우리가 방 안에 혼자 가만히 있지 못하는 데 있다고 말했다. 움직이지 않을 때 삶은 끝이 난다. 살아 있지 않고서 행복할 수 없다.

여행은 떠남으로써의 움직임이다. 『플루타크 영웅전』에선 떠남에 대한 피루스와 시네아스의 상반된 태도가 이야기되고 있다. 피루스는 희랍을 정복하고 아랍을 점령하고 그 다음엔 아시아를 정복하겠다고 한다. 그리고 난 다음은 무엇을 하겠느냐고 묻는 시네아스에게 쉬겠다고 대답한다. 그러자 시네아스는 아무래도 쉴 바에야 그냥 지금부터 쉬면 더 좋지 않느냐고 반문한다. 그러나 삶은 쉬더라도 우선 움직이기를 요구하며, 언제고 반드시 돌아와야 하더라도 떠나기를 요청한다. 그것은 우리가 언젠가는 죽기 마련이라도 살고 봐야 하는 것과 마찬가지이다.

여행이 떠남이라지만 거기에는 확정된 목적이 없어야 한다. 어떤 확정된 목적을 위해서 떠나는 것이 아니라 그냥 떠나는 것이 여행이다. 여기서 말하는 여행은 사업가나 유학생, 공무원처럼 어떤 목적을 둔 여행이 아니다. 그것은 바캉스, 즉 비우는 것, 휴가로서의 여행을 뜻한다.

바캉스! 휴가! 말만 들어도 시원하고 그 말의 여운만으로도 어딘가 낭만적이며 자유로운 해방감, 더 나아가서는 행복감을 느끼게 된다. 바캉스, 휴가로서의 여행은 일상적인 것, 따분하고 무서운 상습성으로부터의 이탈을 의미한다. 그래서 여행은 새로움, 신선한 것, 낯선 것에 대한 호기심의 만족을 의미한다.

배낭을 짊어지고 설악산에 오르면, 복잡하고 탁한 공기와 소음에 싸인 서울과는 다른 환경에 접하는 신선함이 있다. 산골짜기에서 도시락을 풀어 요기를 할 때 일상의 틀에 박힌 식탁에서와는 다른 새로운 맛을 경험한다. 또는 비행기를 타고 가서 파리의 노트르담, 로마

바캉스, 휴가로서의 여행은
일상적인 것, 따분하고 무서운
상습성으로부터의 이탈을 의미한다.
그래서 여행은 새로움, 신선한 것,
낯선 것에 대한 호기심의 만족을 의미한다.

의 콜로세움, 아테네의 아크로폴리스 신전, 고층 빌딩이 숲을 이룬 뉴욕의 맨해튼 등을 구경할 때면 교과서나 신문, 잡지를 통해서 막연하게 상상하던 미지의 세계에 대한 의혹이 풀린다. 이집트의 피라미드, 인도의 도시 여기저기서 발견되는 성우聖牛, 남미 잉카문명의 유적, 그리고 아프리카의 원주민들을 접하면서 인류의 역사와 인간의 가지가지 생활양식을 눈과 피부로 직접 배운다.

이렇게 보면 여행은 교육적 의미를 가진다. 이른바 수학여행이란 관념이 생기고 그런 명목하에 수많은 학생, 수많은 사람들이 자기의 학교, 자기의 고장을 잠시나마 떠나서 버스에 실려 또는 배나 비행기를 타고 다른 지방으로 혹은 다른 나라로 떠난다.

그러나 신문, 잡지, 텔레비전이 극도로 발달한 오늘날에 교육적 여행은 그 의미를 잃어가고 있는지도 모른다. 막대한 돈과 시간을 들여가며 멀리까지 가서 직접 사물과 사람들을 접하여 무엇을 배우는 효과보다는 오히려 집에 앉아 책을 읽든가 텔레비전을 시청함으로써 더 많은 정보를 더 정확하게 얻을 수 있기 때문이다. 사실 해인사에는 평소에 못 피우던 담배를 태우기에 여념이 없는 남학생들로 그득하고, 불국사에는 사진 찍기에 한창인 여학생들이 대부분이다. 발가락이 붓고 충분히 잠을 못 자서 눈이 부은 시골 일본인들이 루브르 박물관이나 피렌체의 시가를 돌아다녔다고 해서 과연 무엇을 보고 듣고 배웠다고 하겠는가. 어쩌면 집에 돌아온 그들에겐 양떼를 끌고 다니듯 하는 안내자가 들고 있던 깃대만이 기억에 역력할 것이며, 그들에게 남을 수 있는 것은 고작 정신없이 찍은 기념사진뿐이기가 일쑤이며, 그들이 여행에서 얻을 수 있는 것은 고작해야 유명한 곳을 갔었다는 사실, 파리, 로마의 유적들을 보고 왔다는 일종의 허영심에 대한 만족감에 불과할 것이다. 여행이 대중화된 오늘날, 그것은 이른 바 아메리카식으로 속화되고 피상적인 역할을 하는 경우가 대부분이다. 아껴두었던 돈을 몽땅 쓰면서 비행장, 호텔 혹은 버스정류장에서의 피로를 경험하고 이른바 고적, 명소를 배경으로 자신의 얼굴이 담긴 사진을 찍은 것으로 만족해버리는 경우가 많다.

새로운 것을 보더라도 새로운 것을 관찰하기란 쉽지 않다. 새로운 정보를 듣는다 해도 정말 새로운 정보로 지각되기란 드문 일이다. 누구나 자신의 눈으로, 자신의 귀로만 보고 들어야 하기 때문이며, 자신의 눈이나 자신의 귀가 아닌 다른 사람의 눈과 귀를 통한 정보는 상상을 한다 해도 쉽게 파악되지 않기 때문이다. 물리적 방법에 의해 자신의 공간을 떠난다고 정말 새로운 공간 속에서 살 수 있는 것은 아니다. 그것만으로는 지금의 자신을 떠나 스스로를 새롭게 보거나 자각하기가 어렵기 때문이다.

우리는 어쩌면 누구나 타고난 나르시스트인지도 모른다. 따지고 보면 여행의 유혹은 호기심의 만족에 있지도 않고 교육적 목적을 달성하는 데 있지도 않다. 그것은 자신으로부터의 탈출, 자기로부터의 해방에 있다. 나는 나의 집에서, 나의 가족 혹은 친지로부터 떠나고 싶은 것이다. 나는 나의 마을, 나의 도시, 나의 나라로부터 벗어나고 싶은 것이다. 물론 그러한 공간들이 나의 삶을 보호해주고, 오늘의 나를 만들어준 밑거름이라고는 하지만 그것은 또한 나를 구속하는 제약이기도 하다. 생명으로서의 나는 항상 변할 수밖에 없기 때문이다. 그리고 무엇보다도 나는 가족의 한 사람이기 전에, 누군가의 친구의 한 사람이기 전에 시민이나 국민이기 전에 하나의 인간이기 때문이다.

현재나 과거의 나로부터 나는 빠져나가고 싶은 것이다. 가족과 친구와 떨어져서 혼자 있고 싶은 것이다. 여행의 가장 밑바닥에 있는 유혹은 혼자가 되고 싶은, 그럼으로써 모든 사회적 관계의 틀, 일상적 틀 속에서 해방될 수 있는 데 있다. 단체여행은 고독하지 않아 좋고, 가까운 친구나 애인과의 여행은 다정해서 좋다. 남들과 함께 보는 아름다운 것들은 그만큼 더 아름답다는 말에 일리가 있음을 인정한다. 이야기할 사람도 없이 혼자 다니는 여행은 여행의 절반을 잃어버린 것임을 많은 사람들은 체험을 통해서 알고 있을 것이다. 그럼에도 불구하고 여행의 진짜 맛은 역시 혼자, 단 혼자 하는 데 있지 않을까 싶다.

아무도 모르는 낯선 도시에서 혹은 말도 잘 통하지 않는 이국의 낯선 거리에서 완전히 익명으로 어쩌면 있으나마나 상관없는 존재로서 나는 아무것도 아닌 사람이 될 수 있다. 그만큼 허전하고 가난한 것

여행의 가장 밑바닥에 있는 유혹은

혼자가 되고 싶은,

그럼으로써 모든 사회적 관계의 틀,

일상적 틀 속에서 해방될 수 있는 데 있다.

같기도 하지만 또한 그만큼 나는 흐뭇하고 풍부해질 수도 있다. 낯익은 곳에선, 낯익은 사람들과의 관계 속에서 나 는 모든 면에서 제약을 받게 되고 그 속에 뒤얽혀 있지 않을 수 없는 것이다. 아버지로서, 남편으로서, 직장인으로서, 한 단체의 성원으로서, 국민의 일원으로서 내게 부여된 일정한 역할과 내가 맡아야 할 특수한 기능이 있다. 나는 이런 관계 속에서 항상 무엇을 해야 하고, 어떻게 행실해야 할까를 염려한다. 아들의 교육을 위해서, 아내의 행복을 위해서 마음을 써야 한다. 이웃과 친구들 간의 관계에서 사회적으로나 도덕적으로도 얽매여 있지 않을 수 없다. 나는 아내에게는 남편으로서, 직장에서는 직업인으로서, 국가의 관점에서는 국민으로서 존재한다. 나는 그냥 나로서 존재하지 못하고 남의 눈에 의해서 존재하며 남의 눈을 떠나서는 존재할 수 없다.

전혀 아는 사람들이 없는 낯선 도시를 혼자 서성대는 즐거움은 그러한 속박을 완전히 벗어나는 해방감에 있으며, 잠시나마 독립된 자기 자신으로 놓여 있다는 자기발견에 있다.

나는 이름도 성도 없다. 나에게 관심을 기울이는 눈들도 없다. 내가 죽든 살든 아무도 상관하지 않는다. 나는 누구의 아버지도 아니며, 누구의 아들도 아니다. 나는 높은 관리도 아니며 유명한 교수도 아니다. 나는 누구의 눈치도 볼 필요가 없다. 그냥 살아 있는 하나의 인간이며, 생물체에 불과하다.

남들에게 나는 있으나마나한 존재다. 나를 관찰하고 평하는 눈이 없다. 나는 관찰되지 않는 자유의 고지에서 남들을 구경하고 관찰하는 쾌감을 느낀다. 남들의 눈 때문에 하지 못했던, 이른바 사회적으로 제약되지 않은 몸차림으로 있을 수도 있고 도덕적으로 규탄받는 나쁜 짓도 할 수 있다. 그 답답한 넥타이를 팽개치고 걸레 같은 청바지를 입은 채 젊은이들의 틈에 끼여 걸어다녀도 걸리는 게 없다. 술집에 가서 밤늦게까지 앉아 있어도 나를 이상하게 볼 사람은 없다. 뜻하지 않은 사랑, 그렇게도 맛보고 싶었던 극히 낭만적인, 말하자면 비상식적이고 비도덕적인 사랑에 빠져볼 수도 있다. 나는 아버지도, 장관도, 교수도 아닌 그냥 한 벌거벗은 사나이일 수 있는 것이다.

나는 이제 체면이 필요 없다. 내 사회적 지위가 어떠했든 나는 값싼 여관방에서 마음 편히 뒹굴 수 있다. 나는 이제 분수를 생각할 필요가 없다. 기분 나면 호텔 식당에 들러 값비싼 요리를 만끽할 수 있다. 내게는 이제 특별히 할 일도 없고 각별히 생각할 것도 없다. 꼭 사야 할 물건도 없다. 나는 시간이나 날짜를 생각하지 않고, 어쩌면 시간과 공간의 공백지대에서 자유로울 수 있는 것이다. 마음 내키는 대로 거리를 서성거리다가 피로하면 여관에 들어가서 낮잠을 즐길 수 있다. 마음대로 게으를 수 있는 사치스러움이 있다.

이역의 큰 도시에 그 많은 사람 틈에 밀려다니지만 나는 혼자서 고독하다. 그 많은 사람들에게는 내가 있으나 마나지만 나에게는 그들이 있으나 마나이다. 내가 관심을 둘 필요도 없고, 그들 역시 나에게 관심을 갖지 않는 한 그들은 실상 나에게는 없는 것과 마찬가지다.

이런 고독이 내 마음을 시원하게 한다. 혼자로서의 내가 모든 사회적, 도덕적 규제로부터의 탈출감을 만끽할 수 있기 때문이다. 이런 고독이 내 마음을 흐뭇하게 채워준다. 처음으로 독립된 있는 그대로의 나 자신을 찾았다는 생각이 들기 때문이다. 완전히 혼자서, 아무도 몰래, 아무에게도. 그리고 아무것에도 구애받지 않는 자신을 발견할 때 귀중함과 보배로움을 느끼게 된다. 나만의 나, 숨겨진 나, 아무도 침범할 수 없는 비밀을 갖고 있는 나는 바로 그 비밀 때문에 남들이 접할 수 없을 뿐만 아니라 남들과의 복잡한 관계에서 거칠고 냉혹하게 변하기 마련이었던, 따사로움을 되찾는다.

낯선 땅에서 길을 잃고 헤매는 당혹감을 체험할 수 있을지도 모른다. 이역에서 언어가 통하지 않아 답답할 수도 있다. 어느 역에서 돈이 떨어져 막막할 때도 있을 것이다. 땀이 흐르고 발이 부르터서 쉬고 싶어지는 경우도 있을 것이다. 그럼에도 불구하고 우리는 어디론가 떠나고 싶은 유혹에서 벗어날 수 없다.

떠남. 걸어서, 버스나 기차를 타고서, 비행기로 날아서 떠나는 그것에 가슴이 부풀어 오르는 것은 떠남이 인간의 근본적인 해방을 향한 욕망을 상징하기 때문이다. 처음 보는 고장, 이국으로의 여행이란 낱말이 우리들의 가슴속에 낭만적 향수를 일깨워주는 것은 여행이 생동하는 모험, 자유를 의미할 뿐만 아니라 모든 것을 벗어던진 적나라한 자기 자신과의 접촉을 마련하고, 그 속에서 남들과는 혼돈될 수 없는 자신만의 깊은 영혼의 비밀을 보호할 수 있기 때문이다. 그렇다면 여행의 가장 깊은 뜻은 남들과 혼돈되거나 대치될 수 없는 자아의 유일성을 확인하는 데 있다. 낯모르는 곳, 이국의 땅으로 우리는 떠날 수 있다. 이렇듯 떠남이 모든 사람의 어쩔 수 없는 꿈이지만 이 마을에서 다른 도시로, 한 나라에서 다른 나라로 떠나듯이 언젠가 숙명적으로 맞닥뜨려야 할 이 삶으로부터 다른 삶으로, 곧 죽음으로의 떠남은 어떤 것일까.

기차

기쁘거나 슬프거나 간에 기차는 극히 인간적이다. 떠나거나 돌아오는 기차는 만남과 헤어짐을 의미하며, 만남과 헤어짐은 사람으로 살아가는 원리이기 때문이다. 그러기에 산과 들을 달리는 기차, 기다리고 떠나보내는 기차에서 따뜻하고 구수한 삶의 정을 느낀다.

삶은 떠남과 돌아옴, 만남과 헤어짐의 부단한 연속이다. 이런 삶의 구체적인 활동을 교통이라 한다. 기선, 기차, 자동차, 비행기는 모두 문명이 발명해 낸 놀랍고도 편리한 교통의 수단이다. 기선을 타고 바다를 건너 낯선 고장으로 떠난다. 기차를 타고 한 도시에서 다른 도시로 아는 이를 찾아가서 만나고 돌아온다. 자동차를 몰고 이웃 마을 친구를 만나러 간다. 파리에서 비행기에 몸을 실으면 어느덧 정다운 김포공항에서 마중을 나온 가족을 만나게 된다.

모두 유용한 교통수단이지만 이것들은 각기 다른 편의를 주고 서로 다른 가치를 가진다. 끝없이 펼쳐진 막막한 바다를 아무 데고 갈 수 있는 기선은 교통사고에 신경을 쓸 필요가 별로 없어 편하지만 며칠이고 좁은 공간에서 단조로운 바다 위에서 지내야 하기에 지루하다. 문 앞에 세워놓은 자동차는 아무 때고 몰고 손쉽게 움직일 수 있어 좋지만 땅에 납작 붙어 달리는 자동차는 보기만 해도 방정맞고 경박하고 불안스럽다. 옛날 같으면 꿈에도 갈 수 없던 먼 나라를 하룻밤 자고 나면 데려다놓는 비행기의 기능에 압도되지만, 어느덧 하늘 멀리 사라지는 비행기는 너무나 허전하고, 푸른 공간밖에 보이지 않는 창 내에 갇혀 다리를 꼬부리고 앉아만 있어야 하는 비행기 여행은 생각만 해도 따분하다. 효용성을 염두에 두지 않고 타는 맛을 생각하거나 바라보는 맛만을 생각한다면 기차에 비교될 교통수단은 없다. 기차는 멋쟁이다. 기차는 낭만적이다. 기차는 명상적이다.

　논이나 밭의 평야를 직선으로 가다가는 미루나무가 나란히 선 개천을 건너고, 지붕 위에 빨간 고추와 노랗게 익은 감이 주렁주렁 매달린 감나무가 서 있는 작은 시골을 무시하듯 지나가는 기차의 모습, 그것은 어느덧 눈앞에 우뚝 선 높은 산 아래를 달리는가 하면 눈 아래 바닷물이 출렁이는 해변을 돌아가면서 숨바꼭질하듯 터널을 빠져나온다. 박자를 맞춰 산으로 들로 바닷가로 달리는 긴 기차는 마치 춤을 추는 듯 멋있고 영화를 보듯 재미나며 지루하지 않다. 신명나게, 끝이 없는 듯 긴 몸을 꼬불꼬불 혹은 똑바로 기운차게 달리는 멋

길게 꼬리를 달고 기차가 달리는
시골의 풍경은 어느 때 어느 곳을 보아도
하나의 아름다운 풍경화다.

있는 기차에 비해 먼지를 피우고 신작로를 지나가는 시골 버스는 너무나도 초라하고, 자동차나 버스 뒤에 처져 논길을 걸어가는 일꾼들의 발걸음은 너무나도 고달파 보인다. 길게 꼬리를 달고 기차가 달리는 시골의 풍경은 어느 때 어느 곳을 보아도 하나의 아름다운 풍경화다. 팔 힘을 내느라고 팔을 크게 흔들듯 큰 피스톤을 돌리며 심심치 않게 기적을 울리는 기차는 멋진 무용가, 멋진 가수와도 같다. 기관차에서 나는 검은 석탄 연기가 뭉클뭉클 구름이 뜨듯 곡선으로 남을 땐 기차는 마치 마도로스파이프를 피우는 멋쟁이 같다.

금테 두른 모자를 쓴 역원이 높이 든 신호기에 맞춰 부산역 플랫폼을 조심스럽게 떠나는 기차, 천 리나 되는 먼 길을 달려 역시 금테를 단 역원이 안내하듯 신호를 올리는 서울역에 들어와 멈추는 긴 객차의 모습에서 알 수 없는 멋과 믿음직함을 느낀다.

손님들이 왁자한 파리의 동부역東部驛 플랫폼에 '모스크바행', '비엔나행', '부다페스트행'과 같이 이국의 도시 이름을 객차에 붙이고 고객이 타기를 기다리는 보라색 '대륙횡단급행열차' 혹은 '유럽특급열차'의 모습은 늠름하기 짝이 없고 보기만 해도 가슴이 두근거리며 이야기만 들어도 낭만에 젖는다.

객차에 올라 여행 가방을 선반에 얹어놓고, 차창 밖으로 목을 내밀고서 전송 나온 부모나 친구에게 손을 흔드는 사람들을 태우고 가만히 움직이기 시작하는 열차에서 든든한 정이 느껴진다. 초조하게 기다리다가 도착시간을 알리는 역내의 안내방송을 듣고 멀리 산모퉁이에서 나타나는 일련의 객차가 다가오는 것을 바라볼 때 가슴은 더욱 부푼다. 사랑하는 애인이, 그리운 어머니가 돌아오는 것이기 때문이다. 오래 보지 못한 친구가 나를 찾아 멀리서 오는 것이기 때문이다. 반가운 얼굴이 객차의 입구에 스쳐 보일 때 당장 그곳으로 뛰어가서 안아주고 싶고 손을 잡고 싶은 충동에 빠지며, 그가 들고 있는 무거운 짐을 어서 받아들고자 달려가게 된다.

먼 길을 떠나는 기차에 몸을 싣고, 기차가 달리는 박자를 온몸으로 느껴보면, 땅에 박힌 철로 위를 흘러가는 기차에서 믿음직한 쾌감을 느낀다. 심심찮게 단조로움을 깨우듯 가끔씩 울리는 우렁찬 기적 소리가 기차 여행에 신선한 감각을 보태준다. 깨끗한 흰 커버를 씌운 자리에 등을 기대앉아 등으로 올라오는 기차바퀴의 율동감에 관능적 즐거움을 감각한다.

겉저고리를 벗어 열차의 창문 옆에 걸어놓자. 서둘 것은 아무것도 없다. 복잡하고 바쁜 서울에서 잠시 해방된 기분이다. 기차에 오르기 전에 많은 일을 봤고 기차를 내리면 다시 할 일이 많겠지만 지금 이 시간만은 마치 보너스같이 생긴 조용한 시간이요 지금 이 자리만은 해방된 공간이 아니냐. 신문을 읽는다. 심심찮게 주간지를 뒤적인다. 가끔 지나가는 판매원을 불러 오징어를 사서 뜯어 씹어보는 맛도 각별히 좋다. 목이 타면 사이다도 한 병 사서 마시자. 기차에 몸을 실고 여행을 하면 갑자기 부자가 된 듯한 기분도 들지 않겠는가. 도중의 한 역에서 그 지방 고유의 호두과자를 맛보기도 하며 그것으로 채워지지 않는 배를 달래기 위해 사먹는 따뜻한 도시락밥이 유난히 맛있을 수도 있다.

이왕이면 아름답고 매력적인 여인이 옆자리에 앉기를 은근히 바라고, 가능하면 멋있는 낭만의 꽃을 피워보고 싶은 엉뚱한 생각을 가질 수도 있다. 이런 것이 대부분의 경우 실망으로 돌아가는 공상에 불과하게 됨은 누구나 다 경험하고 있는 터이다. 이렇게 꿈이 수포가 돼도 과히 괴롭지 않다. 예쁘지 않은 아주머니나 혹은 할아버지를 만나 시시하지만 지루하지 않은 이야기를 나누고, 심심하지 않은 시간을 보내는 즐거움이 없지 않다.

차창 밖으로 눈을 돌리면 영화의 스크린같이 무한히 변화하는 풍경이 전개된다. 벼가 파랗게 자란 논의 평야는 보기만 해도 흐뭇하다. 여자들이 개천에서 빨래를 하는 모습이 어릴 적 자라던 고향을 상기시켜 따뜻한 정을 불러일으킨다. 가방을 등에 멘 꼬마들이 논길을 따라 돌아오는 모습을 보니 어려서의 내 그림자를 보는 듯하여 흐뭇한 감회에 젖는다. 밭에서 김을 매는 여인들의 모습, 소를 몰고 가는 지게 진 농부의 무거운 발걸음이 삶의 고달픔을 상기시킨다. 무너져가는 돌담 안 초가집 뜰에 장독대가 아기자기하게 놓여 있고, 함석지붕으로 새로 단장한 집들이 올망졸망 모여 있는 시골 마을이 가난을 이겨나가는 사람들의 노력과 의지를 말해준다. 소나무로 울창한 산들이 눈앞에 나타났는가 하면 어느새 야채가 심어져 있는 밭 한복 판을 지나가고 있고, 그러다가 기차는 벌써 작은 동네를 옆에 낀 채 또 하나 한적한 시골 정거장에 잠시 머무른다. 산과 개울, 마을과 들이 사뭇 뒤로 달리고 신작로, 버스, 트럭, 걸어가는 행인들이 계속 뒤로 몰려가 어디론가 사라진다. 기차 밖은 아무리 보아도 지루하지 않은 수천 장의 풍경화이다. 차창은 그런 그림들이 들어 있는 헤아릴 수 없이 많은 액자와 같다. 기차여행을 미술관 관람으로 생각할 수는 없을까.

문득 어떤 친구가 머리에 떠오를 수도 있다. 그리운 얼굴이 움직이는 풍경화 위에 겹쳐 슬쩍 차창에 비쳐 보이기도 한다. 마지막 역에서 샀던 그림엽서를 가방에서 꺼내어 친구에게 소식을 띄우고 싶어진다. 무료해질 수 있는 기차 내에서의 시간을 이용하여 그동안 보고 느낀 이국의 사연들을 아내에게 자세히 알려주고 싶다. 이렇게 쓴 편지를 다음 역에서 부치면 '베를린' 혹은 '프라하'라는 스탬프가 찍혀 충청도 산골짜기 마을에 남아 농사를 짓는 친구의 손에 들어가고, 혹은 서울 아파트에 남아 있는 아내의 부엌 식탁 위에서 이국적 향음을 풍기며 작은 기쁨이 되리라.

어느덧 해가 지고 창밖은 칠흑 같다. 깜깜한 밤중에 불이 켜져 있는 긴 객차가 어둠을 뚫고 지나가는 모습은 동화에 나오는 이야기같

기차 밖은 아무리 보아도
지루하지 않은 수천 장의 풍경화이다.
차창은 그런 그림들이 들어 있는
헤아릴 수 없이 많은 액자와 같다.

이 아름답고 따뜻해 보인다. 긴 여행에 지친 손님들이 머리를 젖히고 혹은 옆 사람 어깨에 기대어 잠들기 시작한다. 이런 객차 안에서는 잠 대신에 잊었던 지난날이, 오래 보지 못했던 친구들이 뜻하지 않게 생각나고 고향이 그리워진다. 그러면 잡다하고 복잡한 일상적 생각에서 벗어나 어느덧 이름도 없는 철학자가 되어 생각의 실마리에 끌려가고, 깊지는 않지만 잔잔한 명상의 세계에 빠져 들어갈 수 있다.

삶은 부질없는 떠남과 도착, 만남과 헤어짐인지도 모른다. 삶은 어쩔 수 없이 흘러가야만 하는 것인지 모른다. 어디론가 항상 달려가야 하며 누군가를 뒤에 두고 아쉬워해야만 하는 것인지도 모른다. 나는 무엇인가. 나는 어디 있는가. 나는 어디서 왔는가. 나는 어디로 가는가. 도착하면 무엇을 해야 할 것인가. 두서도 없고 마디도 없는 생각들, 대답 없는 질문들이 오락가락 머릿속을 채우고 질서 없는 생각 속에서 걷잡을 수 없이 어느덧 아물아물하기만 한 명상 속에 빠져 들어간다.

나의 머릿속에 서는 기차가 달리는 율동에 흔들리며 몽상의 촛불이 조용히 탄다. "대전! 대전!" 온 역내를 진동하는 스피커 소리에 언뜻 몽상에서 깨어나 개찰구 뒤에서 손을 흔들며 마중나온 가족들에 둘러싸인 손님들로 왁자한 역을 나설 때 새삼 살아 있다는 느낌을 맛볼 수도 있다. 삶이 무엇인지 모르지만, 그리운 이들, 정다운 사람들을 만나고 그들과 정을 나눌 때, 살아 있는 보람이 없다고 할 수는 없다. "아테네! 아테네!" 하는 것을 이해할 뿐 그 밖의 소리는 한 마디도 알아들을 수 없는 희랍의 수도에서 기차를 내릴 때 그 많은 사람들이 한결같이 낯설 뿐이다. 그러나 기다리는 이, 아는 이가 없어도 오랫동안 보고 싶었고 알고 싶어 했던 한 문명의 요람지에 마침내 발을 디디었다는 것을 확인할 때 가슴이 벅차고 금방 정신적인 부호가 된 것 같다. 나는 나를 매혹했던 하나의 정신을 만나는 것이다. 듣는 것으로서 그리웠던 하나의 문화를 알게 되고, 새로운 세계를 발견하게 된 것이 아닌가. 그리하여 나의 세계가, 나의 인생이 갑자기 확대되고 풍요해짐을 느낀다.

혼자 기차를 타고 긴 여행을 하지 않아도 좋다. 대전까지 가지 못해도 좋다. 아테네 역에서 내릴 수 없어도 좋다. 지리 교과서에 나오는 여러 도시들로 혹은 여러 나라로 떠나는 기차들이 손님을 기다리고 있는 큰 역에서 출발 시간을 놓칠까봐 자주 시계를 보며 떠나는 친구 혹은 동생과 더불어 역내의 카페테리아에서 커피를 마시고 혹은 맥주를 들다가, 친구 혹은 동생이 올라탄 기차가 떠날 때 차창 밖으로 목을 내밀고 얼마간의 이별을 아쉬워하는 그들의 손짓에 호응하여 멀어져가는 그들에게 역시 손을 흔들어 보이는 그 정, 그 마음이 귀중함에 틀림없다. 방학이 되어 서울에서 돌아오는 아들과 오빠를 태우고 도착할 기차를 초조하게 기다리면서 시골의 작은 역에 걸린 시계를 못미더워하는 어머니와 누이동생의 마음은 절실하며 참되다. 개천에서 물고기를 잡다가 철길을 따라 집으로 돌아오는 길에 뜻하지 않게 지나가는 막차의 손님들을 향해서 손을 흔들고 합창하듯 소리를 질러보는 시골 꼬마들의 마음은 즐겁다.

십 리 밖 읍내 쪽에서부터 멀리까지 들려오는 기적소리는 우리를 어디로 오라고 부르는 희망을 상징할 수도 있지만, 주룩주룩 비가 그치지 않고 내리는 밤, 잠든 마을을 흔드는 기적소리는 헤어지고 떠나는 슬픔의 울음소리로 들릴 수도 있다.

하지만 기쁘거나 슬프거나 간에 기차는 극히 인간적이다. 떠나거나 돌아오는 기차는 만남과 헤어짐을 의미하며, 만남과 헤어짐은 사람으로 살아가는 원리이기 때문이다. 그러기에 산과 들을 달리는 기차, 기다리고 떠나보내는 기차에서 따뜻하고 구수한 삶의 정을 느낀다. 기차는 향수, 그리운 고향 같다. 어딘지는 몰라도, 기차를 타고 어디론가 언제까지고 가고 싶다.

고향

고향으로 돌아가고 싶다. 이제 모두 객지에서의 고독감, 공허감, 빈곤감, 그리고 소외감으로부터 헤어나와 고향의 포근함, 충만한, 풍요함, 그리고 함께함의 기쁨을 다시 찾고 싶다.

모든 사람들에게 고향은 한결같이 그리움의 대상이다. 그것은 멀리 떨어져 있을수록 그만큼 더 돌아가보고 싶은 곳이며, 오래 살면 살수록 그만큼 더 짙게 회고되는 장소이다. 가슴에 와 닿는 수많은 시가 고향을 주제로 하고, 심금을 울리는 허다한 노래가 고향을 테마로 잡고 있는 사실은 우연이 아니다.

그렇다면 고향이란 무엇인가. 그것은 한 사람이 태어나서 자라난 곳을 가리킨다. 그곳에서 우리는 어머님의 따뜻한 젖을 빨며 그녀의 어진 품안에서 가장 원초적 충족감을 경험했고, 할머님의 등에 업혀 진실한 사랑의 체취를 느꼈고, 아버지의 든든한 무릎 위에 안겨 한치의 의심도 생길 수 없는 보호를 받았다. 고향은 누구에겐가 의지하지 않고는 생존할 수 없지만 아무 걱정이나 노력 없이 살 수 있었던 나약하기만 했던 우리들의 포근한 삶의 보금자리였다. 고향에 대한 그리움은 떠나버려 잊고만 있었던 보금자리에 대한 향수이다.

고향은 처음으로 언어를 배움으로써 동물로서의 우리가 비로소 이난의 모습을 갖추기 시작했던 곳이며, 세상에 온갖 사물 현상들과의 첫 만남 속에서 하나하나에 대해 한없이 신선한 앎의 환희와 경이를 체험했던 시간이었다. 그래서 고향에 대한 애착은 이제 무딘 지적 감동에 대한 아쉬움이기도 하다.

고향은 또한 나 아닌 남들과 나누어 갖고 함께 사는 즐거움을 처음으로 발견했던 때를 의미한다. 고향에서 우리는 언니나 누나와 싸우면서도 즐거웠고, 이웃 꼬마들과 함께 넘어지고 다치면서도 그저 재미있어 낄낄댔다. 그곳에서 우리는 의식하지도 못했지만 이웃 계집애에게 은근한 첫사랑을 느꼈고 옆집 개구쟁이 동무와 어른스럽게 삶의 꿈에 대해 심각한 대화도 나누면서 성장의 자부심도 느꼈다. 고향은 성장의 시절이며 고향에 대한 그리움은 성장은커녕 오히려 노쇠의 길목에 들어선 스스로의 모습에 대한 쓸쓸한 자의식이기도 하다.

만일 고향이 위와 같이만 서술될 수 있다면 그 어느 사람이고 고향을 갖지 안흐는 사람은 없을 것이다. 위와 같은 과정을 밟지 않거나 위와 같은 경험을 하지 않는 이는 상상할 수 없기 때문이다.

그러나 눈감을 수 없는 사실은 오늘날 적지 않은 사람들에게 고향이 없다는 것이다. 산업화되는 사회일수록 그리고 삶의 거처가 도시화되면 될수록 더욱 그렇다. 큰 도시에세 사는 시민들, 공해로 공기가 탁하고 자동차와 인파에 아수라장 같은 고층 아파트 단지에서 태어나 그런 곳에서 거주하는 사람에겐 고향이 없다. 그가 태어난 곳이라서, 그가 자란 곳이라서, 그가 아프기도 하지만 즐겁기도 했던 소년 시절의 기억이 있는 공간이라 해서 그것이 자동적으로 그냥 고향일 수는 없다.

고향은 아무래도 시골이다. 시골에서 태어나 시골에서 자란 사람만이 자신의 고향을 얘기할 수 있다. 흙과 거름 냄새가 나지 않는 곳을 놓고 고향이란 말을 붙일 수 없다. 논, 밭에서 일을 해보지 않고, 산에서 산새들의 노래를, 들에서 벌레들의 움직임에 익숙한 친근감을 느껴보지 못하고 자란 사람이 고향을 가졌다고 말할 수 없다. 쇠똥 냄새도 나지 않거나 지렁이들이 나타나지 않는 고장은 누구의 고향일 수 없으며, 벼를 베고 난 논바닥에서 우렁이를 파내 잡거나 개천에서 물장구질치며 송사리를 잡아보지 못했다면 그가 고향을 가졌다고 얘기할 수 없다. 그것이 시골이 아니고서는 누구의 고향도 될 수 없는 이유는 고향이 자연과 뗄 수 없는 관계를 갖고, 시골은 인간이 가장 가까이 할 수 있는 자연의 상징이기 때문이다. 고향에 대한 버릴 수 없는 애착은 결국 자연에 대한 애착이며, 고향에 대한 향수는 결국 자연에 대한 향수에 불과하다.

고향은 사람들마다 여러 가지 의미를 갖는다. 그것들은 다 같이 옳다. 그러나 그것이 다른 어떠한 의미를 갖기에 앞서 고향의 근원적 의미는 뿌리, 더 정확히 말해서 모든 삶의 뿌리다. 자연은 모든 생물, 아니 모든 존재의 뿌리다. 그것은 존재의 집이다.

고향에의 그리움은 자연에 대한 그리움이며 자연에 대한 그리움은 결국 우리들 존재의 궁극적 뿌리에 대한 향수이다. 모든 인간이 고향에 대한 향수를 버릴 수 없고 조용한 시골에 마음이 끌릴 수밖에 없는 이유는 인간은 역시 자연의 일부에 지나지 않는다는 사실에서 찾을 수 있다. 고향이 태어난 고장이나 어려서 자란 장소와 거의 같은 의미를 갖게 된 이유는 태어남이나 유아 혹은 유년 시절이 한 인간의 삶을 두고 볼 때 그가 자연과 가장 가깝게 살 수 있던 상황을 상징하는데 있다.

내가 고향에 대한 향수에 젖어 있다면 그것은 내가 이미 고향을 떠나 있음을 전제한다. 모든 인간, 특히 오늘날 인간이 고향에 대한 애착을 각별히 갖게 됐다는 사실은 오늘날 모든 인간은 그만큼 자신의 참된 고향과 떨어져 살고 있음을 반증한다.

인간은 어떻게 하다가 자연이라고 부르는 자신의 궁극적 고향을 떠나 살게 되었다. 날로 발달되는 기계 문명속에 살고 있는 현대인은 더욱 그렇다. 그는 자연이라는 그의 고향을 떠나 객지로 돌아다니며 방황하는 정신적 실향민이다. 이른바 물질 문명이라는 객지에서 그는 무한한 소외감을 느낀다. 화려한 고층 빌딩의 숲속, 개미떼같이 몰려 뒤끓고 있는 군중 속에 그는 무한한 고독감을 느낀다. 화려한 아파트에서 물질적 풍요를 만끽하면서도 그는 정신적으로 무한한 빈곤과 공허감을 억제할 수 없다.

현대인은, 아니 모든 인간은 아무래도 오지 않은 잘못된 곳에 와 있는 것 같으며 아무래도 남의 집에 끼여들어 남의 옷을 입고 거북스럽게 존재한다. 현대인은 예외 없이 객지에서 살다가 그러한 그의 삶은 뿌리를 잃고 들떠 있으며 언제나 임시적으로만 존재한다.

돌아가고 싶다. 고향으로 돌아가고 싶다. 이제 모두 객지에서의 고독감, 공허감, 빈곤감, 그리고 소외감으로부터 헤어나와 고향의 포근함, 충만한, 풍요함, 그리고 함께함의 기쁨을 다시 찾고 싶다.

그렇지만 어쩌면 인간은 이제는 영원히 고향에 돌아갈 수 없을지도 모른다는 생각에 아찔해진다. 어쩌면 인간은 자연이라는 자신의 고향을 버리고 너무 오래 그리고 너무 멀리 떠나와 있는지 모른다. 어쩌면 모든 인간의 궁극적 고향인 자연은 우리의 근시안적 탐욕의 손에 의해서 이미 파괴되어 영원히 되찾을 수 없게 된 것인지 모르기 때문이다. 이제 너무 시간이 늦었나보다라는 생각이 든다.

그는 자연이라는 그의 고향을 떠나
객지로 돌아다니며 방황하는 정신적 실향민이다.

감의 미학

푸른 하늘과 대조되면서 주홍빛 감이 생명력으로 늦가을의 생명을 불어넣고, 낙엽으로 헐벗은 산과 황토색으로 초라해진 들에 삶의 화려한 관능성을 가져온다.

나는 감을 좋아한다. 어린 시절 설날이면 단감을 즐겨 먹던 생각이 난다. 입에 닿는 딱딱한 단감의 감촉이 좋았기 때문이다. 그런데도 내가 자란 시골은 감나무도 없는 삭막한 시골이었다. 단 한 그루의 감나무나마 우리집 뒤뜰에 서 있었던 것은 그나마 나에겐 다행한 일이었다. 그 나무를 즐겨 타고 놀던 기억도 나지만 지금 더 생생히 떠오르는 기억은 고운 색깔의 감이 매달린 감나무를 즐겨 바라보곤 했던 일이다. 의식하고 있었던 것은 아니지만 나는 무의식적이나마 감의 미학에 이미 끌리고 있었던 것이다.

프랑스와 미국에서 30년을 지냈지만 나는 감나무는 물론 마치 등불 같은 붉은 감들을 달고 있는 감나무를 한번도 본 적이 없다. 오래간만에 한국, 그것도 감나무가 많은 영남 지방에 돌아와 살게 되면서 감을 많이 먹고 감나무를 마음껏 볼 수 있는 나는 운이 좋다. 감나무를 마음껏 보면서 자란 이곳 시골 사람들은 얼마만큼 행복한가!

감나무, 감잎 그리고 감은 한결같이 소박하며 산뜻하다. 감나무는 가시도 없고 감나무 껍질은 깔끔하다. 버러지를 타지 않는 감잎은 완전하고 그 촉감은 따끔하면서도 정갈하다. 둥근 감의 선은 단순하면서도 그리스의 조각처럼 점잖고, 주홍빛 감의 색채는 청아하면서도 강렬하다. 감은 은근히 관능적이면서도 귀족적이다.

이처럼 한 그루의 감나무, 한 개의 감은 그것만으로도 곱지만 감나무는 자신의 가지에 색채를 띤 감들을 달고 있을 때 비로소 그 빛을 내고, 감은 감나무 가지에 달려 있을 때 비로소 자신의 빛을 낸다. 잎이 다 떨어진 감나무의 모습이나 그 나뭇가지마다 각기 홀로 매달려 있는 하나하나의 감들의 모습에서 본질로 환원된 사물의 진실미가 동반하는 감동을 느끼며, 다양한 선으로 환원된 회색빛 나뭇가지와 수많은 원으로 환원된 주홍빛 감들에서 선과 원의 조형적 조화와 회색과 주홍색의 색조로 어울린 조화미를 만끽한다. 주홍빛 감들이 달린 감나무는 그 자체가 자연이라는 이름의 예술가가 창조한 하나의 조각이며 한 폭의 그림임에 틀림없다.

그러나 감의 참다운 미는 아직도 더 깊고 넓은 맥락에서 발견된다. 나무에 달린 감이 아무리 아름다워도 그것의 더 깊은 미는 늦가을 한국의 조용한 시골을 떠나서는 발견도 감상도 할 수 없다.

한국의 늦가을의 하늘은 무한히 푸르고 높고 넓다. 그러한 때 작은 계곡 건너편 혹은 돌담 너머 보이는 감나무 가지에 보이는 감들은 감나무가 아니라 차라리 하늘에 매달려 있다 할 것이며, 감이라기보다는 차라리 푸른 하늘에 조화롭게 칠해진 화게의 채색이다. 푸른 하늘과 대조되면서 주홍빛 감이 생명력으로 늦가을의 생명을 불어넣고, 낙엽으로 헐벗은 산과 황토색으로 초라해진 들에 삶의 화려한 관능성을 가져온다. 그리하여 감나무가 있는 늦가을 한국의 시골은 어느덧 하나의 살아 약동하는 예술품으로 바뀐다. 늦가을 한국의 시골에서 익어가는 감은 자연의 예술인 동시에 자연이라는 예술 작품 바로 그 자체이기도 하다.

원래 무의미한 혼돈이었던 자연이 예술 작품으로 화신함으로 질서를 갖추고 의미를 띠게 된다. 의미는 필연적으로 무엇인가를 의미/표상한다. 우리가 지각할 수 있는 자연 전부가 무엇인가를 의미/표상한다면, 예술 작품으로서의 자연이 의미/표상하는 것은 인간의 지각과 사고가 미칠 수 없는 영역, 즉 어떤 초월적 영역의 실체를 암시한다. 감, 감나무에 달린 둥근 감, 맑고 산뜻하고 정갈한 한국의 늦가을 한없이 높고 푸른 하늘에 열린 주홍빛 감이 내 마음을 흔드는 미적 감동은 어쩌면 쉽게 측량할 수 없는 깊은 실체, 즉 형이상학적 세계에 뿌리를 박고 있는지 모른다.

일상적 삶의 무의미와 철학적 사고의 한계를 넘어 위와 같은 우주의 초월적 본질을 접하고 거기서 의미를 발견할 수 있는 방법과 통로는 여럿 있을 수 있다. 종교적 명상 혹은 철학적 추구로 가능할지 모른다. 그러나 감에 대한 위와 같은 나의 미학에 다소 근거가 있다면, 감에 대한 미적 경험은 분명히 인간의 깊은 곳에 자리잡고 있는 초월적 의미에 대한 근원적 소망의 한 표현일 수 있고 또한 그러한 소망의 세계에 접하는 통로일 수 있다.

아무튼 나는 감을 좋아한다. 시각적으로도 그렇고 손에 느껴지는 촉감으로도 그렇다. 그 선은 소박하면서도 우아하고, 그 색깔은 화려하면서도 품위가 있다. 적나라하게 벗은 가지에 주홍빛 감들을 매달고 잇는 벌거벗은 회색빛 소박한 감나무가 내 눈을 매료한다. 그러한 감나무를 가꾸어놓은 늦가을 높고 푸른 하늘 아래 깔끔하게 산뜻한 시골 마을의 공기를 마시면 나는 자연의 아름다움에 취해 잠시나마 행복하다. 그리고 그럴 때마다 나는 시를, 특히 감에 대한 멋진 시를 쓰고 싶어진다.

편지

　　　정성껏 주소가 씌어진 엽서나 봉투 위에 떨어지지 않게 단단히 우표를 붙인 편지를 우체통에 넣으면, 그것들이 마치 나비의 날개처럼 날아서 떨어져 있는 마을, 멀리 있는 도시, 아득한 이국의 각 도시에 흩어져 날아가는 모습이 상상된다.

　서둘러 열어본 편지통에 우편물이 들어 있을 때 우선 흐뭇하다. 광고, 전화, 전기, 세금 등의 고지서 가운데에 알록달록한 그림엽서, 낯익은 글씨가 씌어진 편지봉투를 발견할 때 즐겁다. 그 편지가 사랑하는 사람들, 그리운 친구들의 것이었을 때 가슴이 뛴다. 말로만 들었던 먼 나라의 그림엽서는 이국의 낭만을 담고 있다. 눈에 익은 글씨의 친구 편지는 식어버린 줄만 알았던 우정을 다시 부풀게 하고, 함께 지냈던 지난날의 즐거운 시절로 다시 돌아가게 한다. 잊고 지내던 친구로부터 뜻하지 않은 안부편지를 받았을 때 그 기쁨은 더욱 크다. 정다운 편지는 내가 혼자가 아니라는 것, 비록 멀리 떨어져 있어도 나를 생각해주는 누군가가 있다는 것, 나의 느낌, 고통과 즐거움을 다소나마 나눌 수 있는 친구, 가족, 애인이 있음을 말해준다. 나는 그만큼 덜 외로울 수 있는 것이다.

그림엽서 속에 가득 쓰여 있는 잔글씨들에서 친구의 목소리를 들으며, 그 문체에서 친구의 피부를 느낀다. 무슨 아름다운 비밀, 귀중한 보물이라도 들어 있는 듯한 편지봉투를 열 때, 이미 가슴이 울렁거린다. 어머님은 어떻게 추석을 지내셨을까. 친구는 그동안 무슨 좋은 일이 있었을까. 집안에 무슨 어려운 일이 있었는가. 그는 지금 무슨 생각을 하고 있는가. 즐거운 소식일까. 혹시 아버지나 형이 편찮으시다면 어찌하랴. 혹시 그 친구가 실직이라도 했으면 어떻게 하랴. 기쁜 소식을 가득 담은 편지가 불안했던 마음을 안도시킨다.

반드시 희소식이 아니라도 좋다. 무소식이 희소식이라 하지만 고난을 말하는 형의 편지, 슬펐던 사건을 전해주는 친구의 편지에서 더욱 따뜻하고 흐뭇한 정을 느낀다. 그 편지는 형이나 친구가 나를 아직도 생각하고 있다는 증거며, 내가 그들의 정신적 벗이 될 수 있음을 의미하기 때문이다. 나는 완전히 고독하지 않은 것이다. 내가 나 아닌 다른 인간들과 아직도 따뜻한 인간적 관계를 맺고, 삶의 유대를 갖고 있다는 사실을 말해주기 때문이다. 가슴을 울리는 따뜻한 사랑이나 우정의 편지를 받고, 우리들은 그것을 얼마나 되풀이해 읽고 서

정다운 편지는 내가 혼자가 아니라는 것,

비록 멀리 떨어져 있어도 나를 생각해주는 누군가가 있다는 것,

나의 느낌, 고통과 즐거움을 다소나마 나눌 수 있는

친구, 가족, 애인이 있음을 말해준다.

나는 그만큼 덜 외로울 수 있는 것이다.

랍 속 깊이 보물인 듯 간직해왔던가. 한 장의 편지가 주는 이런 기쁨은 고향을 떠나, 고국을 떠나 낯선 객지에서 쓸쓸히 살 때 더욱 간절히 울려온다. 친할 수 없을 뿐만 아니라 잘 알지도 못하는 사람들 가운데 혼자 살면서 느껴지는 삭막한 고독감에 잠겨 있을 때, 대수롭지 않은 한 장의 편지는 마치 사막의 오아시스 못지 않은 생기를 준다.

한 장의 편지가 이처럼 중요한 정신적 의미를 갖는다는 사실이 이해된다면, 매일 열어도 비어 있기만 하는 편지통에서 느끼는 허전함과 삭막감은 쉽사리 상상될 것이다. 이젠 기대조차도 하지 않으면서 그래도 하루 몇 번이고 편지통을 열어보는 안타깝고 외로운 마음을 공감할 수는 없을까. 어쩌다 들어 있는 봉투나 엽서를 보고 기뻐하다가도 그것이 세금고지서나 전화 혹은 전기사용료 청구서였을 때의 실망하는 심정을 감상적이라고 넘겨버릴 수 있을까.

애절히 기다리는 편지를 보내지 않는 형이나 아우는 우애를 의심하게 한다. 그림엽서를 써 부치고 장문의 편지를 써 보내도 소식이 없는 친구의 우정에는 신뢰감이 가지 않는다. 편지가 극히 사적인 정성의 표시라면, 그런 편지를 보내고 또 보내도 답장을 받지 못할 때, 나는 무시당했다는 느낌, 더 심하게는 배반당했다는 모욕감이나 은근한 분노를 느낀다. 답장을 받지 못하는 상대방이 받을 수 있는 이런 심리적 상처를 생각할 때, 설사 우러나는 마음이 없고 시간에 쫓기더라도 웬만하면 자신이 받은 편지에 대해서는 답장을 써야 한다는 도덕적 의무감도 느끼게 된다. 정다운 사연의 편지를 받고도 답장할 생각을 하지 않는 마음은 좀 잔인하다.

편지는 두 사람 사이에서 상호 간의 소식과 정을 전달하는 것이다. 서로 멀리 떨어져서 직접 보고 듣지 못하기에 상대방이 관심을 갖고 있으리라고 짐작되는 이쪽의 여러 사건들과 마음을 전달해주는 것이다. 그렇다면 전화는 편지보다 더 적절한 방법이 된다. 전화를 통해서 더 신속히, 어쩌면 더 자세히 이쪽의 소식을 상대방에게 전할 수 있을 뿐만 아니라 편지로는 할 수 없는 대화가 가능하여, 직접 듣는 상대방의 음성을 통해서 더욱 친밀감을 느낄 수 있다.

전화의 발달과 더불어 편지를 쓰는 대신 전화로 사람들 간의 소식이 전달되고 있음은 당연하다. 전화는 직접 대화가 가능하다는 장점을 갖고 있을 뿐 아니라 시간이나 노력 면에서 편지보다 훨씬 경제적이다. 편지를 쓸 때 필요한 정신적 집중을 필요로 하지 않는다. 아무리 짧은 내용이라 하더라도 한 장의 편지를 쓰려면 생각을 정리해야 하고, 그만큼 생각을 집중해야 한다. 글로써 어떤 생각을 표현한다는 것은 구두로 표현하는 것과는 전혀 다른 성질의 것이며, 그만큼 더 노력을 필요로 한다.

이와는 달리 대화의 경우 내가 전달하고자 하는 생각을 정리하지 않고서도 그때그때의 상황과 상대방의 반응이라는 콘텍스트 덕분에 쉽사리 생각을 전달할 수 있다. 대화의 경우 내가 하는 말이 문법적

으로 다소 틀려도 상관없으며 같은 말이 반복되거나 혹은 서툴다 해
도 소통에 아무런 지장이 없다. 그러나 이런 점들은 글로 쓸 때에는
쉽사리 용납되지 않는다. 문법이 틀린 글, 도중에 중단된 문장으로
엮어진 저서는 상상할 수 없다. 정리된 생각은 대화 형식의 구두보다
는 역시 글을 통해서 더욱 만족스럽게 전달될 수 있다. 깊고 절실한
생각은 말뿐만 아니라 글로도 완전히 표현될 수 없음은 누구나 다 알
고 있는 터이지만, 그래도 그런 생각들이나 느낌은 구두보다는 글을
통해서 더 효과적으로 표현될 수 있다.

　편지의 목적이 신문기사나 라디오 방송과 같이 어떤 소식을 전달
하는 데 있긴 하지만 그 소식의 내용이 극히 사적이며 극히 친밀하고
절실한 성격의 것일 수밖에 없는 이상, 그 소식은 아무래도 구두의
전화로 전달될 수 있는 것이기보다는 정성이 든 글씨로 채워진 편지
로만 가능할 것 같다. 다시 읽어보거나 다시 들어볼 수 없는 전화는
대화가 끝나면 아무래도 허전해진다. 너무나 경제적인 소식 전달의
수단인 전화로는 아무래도 친밀감이 나지 않는다. 사무적인 목적이
아니라 친구로서 혹은 가족으로서의 느낌, 생각, 걱정 등을 전달하는
목적의 소식은 전화보다는 아무래도 편지라는 방법으로 전해져야 할
것 같다.

　이처럼 극히 사적이며 개인 간의 정실을 나타내는 의미를 가진 편
지가 타자기로 찍은 공문서, 그 밖의 인쇄된 상업적 혹은 사무적 통

지서와는 달리 직접 펜이나 붓으로 쓰여야 함은 자연스럽다. 타자기가 보급된 현재, 개인적인 편지도 타이프되는 경우가 많다. 깨끗하게 타이프된 편지는 우선 읽기도 좋고 상쾌한 맛을 준다. 그러나 단지 사인만이 자필로 되어 있는, 타이프된 활자는 그 내용이 아무리 따뜻하고 그 필자의 감정이 아무리 격하다 할지라도 그것을 받아 읽는 이의 가슴에는 아무래도 냉정하고 냉랭한 느낌을 전달해줄 뿐이다. 잘 썼든 못 썼든 한 개인의 독특한 필체와 문체로 씌어진 편지에서 편지를 보낸 사람에 대한 친밀감을 느낀다.

경우에 따라 필체가 읽기 어려울 만큼 독특하고 난해할 수도 있다. 사람에 따라, 편지의 사연에 논리가 정연하지 않아 전체적으로 전달하려는 내용을 잘 파악하지 못하는 경우도 없지 않다. 그러나 이렇게 읽기 어렵고 못 쓴 글씨, 따라가기 어려운 문체의 서투른 문장의 편지가 공문서처럼 깔끔하게 타이프된 편지보다는 더욱 따뜻한 친밀감을 느끼게 한다. 연로한 어머니의 익숙지 못한 꼬불꼬불한 한글이 가득 담긴 봉함엽서를 받았을 때, 혹은 아버지의 잘 이해할 수도 없는 그 딱딱한 한문체 문장의 하서를 읽을 때, 읽기 힘들고 이해하기 어려워도 어머니의 따뜻한 사랑을 피부로 느끼는 것 같으며, 아버지의 엄숙한 애정을 직접 체험하는 것 같다. 악필일지라도 낯익은 친구의 필적을 읽을 때, 오래 보지 않았고 오래 잊고 있었던 그의 옆에서 그와 더불어 있는 것 같고 옛날 철없이 함께 지냈던 학창시절이 새삼 귀중하게 기억 속에 떠오른다. 비뚤어진, 아주 서투른, 대문짝만한

글씨의 어린것들로부터의 편지는 그것을 멀리서 받아 보는 아버지의 가슴을 뛰게 한다. 잉크가 배고, 글씨가 더러 지워져 있는 서투른 글씨로 씌어진 동생의 편지를 읽을 때 새삼 솟아나는 우애를 경험한다.

　그것이 두 사람 간의 정을 나누는 하나의 방법이라면 편지는 귀중하다. 한 사람의 정은 도식적인 한두 마디 말로 전달될 수 있는 성질의 것이 아니다. 그러나 경우에 따라서는 한두 마디 사연이 적힌 엽서도 받는 자체가 즐겁고, 그것으로 정이 전달될 수도 있지만, 인정이 절실히 전달되려면 역시 편지의 사연은 너무 짧아서는 안 된다. 너무 간단한 편지는 정성스러운 마음이 부족하다는 느낌을 준다. 쓸데없는 일기 이야기든가 틀에 박힌 사연이 적힌 너무 긴 편지는 읽는 데 즐거움을 준다기보다는 지루하게 만들 수 있다.

그러나 마음이 전달되고 느낌이 진실하다면 편지도 자연히 길어질 수밖에 없다. 적당히 긴 편지, 자세히 그리고 구체적으로 감정이나 사건들이 묘사된 편지를 읽을 때의 즐거움은 자신이 아직도 고독하지 않다는 사실, 자신을 생각해 주는 사람들이 아직도 주위에 있다는 데서 오는 것이기도 하겠지만, 그 편지의 사연에서 일종의 문화적 가치, 즉 심미적 가치를 경험할 수 있다는 사실에서도 찾을 수 있다.

아무튼 편지를 받는 그 자체의 즐거움도 크지만 정성 어린 사연의 편지, 익숙한 필치로 가득 소식을 담은 편지를 읽는 기쁨도 크다. 고독하게 객지에서 고달픈 생활을 하는 마음이 마치 땡볕 아래 드리워진 그늘같이 시원해지고 추운 밤 온돌 위의 이불처럼 따뜻해진다. 전혀 가본 적도 없는 곳, 생전 가볼 것 같지도 않은 나라의 주소가 적힌 편지를 받을 때, 신선하고 낯선 우표가 붙은 봉투를 대할 때, 책에서만 보았던 이국의 명소가 담긴 그림엽서를 받을 때, 우리는 이국적 정서에 달콤히 잠기기도 한다.

이와 같이 한 장의 편지는 받는 이에게 사랑과 우정을 확인시켜 줄 뿐만 아니라 잠시나마 상상 속에서 이국적 정서에 잠기는 낭만을 맛보게 한다. 우리는 엽서의 그림을 통해서 혹은 이국의 낯선 우표와 이국의 주소를 통해 상상으로나마 모스크바를, 북경을 구경하고 혹은 히말라야의 산맥을 헤매보기도 하는 것이다.

정다운 장문의 편지를 램프 아래서 펼칠 때의 긴장감, 호기심, 즐거움을 누가 경험해보지 못했겠는가. 책상머리에 앉아 몇 번이고 다시 읽어봐도 새롭고 즐거웠던 경험을 해본 사람은 얼마나 행복한가.

편지를 받는 즐거움도 있지만 그것을 써 보내는 기쁨도 적지 않다. 될수록 좋은 편지지를 골라 밤늦게까지 앉아, 보던 책을 옆에 치워놓고 등불 밑에서 부모에게 혹은 친구에게, 또는 애인에게 펜을 들고 한 자 한 자, 한 구절 한 구절을 생각하고 또 생각하면서 정성껏 써나갈 때, 보이지 않는 그들이 마치 내 책상 옆에 와 있는 것 같고, 들리지 않는 그들의 목소리와 오순도순 이야기를 나누고 있는 듯한, 흐뭇하고 따뜻한 즐거운 착각에 빠지기도 한다. 정성껏 주소가 씌어진 엽서나 봉투 위에 떨어지지 않게 단단히 우표를 붙인 편지를 우체통에 넣으면, 그것들이 마치 나비의 날개처럼 날아서 떨어져 있는 마을, 멀리 있는 도시, 아득한 이국의 각 도시에 흩어져 날아가는 모습이 상상된다.

전에 다하지 못한 이야기를 쓰리라. 직접 말로 하기 어려웠던 생각과 느낌을 전달해야겠다. 밤새워 정성껏 써서 우표를 붙여 지금 우

정을 받고 정을 나누고자 하는 마음이

가장 귀중한 인간적 감정이라면

편지를 쓰고 싶은 마음, 편지를 받고 싶은 마음도

가장 귀중한 욕망이 아니겠는가.

체통에 넣는 이 소식과 생각들이 세계 각지에 있는 가족들과 친구들에게 전달되리라. 한 장 한 장의 편지들을 받고 친구들이나 부모들은 기뻐하고 그것을 등불 밑에서 열심히 읽으면서 떨어져 있는 친구로부터, 또는 자식으로부터의 무고한 소식에 마음을 놓으리라. 그렇기 때문에 시간을 할애하여 어려운 친구에게 병석에 누운 부모에게 한 장의 편지를 쓰는 일은, 멀리서 날아온 정다운 이로부터의 편지를 읽는 일 못지않게 즐겁다.

편지를 자주 보내드리지 못했던 부모에게, 소식을 자주 전하지 못했던 친구에게 미안함을 느낀다. 기다렸던 사람, 궁금했던 이로부터 뜻하지 않게 받는 반가운 소식은 흐뭇한 기쁨을 준다. 그렇기 때문에 편지를 정성껏 보내고 또 부쳤는데도 답장하지 않는 친구가 섭섭하게 느껴지며 야속해질 수도 있는 것이다. 그렇기 때문에 이국에 살면서, 비어 있는 줄 알면서도, 하루 몇 번이고 혹시나 하는 기대 속에 편지통을 열어보는 안타까운 심정에 몰리기도 하는 것이다.

정을 느끼면 편지를 써서 전달하고 싶어진다. 한 장의 편지가 친구의 정을 전달한다. 정을 받고 정을 나누고자 하는 마음이 가장 귀중한 인간적 감정이라면 편지를 쓰고 싶은 마음, 편지를 받고 싶은 마음도 가장 귀중한 욕망이 아니겠는가. 편지를 받고도 답장하지 않는 마음은 아무래도 진정 따뜻한 것일 수 없다. 편지의 왕래가 줄어드는 오늘의 우리 시대는 비인간적임에 틀림없다.

물건

소유하기 위해서 만든 그 많은 물건들이, 내 것으로 소유했다고 자랑스럽게 느꼈던 것들이 마침내는 우리들을 소유하게 된 듯하다. 그것들이 우리를 위해 있다기보다는 우리들이 그것들을 위해서 있는 듯한 느낌을 때로 갖게 된다.

살자면 여러 가지 물건들이 필요하다. 옷, 단추, 양말, 팬티, 치마, 장롱, 찬장, 수저, 냄비, 접시, 구두, 재떨이, 우산, 목걸이, 핸드백, 만년필, 안경, 칫솔 등등은 우리들의 일상생활에서 거의 불가결한 물건들이다. 가난해서 양말 한 켤레, 와이셔츠 한 벌, 냄비 하나 선뜻 구할 수 없을 때의 고통스러움은 경험을 통해서나 아니면 상상만으로도 충분히 이해하고도 남는다. 그렇기에 알뜰히 모은 돈으로 치마 한 벌을 새로 장만했을 때의 흐뭇함, 장롱 하나를 사들였을 때 든든함을 느끼게 됨은 자연스럽다.

물건들은 삶을 부축해준다. 그것들은 생활의 편의를 위한 한 방편이다. 우리가 필요로 하는 물건이 많다는 것은 그만큼 우리들의 생활이 확장되었음을 의미한다. 삶을 힘이라 할 때 물건들은 그 힘을 상징한다. 누구나 많은 물건을 갖고 싶어 하고 사들이고 싶어 함은 당연하다.

산업화된 오늘의 사회를, '풍성한 사회'라 부른다. 한번도 풍부한 적이 없던 한국, 6·25를 치르고 난 폐허화된 서울에서 살다가 약 20여 년 전 동경의 미쓰고시 백화점에 들렀을 때, 그리고 파리의 학생 식당에서 고기 덩어리가 남아돌고 빵 덩어리로 장난을 치는 것을 보았을 때 '풍성한 사회'를 실감할 수 있었다. 20년이 훨씬 지난 지금, 모든 사람들에게 다 같이 해당되지는 않겠지만, 양말을 기워 신고 성냥개비를 아껴 써야 했던 20여 년 전의 사정에 비할 때 오늘날의 한국도 어느 차원에서 풍요한 사회가 됐다. 롯데나 미도파 백화점 혹은 남대문시장에 쌓인 물건들, 화려한 쇼윈도를 나란히 하고 늘어선 고급 양화점 그리고 에스컬레이터가 터질 만큼 백화점에 몰려드는 사람들, 발 디딜 틈 없이 붐비는 중앙시장 바닥, 그리고 신발이 몇십 켤레씩 꽉 들어찬 아파트의 신장들이 풍요해진 사회를 입증하며 사람들의 채워지지 않을 듯한 물욕을 예증한다.

물건에 대한 우리들의 애착과 욕심, 물건이 우리들에게 던지는 유혹은 무한한 것 같다. 그것은 삶에 대한 본능, 삶의 확장, 힘을 향한 무한정한 욕망을 반영한다고 볼 수 있기에 당연하고 충분히 이해된다. 과연 갖고 싶은 물건이 많을 때 그만큼 더 우리는 자신감이 생기고 그만큼 힘이 나는 듯싶다. 같은 물건이라도 질이 좋은 것, 값이 비싼 것을 소유할 때 우리들의 자신감과 힘은 그만큼 더 커지는 듯싶다. 그렇기에 누구나 더 많은 물건을 소유하고 싶고 더 고급 물건을 찾게 된다.

그러나 모든 것에는 그늘이 있다. 특히 분수를 넘으면 아무리 좋은 것이라 할지라도 해가 될 수 있다. 백화점이나 시장에 쌓인 풍성한 물건들이 우리들에게 자신감을 주고, 아파트에 꽉 들어찬 가구들이 나의 힘을 북돋아주며, 벼락부자 아내의 서랍 속 고급 패물들이 허영심을 채워줄지 모르지만, 그것들은 한편 우리에게 압박감, 질식감 그리고 비정상감을 불러일으킨다. 롯데 백화점에 가득 찬 저 물건들 가운데에서 어떤 것을 살 것인가. 아파트에 가득 차 있는 가구들이 내 삶의 공간을 침식하는 것은 아닌가. 귀중품 상자에 든 그 장식물들이 나의 귀, 코, 팔, 손가락들을 묶고 엮고 조르지는 않는가.

인류는 그리고 우리 한국인들은 너무나 오랫동안 궁핍 속에 시달렸다. 아직도 지구의 허다한 곳에 사는 허다한 사람들에게는 물건이 너무나 부족하다. 아직도 한국의 허다한 사람들에게는 가장 기본적인 물건조차 없고, 있는 물건이라도 너무나 질이 나쁘다. 그들이 더 많은 물건을, 더 좋은 물건을 갖고 싶어 하는 것은 당연하며, 마땅히 그들에게는 더 많은 더 좋은 물건이 필요하다. 그러나 오늘날 많은 사람들은 너무 많은 물건을 찾고 있으며, 사실 너무 많은 물건 너무 좋은 물건을 갖고 있지 않은가.

그 많은 양복을 언제 입어야 할지 알 수 없다. 그 많은 피에르 가르뎅 넥타이를 어디다 매야 할지 걱정이다. 그 비싼 귀고리를 언제 걸고 다녀야 할지 생각이 나지 않는다. 그 많은 핸드백을 누구한테 자랑해야 할지 모르겠다. 그 많은 책을 언제 다 읽어야 할지 걱정스럽다. 그 비싼 가구들을 어디다 놓아야 할지 궁리 중이다. 물건이 너무 고급이어서 도둑을 맞을까봐 분실할까봐 늘 걱정이다. 짐이 많아 떠나고 싶은 여행, 가고 싶은 이사를 하기 어려울 수 있다. 삶의 충족을 위해 우리가 그렇게도 애써 찾고 소유하게 된 물건들이 오히려 삶의 짐이 되고 방해물이 되어 마침내 우리를 소유하는, 속박의 상황을 조성한다.

그 많은 종류의 물건들은 우리들의 삶을 살찌우고 편하게, 그래서 즐겁게 하려고 만들어졌다지만 그들 가운데는 사실상 소용이 없을 뿐만 아니라 거치적거리는 것들이 허다하다. 비록 필요한 것들일지라도 우리들은 그런 것들에 차츰 둘러싸이고 막히고 마침내는 매몰될지도 모른다는 위협감을 느끼게 되는 때도 있다. 소유하기 위해서 만든 그 많은 물건들이, 내 것으로 소유했다고 자랑스럽게 느꼈던 것들이 마침내는 우리들을 소유하게 된 듯하다. 그것들이 우리를 위해 있다기보다는 우리들이 그것들을 위해서 있는 듯한 느낌을 때로 갖게 된다. 사실 물건에 대한 욕구를 추구하기 위해 우리는 물건을 만들고, 그것들을 소유하기 위해서 땀을 흘리고 일하며 평생을 소비하고 있는 것인지도 모른다. 인간과 물건 간의 이런 관계 속에서 우리는 그만큼 더 물건화되고 있다는 것을 의식하고 인정해야 할는지도 모른다. 사르트르의 해석대로 물건에 대한 소유욕이 스스로를 사물로 전환시키려는 인간의 궁극적 욕망을 나타내는 것이라면, 많은 물건을 소유하면 할수록 인간성, 즉 주체자로서의 인간성을 상실하게 된다는 것은 엄격한 논리적 결론이다.

물건들이 대량화되고 많아질 때, 그것들은 인간의 주체성을 속박하고 마침내는 소유해 버리게 될 뿐만 아니라 물건들의 고유한 가치 혹은 의미를 스스로 상실하게 된다. 아무리 좋은 보석이라도 그것들이 가득 진열되어 있는 쇼윈도 안에서는 그것의 귀중성 혹은 희귀성은 그만큼 의미를 잃는다. 아무리 값진 핸드백이라도 그것들이 산적해 있는 백화점에서는 그냥 그런 것이 되고 만다. 아무리 비싼 오디오라 해도 전자상점에 쌓여 있을 때 그것들은 또 하나의 상품에 지나지 않는다. 아무리 좋은 가구들이라 해도 좁은 아파트 응접실에 꽉 들어차 있을 때 그것들은 그 하나하나의 고유한 가치를 발휘하지 못한다.

휘황한 백화점에서 값진 물건들에 잠시 끌리고 욕심이 생기다가도 그곳을 빠져나와 거리로 나올 때의 해방감을 우리는 흔히 경험한다. 귀하고 고급스런 물건들로 장식된 호화스런 아파트에서 문 밖으로

나올 때의 자유로운 느낌을 느껴보지 않은 사람은 별로 없을 것이다. 아무리 귀한 보석이라도 귀에서, 코에서, 손목에서, 손가락에서 혹은 목에서 그것들을 풀어 던진 다음, 알몸이 주는 상쾌한 감각을 느껴보지 않은, 이른바 허영심 많은 귀부인들은 드물 것이라 짐작된다. 양복을 벗어 던지고, 피에르 가르뎅 넥타이, 오메가 손목시계를 풀어 던지고 셔츠 바람으로 되는 순간의 해방감을 모든 신사, 멋쟁이들은 경험했을 것이다.

무엇 때문에 많은 양복, 많은 넥타이, 많은 스커트, 많은 귀고리, 많은 반지가 필요한가. 이사를 할 때 며칠이고 짐을 챙겨야 하는 사람이 가엾어 보인다. 여행길 비행장에서 옷이 비져나올 듯한 큼직한 트렁크를 피로한 손으로 끌고 다니는 사람이 가련해 보인다. 설사 재정적 실력을 자랑하기 위해서인지는 몰라도, 가구로 가득 찬 집, 방, 응접실에 들어갈 때 그것들이 아무리 값나가는 것일지라도 우리는 흔히 답답함을 느낀다. 그렇기에 자그마한 여행 가방을 들고 훌훌 날 듯 비행장을 나오는 여행자가 오히려 보이지 않는 삶의 풍요를 갖고 있어 보이며, 담담한 응접실 혹은 침실이 오히려 눈에 띄지 않는 부를 누리고 있어 보인다.

골동품, 번쩍이는 자개장롱, 최고급 오디오, 호화로운 소파 또는 의자들로 빽빽한 응접실이 주인의 재력을 대변해줄지는 모르지만 그것들은 어딘가 둔탁한 그의 감수성을 상징해주는 듯도 하다. 값비싼

담담한 응접실 혹은 침실이

오히려 눈에 띄지 않는 부를 누리고 있어 보인다.

그릇, 수정의 술잔 혹은 은수저로 화려한 식탁이 그 주인의 물건에 대한 취미를 과시해줄지는 모르지만 그것들은 어딘지 모르게 가벼운 감수성을 드러내준다. 그보다는 차라리 그림 한 장 걸리지 않은, 흰 벽으로 둘러싸인 채 거의 빈, 담백한 거실이 마음을 해방시켜주고 정신적 부유를 느끼게 할 수 있다. 오히려 값싸고 깨끗한 수저와 그릇이 놓여 있는, 거의 생나무 같은 담백한 식탁이 마음을 가볍게 하고 입맛을 자연스럽게 해준다.

집들이 너무 크다, 아니면 너무 육중하다. 가구들이 너무 많다, 아니면 너절하게 차 있다. 옷들을 너무 많이 갖고 있다, 아니면 분에 넘치게 좋다. 몸을 치장하는 물건들이 너무 다양하고 많이 간직되어 있다. '쇼핑', '쇼핑' 하면서 너무 많은 물건을 사들인다. 한마디로 우리는 대개의 경우 모든 물건을 너무 많이 소유하고 있다.

대문이 그렇게 크지 않으면 좋았을 것이다. 실용적이며 알맞게 그러면서 더욱 단순화된 심미적 감각에 맞게 가구를 마련했더라면 좋았을 것이다. 입지도 않을 옷들을 남들한테 나눠주었더라면 단출해졌을 것이다. 귀고리, 목걸이, 팔찌는 그렇게 요란하지 않아도 매력적이었을 것이다. 한마디로 그렇게 물건을 많이 사지 않았어야 했다.

요컨대 물건을 더 적게 갖고 싶다. 내가 갖고 있는 많은 물건을 버리고 싶어진다. 양복 두 벌, 와이셔츠 두 벌, 팬티 세 장, 양말 네 켤레면 1년이나 2년 동안 연방 빨아가면서 쓸 수 있다. 시계 한 개면 5년은 쓴다. 카메라 한 대면 몇 세대고 사용할 수 있다. 이처럼 생각하는 것은 물건을 소유할 수 없는 스스로를 자위하기 위한 변명도 아니며 돈에 인색한 구두쇠라서가 아니다. 그것은 또한 천성이 궁색해서도 아니다. 이런 생각은 오히려 물건의 노예가 되지 않으려는 마음 때문이며, 그래서 자유롭고자 하기 때문이다. 그것은 아무 데에도 구속되지 않고자 하는 간절한 마음 때문이다. 우리가 갖고 있는 물건을 버리자. 물건은 되도록 적게 갖자. 되도록 물건을 사지 말자. 소유하지 말자.

물건에 대한 지나친 소유욕을 버릴 때 우리는 그만큼 해방되고 자유로워지지만, 그에 따라 물건 자체도 그만큼 본래의 용도와 자유를 찾는다. 언제 없어지거나 망가져도 상관없을 만큼 많은 만년필 혹은 반지를 소유할 때 그것들은 그것들의 고유한 존재이유, 즉 존재가치를 그만큼 잃게 된다. 하나뿐인 만년필, 하나뿐인 반지는 나에게 없어서는 안 될 것이기에 그만큼 중요한 의미를 갖는다. 몇 년 동안 내가 사랑의 편지, 논문, 시를 쓸 때 사용한 나의 닳아빠진 만년필은 이미 나의 마음이요 살이 되어 나와 더불어 나의 세계를 형성한다.

마치 하이데거가 고흐의 그림 〈농부의 구두〉 속에서 한 농부의 흙으로 범벅된 땀의 세계를 보았듯이 나는 하나뿐인 내 만년필에서 고뇌와 사색, 애정과 희망이 뒤얽힌 나의 세계를 더듬어볼 수 있다.

애인이 사준 이 하나뿐인 반지에는 십여 년이 지난 지금도 내 손가락에서 그가 느낀 애정, 내가 느낀 따사로운 행복이 깃들어 있다. 그만큼 하나의 만년필, 하나의 반지는 만년필로서의, 반지로서의, 즉 각기 고유한 사물로서의 가치가 발휘되고 숨 쉬고 살아난다.

우리는 너무 많은 물건을 갖고 있다. 우리는 물건에 대한 많은 욕망에 사로잡혀 왔는지도 모른다. 그러다가 어느덧 우리는 물건의 노예가 되어 있는 것인지도 모른다. 두 벌의 와이셔츠, 세 켤레의 양말, 네 장의 팬티를 번갈아 빨아 입는다 해도 반드시 가난해서거나 구두쇠여서가 아니다. 그것은 참다운 마음의 풍요, 자유를 찾고자 하는 마음 때문일 수도 있다.

명함

남이 나를 알 사회적 필요가 있다는 것을 인정할 때, 나를 남들에게 알리고 내가 남들을 알아야만 사회생활이 가능하다 할 때, 아무래도 명함은 실용적일 뿐만 아니라 하나의 미덕을 가질 수도 있다.

액수가 크지 않아도 좋다. 어찌 그런 욕심을 내랴. 첫 월급은 내가 경제적으로 독립할 수 있는 가능성을 확인해준다. 부모로부터의 경제적 종속에서 나를 해방시켜주고 내가 이제부터는 독립된 하나의 주체임을 말해준다. 나는 이제부터 당당히 한 사람의 사회인으로서 자립하게 된 것이다. 이런 첫 월급봉투 이상으로, 처음 갖게 되는 명함이 주는 당당한 심정은 짐작하고도 남는다. 아직도 인쇄잉크 냄새가 날 듯한 자신의 명함을 손에 쥐게 될 때, 나는 마치 사회라는 외국을 마음대로 왕래할 수 있는 여권을 얻은 기분에 신이 난다. 깨끗한 종이 위에 분명히 똑바로 적힌 나의 이름, 나의 직장, 나의 직분은 나도 당당한 사회인의 한 사람임을 다시 확인시켜준다. 나는 아무것도 아닌 게 아니다. 나의 존재가 확인됐다는 기분이다. 나는 이 명함을 사람들에게 나눠준다. 나의 이름이 확인될 것을, 나의 사회적 당당한 위치가 기억될 것을 바랄 수 있는 것이다. 나도 여러분이 알아줄 만한 사람이며, 사회에서 쓸모가 있는 젊은이며, 어쩌면 언젠가는 필요로 할 인물일 수도 있다는 것이다.

그러나 명함은 이처럼 심리적으로 잠재적인 인간의 마땅한 욕망을 만족시켜 주는 수단만은 아니다. 개인의 심리적 만족을 충족시켜주기에 앞서 명함은 무엇보다도 사회적인 기능을 한다. 사람은 아무리 개인적으로 원한다 해도 고립되어서 살 수는 없다. 싫든 좋든 우리는 누구나 다른 사람들과의 관계에서 완전히 벗어날 수 없다. 사회가 발달하고 복잡해지면 질수록 나는 다른 사람들과 더 많은 관계를 맺어야 한다. 그만큼 남들을 알아야 한다는 말이다. 남들의 이름, 직업을 모르고는 올바른 사교관계, 사회적 생활을 할 수 없다. 처음 인사를 나눌 때, 말하자면 사회적 관계를 확인하고자 할 때, 우리는 물론 서로의 이름을 댄다. 그러나 여간한 경우가 아니면 상대방의 이름을 한번에 올바로 알아듣지 못한다. 한문으로 그의 이름을 어떻게 쓰는가를 자신 있게 말할 수 있는 경우는 더욱 드물다. 설사 그 자리에서 발음을 잘 알아듣고 한자로 어떻게 쓰는가를 알았다 해도 우리가 항상 새롭게 만나야 하는 그 많은 사람들의 이름을 모두 기억하고, 덧붙여 그들의 신분, 주소, 전화번호를 빠짐없이 기억한다는 것은 불가능하다. 누구나 기억력에 한계가 있기 때문이다. 그렇다면 만난 사람들을 다시 만날 필요가 있다든지 그들에게 무슨 중요한 일을 꼭 부탁할 필요가 있을 때 난처한 경우에 빠지지 않을 수 없다. 이것이 사실이라면 명함은 극히 편리하며 적절한 사회생활의 한 방편이 아닐 수 없다. 주머니에 받아 넣었던 명함들을 뒤적거려 내가 필요한 사람들을 다시 찾아낼 수 있는 것이다. 내가 준 명함을 보고 언젠가 필요할 때면 나를, 나의 회사, 나의 상점, 나의 공장을 찾아 올 수 있을 것이다.

특히 장사하는 사람들에게 명함은 간편한 광고가 될 것이다. 물론 받아놓은 그 많은 명함들을 나는 모두 간직해두지 않는다. 어떤 것들은 받자마자 휴지통에 들어가며 어떤 것들은 한 달이 지나면 또는 1년이 지나면 다른 휴지와 함께 버려진다. 마음먹고 전달한 나의 명함이 이와 같이 남의 손에 의해서 쓰레기 속에 들어갈지도 모른다는 생각을 하면 모욕감을 면할 수 없다. 그렇기에 어떤 때는 도대체 명함을 남에게 주고 싶지 않다는 생각이 들기도 한다.

이런 모욕의 가능성을 인정하면서도 나는 역시 명함을 만들고 남들에게 나눠줄 필요를 느낀다. 사실 명함을 버릴 때 남을 무시하거나 모욕할 의도가 있어서가 아니라 그것들을 모두 간직할 수 없고 또 단순히 그럴 필요가 없기 때문이긴 하다. 그래도 역시 명함은 유용하고 편리한 사회적 도구이며 현대인에게 어쩌면 없어서는 안 될 필수품인지 모른다. 사회생활을 하려면 나는 나를 남들에게 알려야 하고 나는 남들을 알아야 하는데, 명함은 이런 우리들 상호 간의 필요성을 충족시켜 주는 간결하고 효과적 수단이기 때문이다.

실용적이라는 면에서 명함이라는 일종의 사회적 제도는 정당화되고도 남는다. 나를 남에게 알리고 남을 알고 사귀고자 하는 의욕의 표현으로서의 명함은 인간이 작은 자아의 이기적 울타리에서 넓은 사회적 차원으로 확장하려는 욕망의 표현이기도 하다. 남들과 수없이 명함을 교환하는 가운데 나는 이미 덜 고독하다. 나는 공동체 속의 나 자신을 확인해가고 그만큼 더 따뜻하고 든든하다. 실용적인 측면을 떠나더라도 산뜻한 활자, 활자들의 적절한 배열 그리고 깔끔하면서도 멋있는 디자인을 갖춘 명함을 손에 쥐는 감각은 촉각적으로, 시각적으로 쾌감을 준다. 한 장의 명함은 심미적 의미까지를 지닐 수 있다. 어쩌면 명함은 인간이 다 같이 갖고 있는 심미적 욕구의 간접적인 표현방법인지도 모른다.

그럼에도 불구하고 종류에 따라 혹은 경우에 따라서 명함에 은근한 반발을 느끼고 명함을 만들어 돌리거나 받는 데 대하여 무의식적으로 일종의 저항을 느낄 수도 있다. 특히, 유난히 종이에 화려하게 금박을 새긴 명함, 크기가 손아귀에 맞지 않게 큰 명함이 나타내는 허세에 반발을 느끼는 것이다. 이름 밑에 'ㅇㅇ사장', 'ㅇㅇ상무', 'ㅇㅇ대학 총장', 'ㅇㅇ박사', 'ㅇㅇ대학 교수', 'ㅇㅇ지방검사', 'ㅇㅇ국회의원' 등이 붙어 있는 명함을 받아들 때, 우리는 한편으로 일종의 존경

명함은 인간이 작은 자아의 이기적 울타리에서 넓

은 사회적 차원으로 확장하려는

욕망의 표현이기도 하다.

심을 갖는 동시에 위압이나 공포를 느끼지 않을 수 없다. 위와 같은
직함 혹은 칭호들이 그 명함을 소유한 사람의 사회적인 권력을 나타
내기 때문이다. 그들의 지적, 사회적 또는 경제적 권세가 우리의 존
경심을 강요하는 듯하며 그만큼 우리들의 지적, 사회적 무력을 상대
가 압도하며 다가오는 것 같기 때문이며, 그럼으로써 우리들의 자율
성을 은근히 억압하고 위협하는 것 같기 때문이다.

그런 명함들을 받아들 때 우리들은 그 명함의 주인공한테서 은연
중 복종할 것을 요구받고 있다는 느낌을 받게 되기도 한다. 더구나
그런 직함이 붙은 명함 뒤에 그것이 잘 알 수도 없는 영어로 번역되
어 있을 때 시시한 우리들은 말할 수 없는 공포심에서 완전히 해방될
수 없는 경우도 있다. 'ㅇㅇ회사의 사환', 'ㅇㅇ신문삼급기자', 'ㅇㅇ고
등학교 시간강사', 'ㅇㅇ촌 지게꾼' 등의 단서밖에 붙일 수 없었던 나
의 명함을 그 높고 막강한 분들에게 건네드려야만 할 때 그 열등감을
어떻게 없앨 수 있으랴. 우리들의 민망하고 난처한 심정을 그분들이
어찌 이해할 수 있으랴.

이러다 보면 남들의 명함을 받을 때, 나의 명함을 남들에게 꺼내
줘야 할 때 명함은 편리한 사회생활의 유용한 도구로 보이기보다는
괴로운 대상이 된다. 돌려 생각해보면 어마어마한 직함을 명기한 명
함은 그 주인공의 유치한 허세, 권력지향성을 드러내 보이는 듯도
하다. 그럴 때 그들이 내미는 명함이 압박해온다거나 위력을 보이기

보다는 오히려 그 주인공의 마음의 천박성, 그 주인공의 형식적 성격이 들여다보일 듯하며, 그만큼 민망하고 오히려 측은한 생각마저 들 수 있다. 오죽 속이 비었으면 사회적 간판만을 드러내 자신을 내세우려 하는 것일까. 오죽 유치하면 남들 앞에 자신을 과시하려는 것일까. 오죽 자신이 없으면 간판만을 앞에 내세우는 것일까. 오죽 뻔뻔스러우면 간판만을 갖고서 잘난 체하려는 것일까. 오죽 자신을 남에게 알리고 싶으면 명함을 만들어 돌리는 것일까.

분명히 명함의 근본적 기능은 자기선전에 있는 것 같다. 자신을 선전하여 알릴 필요가 없는 사람은 명함에다 위압적인 직함을 과시할 필요도 없고 도대체 명함을 만들 필요가 없음은 분명하다. 아인슈타인이 자신의 명함에 'ㅇㅇ대학 명예교수'라는 단서를 붙일 필요가 있을까. 국가의 원수에게, 엘리자베스 여왕에게 명함이 필요하다는 것은 상상되지 않는다. 그들의 이름, 그들의 능력이나 직위가 너무나 잘 알려져 있기 때문이다. 그들에겐 자기선전의 필요가 없는 것이다.

시시한 직업밖에 가질 수 없는 나의, 시시한 직함이 찍힌 명함을 남들에게 두 손으로 바쳐야 할 때 번번이 느끼는 부끄러움, 열등감을 면할 수 없다면, 어마어마한 권력을 가진 혹은 명예로운 직장을 가진 분의 명함을 두 손으로 받아들면서 일종의 위압과 열등감을 느껴야 한다면, 명함은 내게 유용한 도구라기보다는 오히려 고통의 상징이 된다. 그렇다면 나는 명함을 남들에게 돌리지 않으리라. 만일 명함의 기원이 자기 선전의 필요에서 찾아지고 자기 선전이란 게 근본적으로 결코 미덕의 하나가 될 수 없다면 나는 처음부터 명함 같은 것을 찍어 만들지 않으리라. 잘나지 못한 자신을 남 앞에 내세운다는 행위가 어리석은 허세에 불과하기 때문이다. 설사 내가 잘난 사람이라는 자부심을 가질 수 있다 해도 남들에게 스스로 그것을 알리려는 일이 쑥스러운 행위가 아닐 수 없기 때문이다. 내가 잘났으면 남들이 저절로 알아줄 것이 아니겠는가.

명함을 갖지 않으리라. 명함을 찍어 남에게 돌리지 않겠다는 이유는 자기 자신에 대한 정직성, 스스로에 대한 겸허함에서 찾아질 수 있다. 그러나 나만은 명함 같은 것을 쓰지 않으리라는, 명함의 교환이라는 하나의 사회적 제도를 받아들이지 않겠다는 고집은 잘못하면 겸허함에 근거한다기보다 오히려 오만함에 바탕을 두고 있다는 오해를 받을 수가 있다. 남이 나를 알 사회적 필요가 있다는 것을 인정할 때, 나를 남들에게 알리고 내가 남들을 알아야만 사회생활이 가능하다 할 때, 아무래도 명함은 실용적일 뿐만 아니라 하나의 미덕을 가질 수도 있다. 남들이 사회적 필요에 의해서 명함을 서로 교환해 갖는데도 자신은 그런 사회적 놀이에 참가하지 않겠다는 고집은 자기 자신만은 이미 모든 사람들이 알고 있다는 오만함 아니면 착각을 전제하는 것이며, 사회 내에서도 자기 자신은 혼자서 자족할 수 있다는, 남들을 필요로 하지 않는다는 은근한 자만심 아니면 이기적 태도를 전제하는 것이다.

명함을 찍어 남에게 돌리지 않겠다는 이유는

자기 자신에 대한 정직성,

스스로에 대한 겸허함에서 찾아질 수 있다.

그러나 현실은 다르다. 아무리 혼자서 도도하게 사회를 떠나 자족하게 살 수 있다고 생각해도 그것은 크나큰 착각에 불과하다. 우리는 누구나를 막론하고 자급자족할 수 없다. 사회 속에, 남들과 분리될 수 없는 하나의 공동체 속에 이미 우리들의 삶의 양식은 결정되어 있기 때문이다. 남들이 나를 필요로 하는 만큼 나도 남들이 필요하며, 남들의 도움이 없이는 하루도 살아갈 수 없다. 내가 요행히 대통령이 되거나 아인슈타인과 같은 위대한 학자가 되지 않는 이상, 아무리 혼자 잘났다고 믿어도 모든 사람이 나의 이름을 기억하거나 나의 업적, 나의 경력을 알 수는 없다.

우리는 누구나 다 같이 대통령도 아니며 아인슈타인도 아니다. 아무리 서로 잘났다고 목을 세워봐도 따지고 보면 우리는 한결같이 서로 비슷비슷하게 평범할 뿐이다. 제아무리 고고하고 도도하게 남들과 떨어져서 사회를 초월하여 자족하여 살 수 있다고 생각해도 나는 헤아릴 수 없이 많은 것을 남들에게 이미 의존하고 있는 것이며, 한 공동체로서의 사회에 얽매여 있는 것이다.

그렇다면 우리들의 사회생활을 효율적으로 도와주는 한에서 명함은 필요하며, 우리들 상호 간의 이해와 거래를 맡아주는 한에서 명함의 사용은 미덕이 된다. 서로 교환해 갖는 한 장의 명함 속에서 따뜻하고 소박한 인정을 읽을 수 있다. 그런 교환을 통해서 인간 간의 관계가 굳어감을 느낄 수 있다. 그러기에 '박사'라든가 '사장' 혹은 '검사'

라든가 하는, 이름이나 주소가 전화번호 외에 덧붙어 있는 명함에 반감을 느끼긴 하지만, 또 여러 가지 높은 감투들이 가득 밝혀져 있는 명함을 받을 때 그 주인에게 불쾌감이 가고 그 주인의 인격을 의심하게 할 수도 있지만, 허세나 위압이 보이지 않는 소박한 한 장의 명함을 새로 받을 때 우리는 또 하나의 친구를 얻었고 그래서 덜 외롭게 되었다는 따뜻함을 느낄 수 있으며, 우리의 삶의 영토가 그만큼 넓어졌다는 안전감을 맛보게 된다.

『길』 초판 서문

　인간은 누구나 길 위에 서 있고, 누구나 길을 지니고 산다. 오래 전 나는 인간과 만물이 만든 길이 이 세계와 우주 속에 열려 있음을 알았다. 그리고 지금, 세계와 우주가 만든 길들이 인간과 만물 속에 열려 있음을 안다. 이 길 위에서 나는, 그리고 우리는 자신의 단 하나뿐인 인생을 살아간다.

　이 글들을 써서 발표하게 된 것은 우연한 계기에 의해서다. 지난 1980년~1982년 동안 나는 풀브라이트 교환교수로 서울대학교와 이화여자대학교에 와 있었다. 그 당시 《현대문학》으로부터 청탁을 받아 '명상의 공간'이라는 전체적 테마를 걸고 연재하기 시작한 것이다. 나는 이 글을 쓰면서 느꼈던 조용한 행복감을 지금도 생생히 기억한다.

　특히 이 책에 수록된 「길」 「나의 길, 나의 삶」 「나의 산과 숲」 「산의 시학」에 대한 애착이 각별한데, 이는 1983년 『이화사진일기Ehwa Photo Diary』에 「길」이라는 에세이를 쓰면서 나의 수상들의 문체가 잡했기 때문이다. 그 후로도 이 작품이 갖고 있는 호흡과 맥을 가능하면 잃지 않으려고 했기 때문에 「길」은 중요한 의미를 갖는다 하겠다.

또한 「길」은 1986년~1990년 동안 고등학교 3학년 국어 교과서를 통해 학생들에게 널리 읽혀졌고, 「나의 길, 나의 삶」은 1995년~2000년 동안 고등학교 국어(하) 교과서 제1장에 실려서 역시 많은 젊은이들이 접했었다. 그 외의 두 편도 다른 에세이들과 유사한 감성과 지성의 지평에서 쓴 것이어서 적지 않은 애착이 있음을 고백한다.

길 위에 서 있는 것은 우연도 운명도 아닌 삶의 궤적일 뿐이지만, 우리는 숱한 길들을 걸으며 우연과 운명의 무늬를 삶 속에 새긴다.

이 자리를 빌려 내 오랜 사색의 결과물인 이 원고를 모아 한 권의 아름다운 책으로 만들어준 미다스북스 출판사와 오랫동안 원고를 지켜준 일조각에 깊은 사의를 표한다.

2003년 6월
일산 문촌마을에서
박이문

박이문 인문 에세이 특별판 03

박이문 철학 에세이 — 나의 길, 나의 삶

초판 1쇄 2017년 05월 01일

지은이 박이문
펴낸이 류종렬
총 괄 명상완
마케팅 권순민
편 집 이다경
디자인 한소리

펴낸곳 미다스북스
등록 2001년 3월 21일 제2001-000040호
주소 서울시 마포구 양화로 133 서교타워 711호
전화 02)322-7802~3
팩스 02)6007-1845
블로그 blog.naver.com/midasbooks
페이스북 www.facebook.com/midasbooks425
이메일 midasbooks@hanmail.net

ⓒ 박이문, 미다스북스 2017, *Printed in Korea*

ISBN 978-89-6637-524-0 (03810)

값 8,800원